沈從文名作選集

沈從文 著

・沈從文的創作風格趨向於浪漫主義，他的文字常具有詩意效果，融合寫實、紀夢、象徵於一體，語言格調古樸、簡峭、文學單純、厚實，同時也充滿了地方色彩與人性的風韻與神采⋯⋯

・本書收錄他最精彩的 23 篇小品文與短篇小說，您將會在這些作品中，發現沈從文充滿了對人間的愛，處處對人性的關懷與隱憂以及對生命的哲學探究與思考！

關於．沈從文

沈從文（一九〇二～一九八八）原名沈嶽煥，湖南鳳凰縣人，漢族，但有部分苗血統，現代著名作家、歷史文物研究家、京派小說代表人物，筆名休芸芸、甲辰、上官碧、璿若等。14歲時，他投身行伍，浪跡湘川黔邊境地區，一九二四年開始文學創作，抗戰爆發後到西南聯大任教，一九四六年回到北京大學任教，一九五〇年後在中國歷史博物館和中國社會科學院歷史研究所工作，主要從事中國古代服飾的研究，一九八八年病逝於北京。

沈從文14歲高小畢業後入伍，看盡人世黑暗而產生厭噁心理。接觸新文學後，他於一九二三年尋至北京，欲入大學而不成，窘困中開始用「休芸芸」這一筆名進行創作。至三十年代起他開始用小說構造他心中的「湘西世界」，完成一系列代表作，如《邊城》、《長河》等。他以「鄉下人」的主體視角審視當時城鄉對峙的現狀，批判現代文明在進入中國的過程中所顯露出的醜陋，這種與新文學主將們相悖反的觀念大大豐富了現代小說的表現範圍。

從作品到理論，沈從文後來完成了他的湘西系列，鄉村生命形式的美麗，以及與它的對照物城市生命形式批判性結構的合成，提出了他的人與自然「和諧共存」的，本於自然，回歸自然的哲學。「湘西」所能代表的健康、完善的人性，一種「優美、健康、自然，而又不悖乎人性的人生形式」，正是他的全部創作要負載的內容。

沈從文一生共出版《石子船》《從文子集》等30多種短篇小說集和《邊城》《長河》等6部中長篇小說，沈從文是具有特殊意義的鄉村世界的主要表現者和反思者，他認為「美在生命」雖身處於虛偽、自私和冷漠的都市，卻醉心於人性之美。他說：「這世界或有在沙基或水面上建造崇樓傑閣的人，那可不是我，我只想造希臘小廟。選小地作基礎，用堅硬石頭堆砌它。精緻，結實，對稱，形體雖小而不纖巧，是我理想的建築，這廟供奉的是「人性」（《習作選集代序》）。

沈從文的創作風格趨向浪漫主義，他要求小說的詩意效果，融寫實、紀夢、象徵於一體，語言格調古樸，句式簡峭、主幹突出，單純而又厚實，樸訥而又傳神，具有濃鬱的地方色彩，凸現出鄉村人性特有的風韻與神采。整個作品充滿了對人生

的隱憂和對生命的哲學思考，一如他那實在而又頑強的生命，給人教益和啟示。

沈從文創作的小說主要有兩類，一種是以湘西生活為題材，一種是以都市生活為題材，前者通過描寫湘西人原始、自然的生命形式，讚美人性美；後者通過都市生活的腐化墮落，揭示都市自然人性的喪失。

其筆下的鄉村世界是在與都市社會對立互參的總體格局中獲得表現的，而都市題材下的上流社會「人性的扭曲」他是在「人與自然契合」的人生理想的燭照下獲得顯現，正是他這種獨特的價值尺度和內涵的哲學思辨，構起了沈從文筆下的都市人生與鄉村世界的橋樑，也正由於這種對以金錢為核心的「現代文學」的批判，以及對理想浪漫主義的追求，使得沈從文寫出了《邊城》這樣的理想生命之歌。

中篇小說《邊城》是他的代表作，寄寓著沈從文「美」與「愛」的美學理想，是他表現人性美最突出的作品，通過湘西兒女翠翠戀人儺送的愛情悲劇，反映出湘西在「自然」、「人事」面前不能把握自己的命運，一代又一代重複著悲涼的人生，寄託了作者民族的和個人的隱痛。

目錄

CONTENTS

I・一封未曾付郵的信

陰鬱模樣的從文，目送二掌櫃出房以後，用兩隻瘦而小的手撐住了下巴，把兩個手拐子擱到桌子上去，「唉！無意義的人生——可詛咒的人生！」傷心極了，兩個陷了進去的眼孔內，熱的淚只是朝外滾。

「再無辦法，火食可開不成了！」二掌櫃的話很使他十分難堪，但他並不以為二掌櫃對他是侮辱與無理。他知道，一個開公寓的人，如果住上了三個以上像他這樣的客人，公寓中受的影響，是能夠陷於關門的地位的。他只傷心自己的命運。

「我不能奮鬥去生，未必連爽爽快快結果了自己也不能吧？」一個不良的思緒時時抓著他心。

生的欲望，似乎是一件美麗東西。也許是未來的美麗的夢，在他面前不住的晃來晃去，於是，他又握起筆來寫他的信了。他要在這最後一次決定自己的命運。

A先生：

在你看我信以前，我先在這裡向你道歉，請原諒我！一個人，平白無故向別一個陌生人寫出許多無味的話語，妨礙了別人正經事情；有時候，還得給人以不愉快，我知道，這是一樁很不對的行為。不過，我為求生，除了這個似乎已無第二個途徑了！所以我不怕別人討嫌，依然寫了這信。

先生對這事，若是懶於去理會，我覺得並不什麼要緊。我希望能夠像在夏天大雨中，見到一個大水泡為第二個雨點破滅了一般不措意。

我很為難。因為我並不曾讀過什麼書，不知道如何來說明我的為人以及對於先生的希望。

我是一個失業人——不，我並不失業，我簡直是無業人！我無家，我是浪人——我在十三歲以前就成了一個無家可歸的人了。過去的六年，我只是這裡那裡無目的的流浪。

我坐在這不可收拾的破爛命運之舟上，竟想不出辦法去找一個一年以上的固定生活。我成了一張小而無根的浮萍，風是如何吹——風的去處，便是我的去處。湖南，四川，到處飄，我如今竟又飄到這死沉沉的沙漠北京了。

經驗告我是如何不適於徒坐。我便想法去尋覓相當的工作，我到一些同鄉們跟前去陳述我的願望，我到各小工場去詢問，我又各處照這個樣子寫了好多封信去，表明我的願望是如何低而容易滿足。可是，總是失望！生活正同棄我而去的女人一樣，無論我是如何設法去與她接近，到頭終於失敗。

一個陌生少年，在這茫茫人海中，更何處去尋找同情與愛？我懷疑，這是我方法的不適當。

人類的同情，是輪不到我頭上了。但我並不怨人們待我苛刻。我知道，在這個擾攘爭逐世界裡，別人並不須對他人盡什麼應當盡的義務。

生活之繩，看看是要把我扼死了！我竟無法去解除。

我希望在先生面前充一個僕歐。我只要生！我不管任何生活都滿意！我願意用我手與腦終日勞作，來換取每日最低限度的生活費。我願……我請先生為我尋一生活法。

我以為：「能用筆寫他心同情於不幸者的人，不會拒絕這樣一個小孩子，」這愚陋可笑的見解，增加了我執筆的勇氣。

我住處是×××××，倘若先生回復我這小小願望時。願先生康健！

「夥計！夥計！」他把信寫好了，叫夥計付郵。

「什麼？──有什麼事？」在他喊了六七聲以後，才聽到一個懶懶的應聲。從這聲中，可以見到一點不願理會的輕蔑與驕態。

他生出一點火氣來了。但他知道這時發脾氣，對事情沒有好處，且簡直是有害的，便依然按捺著性子，和和氣氣的喊，「來呀，有事！」

一個青臉龐二掌櫃兼夥計，氣呼呼的立在他面前。他準備把信放進剛寫好的封套裡，「請你發一下！……本京一分……三個子兒就得了！」

「沒得郵花怎麼發？……是的，就是一分，也沒有！──你不看早上洋火、夜裡的油是怎麼來的！」

「……」

「一個大沒有如何發？──哪裡去借？」

「……」

「誰扯謊？──那無法……」

「那算了吧。」他實在不能再看二掌櫃難看的青色臉了，打發了他出去。

窗子外面，一聲小小冷笑送到他耳朵邊來。

他同瘋狂一樣，全身戰慄，粗暴的從桌上取過信來，一撕兩半。那兩張信紙，輕輕的掉了下地，他並不去注意，只將兩個半邊信封，疊做一處，又是一撕，向字簍中盡力的攢去。

一九二四年12月中旬作

原載一九二四年12月22日《晨報副刊》署名為休芸芸

2・公寓中

公寓中度著可憐歲月。借著連續的抑鬱，小孩子般大哭，昏昏的長睡，消磨了過去的每一天時間。日子過的並不慢，單把我到京的日子來數一下，也就是五個月了！體子雖然很弱，果不是自己厭倦了生活周遭事事物物來解決自己；倒靠天為結束，說不定還有許多歲月！

對於一切未來，我實在沒有力量去預算計畫了！我正同陷進一個無底深的黑暗澗谷一樣：只是往下墮，只是往下墮。

——11月16日

聽著桌上小鋼表一滴一答的走著，它只是催我向時間的道上走去。這太令人難堪了！自應把它行動停止。但是，它不則聲了，我又聽到我心的跳動，而且窗下的

日頭影子……都依然似乎在那裡告我：傻子！你還是為時光老人支配你跑著呢！

我知道了，人與一切都是為這老厭物支使著！人與一切都是為這老厭物背起向無窮渺茫中長跑！但是，他們都會在這段長途路程中尋出一點相互的娛樂，它卻只准我看著它那又冷酷又枯燥而且還死呆呆的面孔終日默坐。可惡的老厭物啊！

——11月17日

我病了，我確是有病！我每次對著村弟弟給我那個鋼表反面未脫線處發見我的瘦小臉子時，的確，兩個眼睛都益發陷進去了，鬍子是青了硬了，臉上啞白顏色正同死人一樣，額角上新添了一道長而深的皺紋；但這都還不能說是病，不過人老一點罷了！我睡時摸到兩個胯骨時竟像新生了一對棱角。我不能得到一夜安安穩穩睡過；總是醒上四五次；有時開起兩隻眼睛過一夜。

別人用親熱態度問我：你是什麼病，起什麼病態？我總是支吾其詞，不爽爽快快地說一聲：性的不道德——手淫！我不是怕人會罵我不道德或別的更冷酷更難堪的話語，實在是因這病太令我傷心了。

在每次強烈的傷心刺激以後，我的病便發作了。（有個時候我還很能用良心來負責表示這是自殺的一種方法）照例興奮後的疲憊，又拿流不盡竭的熱淚來懺悔，啊！啊！五尺之軀，已是這般消磨了！

我不覺到這是罪惡與污穢，道德於我已失了效力。

——11月20日

這時，正是下午七點鐘樣子。大概是風也有點吹倦了！窗子已不再聽到虎虎響聲。這時外面總不至於不能走，我頂好是跑到馬路上去逛一趟。馬路上自然比室中要更冷一點，但因為走動，我兩隻凍紫的腳，多少總可以暖和一點！並且我還有用意，因為公寓中可怕的寂寞，實在使人難過，我正可以乘這暮色蒼茫裡，到外面去找一點能夠興奮我這神經的事情，足以傷心的材料，好拿回來獨自個玩味領略。既不能享一點肉的現實娛樂，得到可以出眼淚的悲哀也還好！

馬路上去做什麼事？馬路上去看女人！

這種閒暇事，怕任何人都不會有罷。瑟瑟縮縮於洋貨店，點心鋪。……什麼稻香村玻璃窗外頭，固然有許多閒朋友，但他們這時正對著一些毛茸茸像活狐般皮領巾，五光十色的輕綢繡緞，奶油餅，油雞，醬肘子，做遐想去了；不然，也圍到店門外炒糖栗子鍋邊餘燼取暖去了！對於洋車上或步行的闊人哪有興趣來賞鑒。至於另外一種中等人物，街上走的自然不少，他們也許有半數是為尋開心而到這兒閒蹓著，但總不至於像我這樣：專心一致把這時間消耗到看跑來跑去那些女人身上！

黑而柔的髮，梳出各種花樣；或者正同一個小麻雀窠，或是像受戒後行者那末鬆鬆散散。圓或長或……各樣不同的臉子。白的面額。水星般攝人靈魂的黑眼睛。活潑，莊重，妖媚……各樣動人的態度。身上因性的交換從對方得來的；或是為吸引別人視線各種耀人眼睛的衣飾——

數不清的女性特具形色；還有那從身上放出那一種是化妝品非化妝品，一種女人特有的香味，這都是使我從醉心企慕中生出種極強烈的失望。

在單牌樓以西，電燈似乎稍為稀疏了一點。街沿是那末寬，加之又不比白天人多擁擠。在黑暗一點時，我眼淚不由自主地又要跑出來了。但我是用強力制止著，不能讓它任意消費。因為這時果一齊洩去，那末，到這公寓時又要寂寞了！這實不是我所願。我固然要眼淚把我壓伏著潛隱的悲哀抑鬱沖去，但這最好是放在公寓中行這洗禮，因為哭倦了，氣平了，夜裡可以得到一晚好睡。

——26日

燈罩子也「乘人之危」，只輕微地同桌角一碰就碎成了各種不規則小片了，這正同每晚上頂棚上面那小耗子一樣：欺侮我無法處治。雖然只須九個子兒得到一個候補者，但這時除了從昨天換那小毛子剩下五枚，從枕下尋出一枚雙銅子以後，實在無法去湊數了；只好請它休息一晚。

賣煤油那老老來時，竟自動要借我錢——買罩子以後還可以到十五回圖書館取暖的數目——我並不疑心到他因每天用油的原故才如此慷慨，但終於拒絕他了；雖然是很和氣的說。

心中終於有點抱歉，他真可憐，他的確太好了！

晚上既不能點燈，只好一吃完飯就上床睡下。心裡空虛渺茫，不覺到什麼不快，這大概是神經疲倦不能再起傷心作用了罷。耳朵聽到老唐放在桌上的小鬧鐘同村弟弟給我那舊表競走。聽來不五六下，似乎鬧鐘就跑到前面一點了，但到了早上看來，又每是我那舊表上前四五分。

——11月28日

衣袋中銅圓已到不能再因相換而發響的數目了。本應再寫一碰命運的信到陳先生那裡去探探門房——他曾答應為我紹介一個湖南同鄉的門房——的事情弄妥沒有，再不然，便合再老起臉到郁先生處看看風色，但是，果真要拿這一枚雙銅子買了半分郵花湊足剩下那半分去發信，明天可就無法進那又溫暖，又不怕風，又不吵，不至於像公寓中那麼時刻聽到老闆娘大聲大氣罵兒子叫媳婦的老梟般聲氣，又有茶；不至於像公寓中喝要開不開的半溫水，又不……的圖書館了，北京的風，專門只欺侮窮人，潮濕透風的小房實在難過，——而且掌櫃那臉嘴也實在難看，——所以不寫信似乎在次。

這正是應上燈時間，既不能把燈點燃，將鴿籠般小房子弄亮，暮色蒼茫中又不能看書，最好只有擁上兩月以上未經洗濯的薄棉被睡下為是了。睡自然是不能睡熟，但那末把被一卷，腳的那頭又那麼一捆，上面又將棉袍、以及不能再掛的爛帳子一搭，——總似乎比跑到外面喝北風好一點。

寓中幾個廣東佬，湖南佬，都似乎各人有了一個小白爐子了。這白爐子不知可能同圖書館一樣的溫暖宜人不？但想來總是一樣的。

——若是把煤團子一燒好，便叫夥計為搬進房中。眼看那從爐口邊跑出的青白色小焰，聽著嗶嗶剝剝的聲氣，微微嗅出一點煤氣味；但並無大害，不致於窒息，簡直是一種很合宜的氣味。

——擺在什麼地方？

——不拘何處均好：桌子前，床頭空處，門邊；總之可以把手腳接近取暖就好了。於是，我一面記日記，一面慢慢地把腳擱到爐子邊去。

——茶壺？

——就擱到爐上也好。左右是搪磁，不會燒壞，而且，時時有熱茶喝了，村弟來時，或老唐，或……只要來了客時，就把爐子移到中間，好圍爐談話。

我腳下這夢想稍稍暖和了一點。

我的天！倘若是果真有那麼一個，那是如何令人適意而有趣！

——11月29日

這一個月看看是又被我混過去了。

人到無聊，便連夢也不會做一個好的，我一夜同上一個似認識——又像不認識的幽靈般人一道走著。行了不知多少的路，上下了無量數險坡。涉過十多條大河；又是溪澗；又是榛莽叢林；又是泥淖，為甚目的而走呢？我也不知道，只盲目的

走，無意志的前進。這不是我一種生活的縮影是什麼？我知道了，我如今還是走著！我還是夢一般走著！

——12月1日

風又起了！勢子是要把庭院中那一株老棗子樹連根拔去再擲到天空。窗子只是動。它正在為可憐我而用力抵抗權威，但有自由可以凌侮一切的風，又哪能因這薄弱無力的舊窗紙與小室中戰慄著的我而稍減其勢派呢！

人靜了。起身排洩積尿，戰戰慄慄走出房外。風也略略息了，這時是夜半。月兒斜斜的懶懶的彈到藍天的一角，星兒在樹枝裡閃耀。遠遠地有汽笛呼聲，慘厲的連續在空中搖盪；不知正載了多少離人戰士向何處去呢！

「洋車！——」「洋車！——」在這聲音似乎從一個老者口中說出後，便聽到「拉去吧！——哪裡？」喑啞的聲音繼起。這般大風，這般深夜，為甚他應得到這冷靜大街上受罪喝那夾著沙石的北風，可憐的馴善無反抗心的強者啊！

勝利屬於強者，那是無須乎解釋一句話。這世界只要我能打倒你，我便可以坐在你身上。我能夠操縱你的命運。我可以吃掉你。愛、同情、公理一類名詞，不過我們拿來說起好聽一點罷了！誰曾見事實上的被凌虐者，能因「同情」與「愛」一類話得到一些救助？愛與同情，最多只能在被凌虐者對於更可憐的一種心的憫惻。

——12月2日

夢中所見的女人，也還是板著臉兒向我。

——這時我不能明瞭是在什麼地方。

——我摸了摸衣袋，還剩有四塊錢二十九個銅子，我膽便壯了。慢慢地踱到那中年婦人座邊，好久好久，才羞澀地說：「噯！我想把三塊（我還要留一塊買面巾，）錢送你，請你准可我同那黑眼睛姑娘吻一下，好不？」我一面取錢出來，左手指著去她不遠站著那個小小身段穿紅衣的姑娘。

——我以為性的交易，應得是這麼做。

——她，（似乎普通說的龜婆鴇母）回頭來愣起一雙陰慘慘灰黃色眼珠，盯著我。待我說完時，她才說：「咦！你說什麼？你說什麼？我不大聽真呀！……三塊錢？……是，是，我知道你身邊只有四塊錢二十九個銅子，——是不是？你捨得三塊錢為的是什麼？——吻一吻，誰信你。」

——這可把我急死了！本來我存心只不過是摸一摸就得了。三塊錢，試想，能在她那嫩小嘴唇上結實的吻一下，嗅一嗅女人的氣味：哪有不願意的道理？可是我終無法子去訴辯我這衷情，我又恨起我平日對於辭令修養上太疏忽了。

——她那不愛我，不相信我三塊錢一吻外沒再有野心的神氣，使我氣極羞極。我居然不顧什麼了，一氣把衣袋中所有四塊錢二十九個銅子一把抓出擲向她身邊。

——我跑過去趕那女人時一樣都不見了。我向哪裡去找她？

——12月10日

腳依然痛腫。我雖知道這是前面漏風的板壁所致，本可拿出客人氣派喊夥計補糊一下，但這氣概已不知何時失掉了。為免得看那青色臉龐，終於讓它吹。

日曆明載著來者十四日。無論如何，這個年節我要在這失了國際畛域，中西共治的北京城住過了！上帝這樣為我安排：不准在同所在地過上兩個年關，不過時時都使我做一個精神享樂的信徒，這會不是上帝的意旨罷！

——12月17日

今天是一個可詛咒又可愛的紀念日子。是宣傳博愛以身殉道那個猶太鬍子的誕生日，是雲南反對帝制起義的紀念日；但是，這對於我這樣一個流浪無所歸宿的人算一回什麼事？世上佳節足以尋娛樂與追懷的於我總無分了！

我要乘這人聲靜寂的深夜來痛哭一場。自然，我眼淚不是為那被釘死的猶太人而出；也不是撫今追昔為時事而出，我是哭我自己，二十年前這一天，正是我與這又光明又污穢的世界初次接觸呢。

二十歲，不錯，二十歲了！孩子的美麗光明的夢，被我做盡了！黃金的時光，被我浪費完了！少年的路，我已走得不剩什麼了！時間在我生命上畫了一道深溝。我要學二十年前初落地時那末任意大哭：雖然不能把我童年哭回來，但總可以把我二十年來在這世界上所受的委曲與侮辱一齊用眼淚洗去。

——聖誕日於慶華公寓

（原載一九二五年1月30、31日《晨報副刊》）

3・市集

廉纖的毛毛細雨，在天氣還沒有大變以前欲雪未能的時節，還是霏霏微微落將下來。一個小小鄉場，位置在又高又大陡斜的山腳下，前面瀕著躲躲兒的河，被如煙如霧雨絲織成的簾幕，一起把它蒙罩著了。

照例的三八市集，還是照例的有好多好多鄉下人，小田主，買雞到城裡去賣的小販子，花幞頭大耳環豐姿雋逸的苗姑娘，以及一些穿灰色號褂子口上說是來察場討人煩膩的副爺們，與穿高筒子老牛皮靴的團總，各從附近的鄉村來做買賣。他們的草鞋底半路上帶了無數黃泥漿到集上來，又從場上大坪壩內帶了不少的灰色濁泥歸去。去去來來，人也數不清多少。

集上的騷動，吵吵鬧鬧，凡是到過南方（湖湘以西的地方）鄉下的人，是都會知道的。

倘若你是由遠遠的另一處地方聽著，那種喧囂的起伏，你會疑心到是灘水流動的聲音了！

這種洪壯的潮聲，還只是一般做生意人在討論價錢時很和平的每個論調而起。就中雖也有遇到賣牛的場上幾個人像唱戲黑花臉出臺時那麼大喊大嚷找經紀人，也有因秤上不公允而起口角——你罵我一句娘，我又罵你一句娘，你又罵我一句娘……然而究竟還是因為人太多，一兩樁事，實在是萬萬不能做到的！

賣豬的場上，他們把小豬崽的耳朵提起來給買主看時，那種尖銳的嘶喊聲，使人聽來不愉快至於牙齒根也發酸。

賣羊的場上，許多美麗馴服的小羊兒咩咩地喊著。一些不大守規矩的大羊，無聊似的，兩個把前蹄舉起來，作勢用前額相碰。大概相碰是可以驅逐無聊的，所以第一次訇的碰後，卻又作勢立起來為第二次預備。牛場卻單獨占據在場左邊一個大坪壩，因為牛的生意在這裡占了全部交易四分之一以上。

那裡四面搭起無數小茅棚（棚內賣酒賣麵），為一些成交後的田主們喝茶喝酒的地方。那裡有大鍋大鍋煮得「稀糊之爛」的牛臟類下酒物，有大鍋大鍋香噴噴的肥狗肉，有從總兵營一帶擔來賣的高粱燒酒；也還有城裡館子特意來賣麵的。假若你是城裡人來這裡賣麵，他們因為想吃香醬油的緣故，都會來你館子，那麼，你生意便比其他鋪子要更熱鬧了。

到城裡時，我們所見到的東西，不過小攤子上每樣有一點罷了！這裡可就大不相同。單單是賣雞蛋的地方，一排一排地擺列著，滿籮滿筐的裝著，你數過去，總是幾十擔。辣子呢，都是一屋一屋擱著。此外乾了的黃色草煙，用為染坊染布的五倍子和櫟木皮，還未榨出油來的桐茶子，米場白濛白濛了的米，屠桌上大隻大隻失了腦袋刮得淨白的肥豬，大腿大腿紅膩膩還在跳動的牛肉……都多得怕人。

不大寬的河下，滿泊著載人載物的灰色黃色小艇，一排排擠擠挨挨的相互靠著也難於數清。

集中是沒有什麼統系制度。雖然在先前開場時，總也有幾個地方上的鄉約（鄉約：地方的基層自治組織）伯伯，團總，守汛的把總老爺，口頭立了一個規約，賣物的照著生意大小繳納千分之幾——或至萬分之幾，但也有百分之幾——的場捐，或經紀傭錢，棚捐，不過，假若你這生意並不大，又不須經紀人，則不須受場上的拘束，可以自由貿易了。

到這天，做經紀的真不容易！腳底下籠著他那雙厚底高筒的老牛皮靴子（米場的），為這個爬鬥；為那個倒籮筐。（牛羊場的）一面為這個那個拉攏生意，身上讓賣主拉一把，又讓買主拉一把；一面又要顧全到別的地方因爭持時鬧出岔子的調排，委實不是好玩的事啊！大概他們聲音都略略嚷得有點嘶啞，雖然時時為別人扯到館子裡去潤喉。不過，他今天的收入，也就很可以酬他的勞苦了。

……

……

因為陰雨，又因為做生意的人各都是在別一個村子裡住家，有些還得在散場後走到二三十里路的別個鄉村去；有些專靠漂場生意討吃的還待趕到明天那個場上的生意，所以散場很早。

不到晚炊起時，場上大坪壩似乎又覺得寬大空闊起來了！……再過些時候，除了屠桌下幾隻大狗在啃嚼殘餘因分配不平均在那裡不顧命的奮鬥外，便只有由河下送來的幾聲清脆篙聲了。

歸去的人們，也間或有騎著家中打篩的雌馬，馬項頸下掛著一串小銅鈴叮叮噹當跑著的，但這是少數；大多數還是賴著兩隻腳在泥漿裡翻來翻去。他們總笑嘻嘻的擔著籮筐或背一個大竹背籠，滿裝上青菜，蘿蔔，牛肺，牛肝，牛肉，鹽，豆

腐，豬腸子一類東西。手上提的小竹筒不消說是酒與油。有的拿草繩套著小豬小羊的頸項牽起忙跑；有的肩膊上掛了一個毛藍布繡有白四季花或「福」字「萬」字的褡褳，趕著他新買的牛（褡褳內當然已空）；有的卻是口袋滿裝著錢心中滿裝著歡喜，——這之間各樣人都有。

我們還有機會可以見到許多令人妒羨，讚美，驚奇，又美麗，又娟媚，又天真的青年老奶（苗小姐）和阿牙（苗婦人）。

一九二五年3月20日於窄而霉小齋作

（原載一九二五年11月11日《晨報副刊》）

〔附一〕

這是多美麗多生動的一幅鄉村畫。

作者的筆真像是夢裡的一隻小艇，在波紋瘦鰜鰜的夢河裡蕩著，處處有著落，卻又處處不留痕跡。這般作品不是寫成的，是「想成」的。給這類的作者，批評是多餘的，因為他自己的想像就是最不放鬆的不出聲的批評者。獎勵也是多餘的，因為春草的發青，雲雀的放歌，都是用不著人們的獎勵的。

志摩的欣賞

〔附二〕

關於《市集》的聲明。

志摩先生：看到報，事真糟，想法聲明一下吧。近來正有一般小搗鬼遇事尋罅縫，說不定因此又要生出一番新的風浪。那一篇《市集》先送到《晨報》，用「休芸芸」名字，久不見登載，以為不見了。接著因《燕大週刊》有個熟人拿去登過；後又為一個朋友不候我的許可又轉載到《民眾文藝》上——這此又見，是三次了。小東西出現到三次，不是醜事總也成了可笑的事！

這似乎又全是我過失。因為前次你拿我那一冊稿子問我時，我曾說統未登載過，忘了這篇。這篇既已曾登載過，為甚我又連同那另外四篇送到晨報社去？那還有個原由：因我那個時候正同此時一樣，生活懸掛在半空中，夥計對

於欠賬逼得不放鬆，故寫了三四篇東西並錄下這一篇短東西做一個冊子，送與勉己先生，記到附函曾有下面的話——

「……若得到二十塊錢開銷一下公寓，這東西就賣了。《市集》一篇，曾登載過……」

至於我附這短篇上去的意思，原是想把總來換二十塊錢，讓晨報社印一個小冊子。當時也曾聲明過。到後一個大不得，而勉己先生盡我寫信問他請他退這一本稿子又不理，我以為必是早失落了，失落就失落了，我哪來追問同編輯先生告狀打官司的氣力呢？所以不問。

不期望稿子還沒有因包花生米而流傳到人間。不但不失，且更得了新編輯的賞識，填到篇末，還加了幾句受來背膊發麻的按語，縱無好攬閒事的蟲豸們來發見這足以使他自己為細心而自豪的事，但我自己看來，已夠可笑了。且前者署「休芸芸」，而今卻變成「沈從文」，我也得聲明一下：實在果能因此給了蟲豸們一點鑽蛀的空處，就讓他永久是兩個不同的人名吧。

從文於新窄而霉齋

從文，不礙事，算是我們副刊轉載的，也就罷了。有一位署名「小兵」的勸我下回沒有相當稿子時，就不妨拿空白紙給讀者們做別的用途，省得攙上爛東西叫人家看了眼疼心煩。

我想另一個辦法是復載值得讀者們再讀三讀乃至四讀五讀的作品，我想這也應得比亂登的辦法強些。下回再要沒有好稿子，我想我要開始印《紅樓夢》了！好在版權是不成問題的。

志摩

4・水車

「我是個水車，我是個水車，」它自己也知道是一個水車，常自言自語這樣說著。它雖然有腳，卻不曾自己走路，然而一個人把它推到街上去玩，倒是隔時不隔日的事。清清的早晨，不問晴雨，住在甜水井旁的宋四疤子，就把它推起到大街小巷去串門！它與在馬路上低頭走路那些小煤黑子推的車身分似乎有些兩樣，就是它走路時，像個遇事樂觀的人似的，口中總是不斷的哼哼唧唧，唱些足以自賞的歌。

「那個煤車也快活，雖不會唱，頸脖下有那麼一串能發出好聽的聲音的鈴鐺，倒足示驕於同伴！……我若也有那麼一串，把來掛在頸脖下，似乎數目是四個或五個就夠了，那又不！……」

它有時還對煤車那鈴鐺生了點羨慕。然而，它知道自己是不應當頸脖上有鈴鐺的，所以它不像普通一般不安分的人，遇到失望就抑鬱無聊，打不起精神。鈴子雖然可愛，愛而不得時，仍不能妨礙自己的歌唱！

「因失望而悲哀的是傻子，」它嘗想。

「我的歌，終日不會感到疲倦，只要四疤子肯推我。」它還那麼自己宣言。

雖說是不息的唱，可是興致也好像有個分寸。到天色黑下來，四疤子把力氣用完了，慢慢的送它回家去休息時，看到大街頭那些柱子上，簷口邊，掛得些紅綠圓泡泡，又不見有人吹它燃它，忽然又明，忽然又熄。

「啊啊，燈盞是這麼奇異！是從天上摘來的星子同月亮？……」為研究這些事情墮入玄境中，因此歌聲也輕微許多了。

若是早上，那它頂高興：一則空氣早上特別好，二則早上不怕什麼。關於怕的事，它說得很清楚——

「除了早上，我都時時刻刻防備那街上會自己走動的大匣子。大概是因為比我多了三隻腳吧，走路又不快！一點不懂人情事故，只是飛跑，走的還是馬路中間最好那一段。老遠老遠，就喝喝子喊起來了！你讓得只要稍稍慢一點，它就沖過來撞你一拐子。撞拐子還算好事。有許多時候，我還見它把別個撞倒後就毫不客氣的從別個身上踩過去呢。

「幸好四疤子還能幹，總能在那匣子還離我身前很遠時，就推我在牆腳前歪過一邊去歇氣。不過有一次也就夠擔驚了！是上月子吧，四疤子因貪路近，回家是從辟才胡同進口，剛要進機織衛時，四疤子正和著我唱《哭長城》，猛不知從西頭跑來一個綠色大匣子，先又一個不做聲，到近身才咯的一下，若非四疤子把我用勁扳了下，身子會被那兇惡東西壓碎了！

「那東西從我身邊挨過去時，我們中間相距不過一尺遠，我同四疤子都被它嚇了一跳，四疤子說它是『混帳東西』，真的，真是一個混帳東西！那麼不講禮，橫強霸道，世界上哪裡有？」

早上，匣子少了許多，所以水車要少擔點心，歌也要唱得有勁點。

那次受驚的事，雖說使它不寧，但因此它得了一種新知識。以先，它以為那匣子既如此漂亮，到街上跑時，又那麼昂昂藏藏，一個二個雄幫幫的，必是也能像狗與文人那麼自由不拘，在馬路上無事跑趟子，自己會走路，會向後轉，轉彎也很靈便的活東西，是以雖對於那兇惡神氣有點憤恨，然權威的力量，也倒使它十分企慕。當一個匣子跑過身時，總嘖嘖羨不絕口——

「好腳色，走得那麼快！」

「你看它幾多好看！又是顏色有光的衣服，又是一對大眼睛。橡皮靴子多麼漂亮，前後還佩有金晃晃的徽章！」

「我更喜歡那些頭上插有一面小小五色綢國旗的……」

「身上那麼闊氣，無怪乎它不怕那些惡人（就是時常罵四疤子的一批惡人）惡人見它時還忙舉起手來行一個禮呢！」

還時時妄想，有一天，四疤子也能為它那麼打扮起來。好幾次做夢，都覺得自己那一隻腳，已套上了一隻灰色嶄新的橡皮套鞋，頭上也有那麼一面小國旗，不再待四疤子在後頭推送，自己就在西單牌樓一帶人群裡亂衝亂撞，穿黃衣在大街上站崗的那惡人也一個二個把手舉起來，恭恭敬敬的了。

從那一次驚嚇後，它把「人生觀」全變過來。因為通常它總無法靠近一個匣子身邊站立，好細心來欣賞一下所欽佩的東西的內容。這一次卻見到了。見了後它才了然。它知道原來那東西本事也同自己差不了許多。不僅跑趟子快慢要聽到坐在它腰肩上那人命令，就是大起喉嚨嚇人讓路時的聲音，也得那人扳它的口。穿靴子其所以新，乃正因其奴性太重，一點不敢倔強的緣故，別人才替它裝飾。從此就不覺得那匣子有一點可以佩服處了，也不再希望做那大街上衝衝撞撞的夢了，「這正是

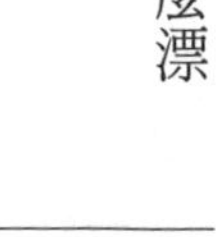

一個可恥的夢啊，」背後的懺悔，有過很久時間。

近來一遇見那些匣子之類，雖同樣要把身子讓到一邊去，然而口氣變了。「有什麼價值？可恥！」且「噓！噓！」不住的打起哨子表示輕蔑。「怎麼，那匣子不是英雄嗎？」或一個不知事故的同伴問。「英雄，可恥！」遇到別個水車問它時，它總做出無限輕蔑樣子來鄙薄匣子。本來它平素就是忠厚的，對那些長年四季不洗澡的髒煤車還表同情，對待糞車也只以「職務不同」故「敬而遠之」，然在匣子面前，卻不由得不驕傲了。

「請問：我說話是有要人扳過口的事嗎？我雖然聽四疤子的命令，但誰也不敢欺負誰，騎到別個的身上啊！我清大家估價，把『舉止漂亮』除開，看誰的是失格！」

假使「格」之一字，真用得到水車與汽車身上去，恐怕水車的驕傲也不是什麼極不合理的事！

一九二五年11月6日作

（原載一九二五年11月14日《晨報副刊》）

收入《鴨子》（戲劇、小說、散文、詩合集）北新書局　一九二六年10月初版

5・小草與浮萍

小萍兒被風吹著停止在一個陌生的岸旁。他打著旋身睜起兩個小眼睛察看這新天地。他想認識他現在停泊的地方究竟還同不同以前住過的那種不愜意的地方。他還想：

——這也許便是詩人告給我們的那個虹的國度裡！

自然這是非常容易解決的事！他立時就知道所猜的是失望了。他並不見什麼玫瑰色的雲朵，也不見什麼金剛石的小星。既不見到一個生銀白翅膀，而翅膀尖端還蘸上天空明藍色的小仙人，更不見一個坐在蝴蝶背上，用花瓣上露顆當酒喝的真宰。他看見的世界，依然是騷動騷動像一盆泥鰍那麼不絕地無意思騷動的世界。天空蒼白灰頹同一個病死的囚犯臉子一樣，使他不敢再昂起頭去第二次注視。

他真要哭了！他於是唱著歌訴說自己淒惶的心情：

「儂是失家人，萍身傷無寄。江湖多風雪，頻送儂來去。風雪送儂去，又送儂歸來；不敢識舊途，恐亂儂行跡……」

他很相信他的歌唱出後，能夠換取別人一些眼淚來。在過去的時代波光中，有一隻折了翅膀的蝴蝶墮在草間，尋找不著它的相繼者，曾在他面前流過一次眼淚，此外，再沒有第二回同樣的事情了！這時忽然有個突如其來的聲音止住了他：

「小萍兒，漫傷嗟！同樣漂泊有楊花。」

這聲音既溫和又清婉，正像春風吹到他肩背時一樣，是一種同情的愛撫。他很覺得驚異，他想：

——這是誰？為甚認識我？莫非就是那隻許久不通消息的小小蝴蝶吧？或者楊花是她的女兒，……

但當他抬起含有晶瑩淚珠的眼睛四處探望時，卻不見一個小生物。他忙提高嗓子：

「喂！朋友，你是誰？你在什麼地方說話？」

「朋友，你尋不到我吧？我不是那些偉大的東西！雖然我心在我自己看來並不很小，但實在的身子卻同你不差什麼。你把你視線放低一點，就看見我了。……

是，是，再低一點，……對了！」

他隨著這聲音才從路坎上一間玻璃房子旁發見一株小草。她穿件舊到將退色了的綠衣裳。看樣子，是可以做個朋友的。當小萍兒眼睛轉到身上時，她含笑說：

「朋友，我聽你唱歌，很好。什麼傷心事使你唱出這樣調子？倘若你認為我夠得上做你一個朋友，我願意你把你所有的痛苦細細的同我講講。我們是同在這靠著做一點夢來填補痛苦的寂寞旅途上走著呢！」

小萍兒又哭了，因為用這樣溫和口氣同他說話的，他還是初次入耳呢！

他於是把他往時常同月亮訴說而月亮卻不理他的一些傷心事都一一同小草說了。他接著又問她是怎樣過活。

「我嗎？同你似乎不同了一點。但我也不是少小就生長在這裡的。我的家我還記著：從不見到什麼冷得打戰的大雪，也不見什麼吹得頭痛的大風，也不像這裡那麼空氣乾燥，時時感到口渴，——總之，比這好多了。幸好，我有機會傍在這溫室邊旁居住，不然，比你還許不如！」

他曾聽過別的相識者說過，溫室是一個很奇怪的東西。凡是在溫室中打住的，不知道什麼叫作季節，永遠過著春天的生活。雖然是殘秋將盡的天氣，碧桃同櫻花

一類東西還會恣情的開放。這之間，卑卑不足道的虎耳草也能開出美麗動人的花朵，最無氣節的石菖蒲也會變成異樣的壯大。但他卻還始終沒有親眼見到過溫室是什麼樣子。

「呵！你是在溫室旁住著的，我請你不要笑我淺陋可憐，我還不知道溫室是怎麼樣一種地方呢。」

從他這問話中，可以見他略略有點羨慕的神氣。

「你不知道卻是一樁很好的事情。並不巧，我——」

小萍兒又搶著問：

「朋友，我聽說溫室是長年四季過著春天生活的！為甚你又這般憔悴？你莫非是鬧著失戀的一類事吧？」

「一言難盡！」小草嘆了一口氣。歇了一陣，她像在腦子裡搜索得什麼似的，接著又說，「這話說來又長了。你若不嫌煩，我可以從頭一一告訴你。我先前正是像你們所猜想的那麼愉快，每日裡同一些姑娘們少年們有說有笑的過日子。什麼跳舞會啦，牡丹與芍藥結婚啦……你看我這樣子雖不什麼漂亮，但筵席上少了我她們是不歡的。有一次，真的春天到了，跑來了一位詩人。她們都說他是詩人，我看他那樣子，同不會唱歌的少年並沒有什麼不同。我一見他那尖瘦有毛的臉嘴，就不高興。嘴巴尖瘦並不是什麼奇怪事，但他卻尖的格外討厭。又是長長的眉毛，又是嶄新的綠森森的衣裳，又是清亮的嗓子，直惹得那一群不顧羞恥的輕薄骨頭發顛！就中尤其是小桃，——」

「那不是鶯哥大詩人嗎？」照小草所說的那詩人形狀，他想，必定是會唱讚美詩的鶯哥了。但穿綠衣裳又會唱歌的卻很多，因此又這樣問。

「噓！詩人？單是口齒伶便一點，簡直一個儇薄兒罷了！我分明看到他棄了他居停的女人，飛到園角落同海棠偷偷的去接吻。」

她所說的話無非是不滿意於那位漂亮詩人。小萍兒想：或者她對於這詩人有點妒意吧！但他不好意思將這疑問質之於小草，他們不過是新交。他只問：

「那麼，她們都為那詩人輕薄了！」

「不。還有——」

「還有誰？」

「還有玫瑰。她雖然是常常含著笑聽那尖嘴無聊的詩人唱情歌，但當他嬉皮涎臉的飛到她身邊，想在那鮮嫩小嘴唇上接一個吻時，她卻給他狠狠的刺了一下。」

「以後，——你？」

「你是不是問我以後怎麼又不到溫室中了嗎？我本來是可以在那裡住身的。因為秋的餞行筵席上，大眾約同開一個跳舞會，我這好動的心思，又跑去參加了。在這當中，大家都覺到有點慘沮，雖然是明知春天終不會永久消逝。」

「詩人呢？」

「詩人早不知到什麼地方去了。有些姐妹們也想，因為無人唱詩，所以弄得滿席抑鬱不歡。不久就從別處請了一位小小跛腳詩人來。他小得可憐，身上還不到一粒白果那麼大。穿一件黑油綢短襖子，行路一跳一跳，——」

「那是蟋蟀吧？」其實小萍兒並不與蟋蟀認識，不過這名字對他很熟罷了！

「對。他名字後來我才知道的。那你大概是與他認識了！他真會唱。他的歌能感動一切，雖然調子很簡單。

——我所以不到溫室中過冬，願到這外面同一些不幸者為風雪暴虐下的犧牲者一道，就是為他的歌所感動呢。——看他樣子那麼渺小，真不值得用正眼刷一下。但第一句歌聲唱出時，她們的眼淚便一起為擠出來了！他唱的是『蕭條異代不同時』。這本是一句舊詩，但請想，這樣一個餞行的筵席上，這種詩句如何不敲動她們的心呢？就中尤其感到傷心的是那位密司柳。她原是那綠衣詩人的舊居停。想著當日『臨流顧影，婀娜豐姿』，真是難過！到後又唱到『姣艷芳姿人阿諛，斷枝殘梗人遺棄，……』把密司荷又弄得嚎啕大哭了。……還有許多好句子，可惜我不能一一記下。到後跛腳詩人便在我這裡住下了。我們因為時常談話，才知道他原也是流浪性成了隨遇而安的脾氣。——」

他想，這樣詩人倒可以認識認識，就問：

「現在呢？」

「他因性子不大安定，不久就又走了！」

小萍兒聽到他朋友的答覆，憮然若有所失，好久好久不做聲。他末後又問她唱的「小萍兒，漫傷嗟，同樣漂泊有楊花！」那首歌是什麼人教給她的時，小草卻掉過頭去，羞澀的說，就是那跛腳詩人。

一九二五年2月14日作

收入《鴨子》（戲劇、小說、散文、詩合集）北新書局　一九二六年10月初版

6・生之記錄

一

下午時，我倚在一堵矮矮的圍牆上，浴著微溫的太陽，春天快到了，一切草，一切樹，還不見綠，但太陽已很可戀了。從太陽的光上我認出春來。

沒有大風，天上全是藍色。我同一切，浴著在這溫暾的晚陽下，都沒言語。

「松樹，怎麼這時又不做出昨夜那類響聲來嚇我呢？」

「那是風，何嘗是我意思！」有微風樹間在動，做出小小聲子在答應我了！

「你風也無恥，只會在夜間來！」

「那你為什麼又不常常在陽光下生活？」

我默然了。

因為疲倦，腰隱隱在痛，我想哭了。在太陽下還哭，那不是可羞的事嗎？我怕在牆坎下松樹根邊側臥著那一對黃雞笑我，竟不哭了。

「快活的東西，明天我就要教老田殺了你！」

「因為妒嫉的緣故，」松樹間的風，如在揶揄我。

我妒嫉一切，不止是人！我要一切，把手伸出去，別人把工作扔在我手上了，並沒有見我所要的同來到。候了又候，我的工作已為人取去，隨意的一看，又放下到別處去了，我所希望的仍然沒有得到。

第二次，第三次，扔給我的還是工作。我的靈魂受了別的希望所哄騙，工作接到手後，又低頭在一間又窄又黴的小房中做著了，完後再伸手出去，所得的還是工作！

我見過別的朋友們，忍受著饑寒，伸著手去接得工作到手，畢後，又伸手出去，直到靈魂的火焰燒完，伸出的手還空著，就此僵硬，讓漠不相關的人抬進土裡去，也不知有多少了。

這類燒完了熱安息了的幽魂，我就有點妒嫉它。我還不能像他們那樣安靜的睡

覺！夢中有人在追趕我，把我不能做的工作扔在我手上，我怎麼不妒嫉那些失了熱的幽魂呢？

我想著，低下頭去，不再顧到抖著腳曝於日的雞笑我，仍然哭了。在我的淚點墜跌際，我就妒嫉它，淚能墜到地上，很快的消滅。

我不願我身體在靈魂還有熱的以前消滅。有誰人能告我以靈魂的火先身體而消滅的方法嗎？我稱他為弟兄，朋友，師長——或更好聽一點的什麼，只要把方法告我！

我忽然想起我浪了那麼多年為什麼還沒燒完這火的事情了，研究它，是誰在暗裡增加我的熱。

——母親，瘦黃的憔悴的臉，是我第一次出門做別人副兵時記下來的……

——妹，我一次轉到家去，見我灰的軍服，為灰的軍服把我們弄得稍稍陌生了一點，躲到母親的背後去；頭上紮著青的綢巾，因為額角在前一天漲水時玩著碰傷了……

——大哥，說是「少喝一點吧」，答說「將來很難再見了」。看看第二支燭又只剩一寸了，說是「聽雞叫從到關外就如此了」，大的淚，沿著為酒灼紅了的瘦頰流著……

「我要把媽的臉變胖一點，」單想起這一樁事，我的火就永不能熄了。

若把這事忘卻，我就要把我的手縮回，不再有希望了……

可以證明春天將到的日頭快沉到山後去了。我腰還在痛。想拾片石頭來打那驕人的一對黃雞一下，雞咯咯的笑著逃走去。

把石子向空中用力擲去後，我只有準備夜來受風的恐嚇。

二

灰的幕，罩上一切，月不能就出來，星子很多在動。在那只留下一個方的輪廓的建築下面，人還能知道是相互在這世上活著，我卻不能相信世上還有兩個活人。世上還有活東西我也不肯信。因為一切死樣的靜寂，且無風。

我沒有動作，倚在廊下聽自己的出氣。

若是世界永遠是這樣死樣沉寂下去，我的身子也就這樣不必動彈，做為死了，讓我的思想來活，管領這世界。

凡是在我眼面前生過的，將再在我思想中活起來了，不論仇人或朋友，連那被我無意中捏死的吸血蚊子。

我要再來受一道你們世上人所給我的侮辱。

我要再見一次所見過人類的殘酷。

我要追出那些眼淚同笑聲的損失。

我要捉住那些過去的每一個天上的月亮拿來比較。

我要稱稱我朋友們送我的感情的分量。

我要摩摩那個把我心碰成永遠傷創的人的眼。

我要哈哈的笑，像我小時的笑。

我要在地下打起滾來哭，像我小時的哭！

…………

我沒有那樣好的運，就是把這死寂空氣再延下去一個或半個時間也不可能——一支笛子，在比那堆只剩下輪廓的建築更遠一點的地方，提高喉嚨在歌了。

聽不出他是怒還是喜來，孩子們的嘴上，所吹得出的是天真。

「小小的朋友，你把笛子離開嘴，像我這樣，倚在牆或樹上，地上的石板乾淨你就坐下，我們兩人來在這死寂的世界中，各人把過去的世界活在思想裡，豈不是好嗎？在那裡，你可以看見你所愛的一切，比你吹笛子好多了！」

我的聲音沒有笛子的尖銳，當然他不會聽到。

笛子又在吹了，不成腔調，正可證明他的天真。

他這個時候是無須乎把世界來活在思想裡的，聽他的笛子的快樂的調子可以知道。

「小小的朋友，你不應當這樣！別人都沒有做聲，為什麼你來攪亂這安寧，用你的不成腔的調子？你把我一切可愛的復活過來的東西都破壞了，罪人！」

笛子還在吹。他若能知道他的笛子有怎樣大的破壞性，怕也能看點情面把笛子放下吧。

什麼都不能不想了，只隨到笛子的聲音。

沿著笛子我記起一個故事，六歲至八歲時，家中一個苗老阿枒，對我說許多故事。關於笛子，她說原先有個皇帝，要算喜歡每日裡打著哈哈大笑，成了瘋子。皇后無法，把賞格懸出去，治得好皇帝的賞公主一名。這一來人就多了。公主美麗像一朵花，誰都想把這花帶回家去。可是誰都想不出什麼好法子來。有些人甚至於把

他自己的兒子，牽來當到皇帝面前，切去四肢，皇帝還是笑！同樣這類笨法子很多。皇帝以後且笑得更凶了。到後來了一個人，鄉下人樣子，短衣，手上拿一支竹子。皇后問：你可以治好皇帝的病嗎？來人點頭。又問他要什麼藥物，那鄉下人遞竹子給皇后看。竹子上有眼，皇后看了還是不懂。一個鄉下人，看樣子還老實，就叫他去試試吧。見了皇帝，那人把竹子放在嘴邊，略一出氣，皇帝就不笑了。第一段完後，皇帝笑病也好了。大家喜歡得了不得。……那公主後來自然是歸了鄉下人。不過，公主學會吹笛子後，皇后卻把鄉下人殺了。……從此笛子就傳下來，因為有這樣一段慘事，笛子的聲音聽起來就很悲傷。

阿栫人是早死了，所留下的，也許只有這一個苗中的神話了。（願她安寧！）我從那時起，就覺得笛子用到和尚道士們做法事頂合適。因為笛子有催人下淚的能力，做道場接亡時，不能因喪事流淚的，便可以使笛子掘開他的淚泉！

聽著笛子就下淚，那是兒時的事，雖然不一定家中死什麼人。二姐因為這樣，笑我是孩子脾氣，有過許多回了。後來到她的喪事，一個師傅，正拿起笛子想要逗引家中人哭泣，我想及二姐生時笑我的情形，竟哭的暈去了。

近來人真大了，雖然有許多事情養成我還保存小孩愛哭的脾氣，可是笛子不能令我下淚。近來聞笛，我追隨笛聲，颺到虛空，重現那些過去與笛子有關的事，人一大，感覺是自然而然也鈍了。

笛聲歇了，我驟然感到空虛起來。

——小小的吹笛的朋友，你也在想什麼吧？你是望著天空一個人在想什麼吧？我願你這時年紀，是只曉得吹笛的年紀！你若是真懂得像我那樣想，靜靜的想從這中抓取些渺然而過的舊夢，我又希望你再把笛勒在嘴邊吹起來！年紀小一點的人，載多悲哀的回憶，他將不能再吹笛了！還是吹吧，夜深了，不然你也就睡得了！

像知道我在期望，笛又吹著了，聲音略變，大約換了一個較年長的人了。

抬起頭去看天，黑色，星子卻更多更明亮。

三

在雨後的中夏白日裡，麻雀的吱喳雖然使人略略感到一點單調的寂寞，但既沒有沙子被風吹揚，拿本書來坐在槐樹林下去看，還不至於枯燥。

鎮日為街市電車弄得耳朵常是嗡嗡隆隆的我，忽又跑到這半鄉村式的學校來

了。名為駱駝莊，我卻不見過一匹負有石灰包的駱駝，大概它們這時是都在休息了吧。在這裡可以聽到富於生趣的雞聲，還是我到北京來一個新發見。這些小喉嚨喊聲，是夾在農場上和煦可親的母牛喚犢的喊聲裡的，還有坐在榆樹林裡躲蔭的流氓鶻鵃同它們相應和。

雞聲我至少是有了兩年以上沒有聽到過了，鄉下的雞聲則是在沅州的三里坪農場中聽過。也許是還有別種緣故吧，凡是雞聲，不問它是荒村午夜還是晴陰白晝，總能給我一種極深的新的感動。過去的切慕與懷戀，而我也會從這些在別人聽來或許但會感到夏日過長催人疲倦思眠的單調長聲中找出。

初來北京時，我愛聽火車的嗚嗚汽笛。從這中我發見了它的偉大，使我不馴的野心常隨著那些嗚嗚聲向天涯不可知的遼遠渺茫中馳去。但這不過是一種空虛寂寞的客寓中寄託罷了！若拿來同鄉村中午雞相互唱酬的叫聲相比，給人的趣味，可又不相同了。

我以前從不會在寓中半夜裡有過一回被雞聲叫醒的事情。至於白日裡，除了電車的隆隆隆以外，便是百音合奏的市聲！連母雞下蛋時「咯大咯」也沒有聽到過。我於是疑心北京城裡的住戶人家是沒有養過一隻活雞的。然而，我又知道我猜測的不對了，我每次為相識扯到飯館子去，總聽到「辣子雞」「爊雞」等等名色。我到菜市去玩時，似乎看到那些小攤子下面竹罩籠裡，的確也又還有些活鮮鮮（能伸翅膀，能走動，能低頭用嘴殼去清理翅子但不做聲）的雞。它們如同啞子，擠擠挨挨站著卻沒有做聲。倘若一個從沒看見過雞的人，僅僅根據書上或別人口中傳說「雞是好勇狠鬥，能引吭高唱……」雞的樣子，那麼，見了這罩籠裡的雞，我敢說他絕不會相信這就是雞！

它們之所以不能叫，或者並不是不會叫（因為凡雞都會叫，就是雞婆也能「咯大咯」），只是時時擔驚受怕，想著那鋒利的刀，沸滾的水，憂愁不堪，把叫的事就忘懷了呢！這本不奇怪，譬如我們人到憂愁無聊（還不至於死）時，不是連講話也不大願意開口嗎？

然而我還有不解者，是：北京的雞，固然是日陷於宰割憂懼中，但別的地方雞，就不是拿來讓人宰割的？為甚別的地方的雞就有興致高唱愉快的調子呢？我於是乎是得北京古怪。

看著沉靜不語的深藍天空，想著北京城中的古怪，為那些一遞一聲雞唱弄得有點疲倦來了。日光下的小生物，行動野佻的蚊子，在空中如流星般晃去，似乎更其

愉快活潑，我記起了「飄若驚鴻宛若游龍」兩句古典文章來。

四

夜來聽到淅瀝的雨聲，還夾著嗡嗡隆隆的輕雷，屈指計算今年消失了的日月，記起小時覺得有趣的端陽節將臨了。

這樣的雨，在故鄉說來是為划龍舟而落。若在故鄉聽著，將默默地數著雨點，為一年來老是臥在龍王廟倉房裡那幾隻長而狹的木舟高興，童心的歡悅，連夢也是甜蜜而舒適！北京沒有一條小河，足供五月節龍舟競賽，所以我覺得北京的端陽寂寞。既沒有划龍舟的小河，為划龍舟而落的雨又這樣落個不止，我於是又覺得這雨也落得異常寂寞無聊了。

雨是嘩喇嘩喇地落，且當做故鄉的夜雨吧：臥在床上已睡去幾時候的九妹，為一個炸雷驚醒後，聽到點點滴滴的雨聲，又怕又喜，將摟著並頭睡著媽的脖頸，極輕的說：

「媽，媽，你醒了吧。你聽又在落雨了！明天街上會漲水，河裡自然也會漲水。莫把北門河的跳岩淹過了。我們看龍舟又非要到二哥乾爹那吊樓上不可了！那橋上的吊樓好是好，可是若不漲大水，我們仍然能站到玉英姨她家那低一點的地方去看，無論如何要有趣一點。我又怕那樓高，我們不放炮仗，站到那麼高高的樓上去看有什麼意思呢。媽，媽，你講看：到底是二哥乾爹那高樓上好呢，還是玉英姨家好？」

「我寶寶說得都是。你喜歡到哪一處就去哪處。你講哪處好就是哪處。」媽的答覆，若是這樣能夠使九妹聽來滿意，那麼，九妹便不再做聲，又閉眼睛做她的龍舟夢去了。

第二天早上，我倘若說：

——老九，老九，又漲大水了。明天，後天，看龍船快了！你預備的衣服怎樣？這無論如何不到十天了啦！

她必又格登格登跑到媽身邊去催媽為趕快把新的花紡綢衣衫縫好，說是免得又穿那件舊的花格子洋紗衫子出醜。其實她那新衣只差的一排扣子同領口沒完工，然而終不能禁止她去同媽嘮叨。

晚上既下這樣大雨，一到早上，放在簷口下的那些木盆木桶會滿盆滿桶的裝著

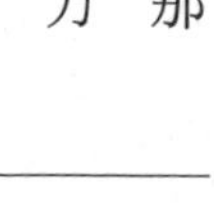

雨水了。這雨水省卻了我們到街上喊賣水老江進屋的功夫。包粽子的竹葉子便將在這些桶裡洗漂。

只要是落雨，可以不用問他大小，都能把小孩子引到端節來臨的歡喜中去。大人們呢，將為這雨增添了幾分忙碌。

但雨有時會偏偏到五日那一天也不知趣大落而特落的。（這是天的事情，誰能斷料的定？）所以，在這幾天，小孩子人人都有一點工作——這是沒有哪一個小孩子不願搶著做的工作：就是祈禱。他們誠心祈禱那一天萬萬莫要落下雨來，縱天陰沒有太陽也無妨。他們祈禱的意思如像請求天一樣，是各個用心來默祝，口上卻不好意思說出。這既是一般小孩的事，是以九妹同六弟兩人都免不了背人偷偷的許下願心——大點的我，人雖大了，願天晴的心思卻不下於他倆。

於是，這中間就又生出爭持來了。譬如誰個膽虛一點，說了句。

「我猜那一天必要落雨呀。」

那一個便「不，不，決不！我敢同誰打賭：落下了雨，讓你打二十個耳刮子以外還同你磕一個頭。若是不，你就為我——」

「我猜必定要下，但不大。」心虛者又若極有把握的說。

「那我同你打賭吧。」

不消說為天晴袒護這一方面的人，當聽到雨必定要下的話時氣已登脖頸了！但你若疑心到說下雨方面的人就是存心願意下雨，這話也說不去。這裡兩人心虛，兩人都深怕下雨而願意莫下雨，卻是一樣。

僥倖雨是不落了。那些小孩子們對天的讚美與感謝，雖然是在心裡，但你也可從那微笑的臉上找出。這些誠懇的謝詞若用東西來貯藏，恐怕找不出那麼大的一個口袋呢。

我們在小的孩子們（雖然有不少的大人，但這樣美麗佳節原只是為小孩子預備的，大人們不過是搭秤的豬肝罷了。）喝彩聲裡，可以看到那幾隻狹長得同一把刀一樣的木船在水面上如擲梭一般抛來抛去。一個上前去了，一個又退後了；一個停頓不動了，一個又打起圈子演龍穿花起來。使船行動的是幾個紅背心綠背心——不紅不綠之花背心的水手。他們用小的橈槳促船進退，而他們身子又讓船載著來往，這在他們，真可以說是用手在那裡走路呢。

……………

過了這樣發狂似的玩鬧一天，那些小孩子如像把期待盡讓划船的人划了去，又

太平無事了。那幾隻長狹木船自然會有些當事人把它拖上岸放到龍王廟去休息，我們也不用再去管它。「它不寂寞嗎？」幸好遇事愛發問的小孩們還沒有提出這麼一個問題來為難他媽。但我想即或有聰明小孩子問到這事，還可以用這樣話來回答：「它已結結實實同你們玩了一整天，這時應得規規矩矩睡到龍王廟倉下去休息！它不像小孩子愛熱鬧，所以也不會寂寞。」

從這一天後，大人小孩似乎又漸漸的把前一日那幾把水上拋去的梭子忘卻了——一般就很難聽人從閒話中提到這梭子的故事。直到第二年五月節將近，龍舟雨再落時，又才有人從點點滴滴中把這位被忘卻的朋友記起。

五

我看我桌上綠的花瓶，新來的花瓶，我很客氣的待它，把它位置在墨水瓶與小茶壺之間。

節候近初夏了。各樣的花都已謝去。這樣古雅美麗的瓶子，適宜插丁香花。適宜插藤花。一枝兩枝，或夾點草，只要是青的，或是不很老的柳枝，都極其可愛。

但是，各樣花都謝了，或者是不謝，我無從去找。

讓新來的花瓶，寂寞的在茶壺與墨水瓶之間過了一天。

花瓶還是空著，我對它用得著一點羞慚了。這羞慚，是我曾對我的從不曾放過茶葉的小壺，和從不曾借重它來寫一點可以自慰的文字的墨水瓶，都有過的。新的羞慚，使我感到輕微的不安。心想，把來送像廷蔚那種過時的生活的人，豈不是很好麼？因為疲倦，雖想到，亦不去做，讓它很陌生的，仍立在茶壺與墨水瓶中間。

懂事的老田，見了新的綠色花瓶，知道自己新添了怎樣一種職務了，不待吩咐，便走到農場邊去，採得一束二月蘭和另外一種不知名的草花，把來一同插到瓶子裡，用冷水灌滿了瓶腹。

既無香氣，連顏色也覺可憎……我又想到把瓶子也一同摔到窗外去，但只不過想而已。看到二月蘭同那株野花吸瓶中的冷水。乘到我無力對我所憎的加以懲治的疲倦時，這些野花得到不應得的幸福了。

節候近初夏了，各樣的花都已謝去，或者不謝，我也無從去找。

從窗子望過去，柏樹的葉子，都已成了深綠，預備抵抗炎夏的烈日，似乎綠也

是不得已。能夠抵抗，也算罷了。我能用什麼來抵抗這晚春的懊惱呢？我不能拒絕一個極其無聊按時敲打的校鐘，我不能……我不能再拒絕一點什麼。凡是我所憎的都不能拒絕。這時遠遠的正有一個木匠或鐵匠在用斧鑿之類做一件什麼工作，釘釘的響，我想拒絕這種聲音，用手蒙了兩個耳朵，我就無力去抬手。

心太疲倦了。

綠的花瓶還在眼前，彷彿知道我的意思的老田，換上了新從外面要來的一枝有五穗的紫色藤花。淡淡的香氣，想到昨日的那個女人。

看到新來的綠瓶，插著新鮮的藤花，呵，三月的夢，那麼昏昏的做過！

……想要寫些什麼，把筆提起，又無力的放下了。

一九二六年2月完成

（原載一九二六年3月27日、3月29日《晨報副刊》）

後收入《鴨子》（戲劇、小說、散文、詩合集），北新書局　一九二六年10月初版

7・一個多情水手與一個多情婦人

我的小錶到了七點四十分時，天光還不很亮。停船地方兩山過高，故住在河上的人，睡眠彷彿也就可以多些了。小船上水手昨晚上吃了我五斤河魚，吃過了魚，大約還記得著那吃魚的原因，不好意思再睡，這時節業已起身，捲了鋪蓋，在燒水掃雪了。兩個水手一面工作一面用野話編成韻語罵著玩著，對於惡劣天氣與那些昨晚上能晃著火炬到有吊腳樓人家去同寬臉大奶子婦人糾纏的水手，含著無可奈何的妒嫉。

大木筏都得天明時漂灘，正預備開頭，寄宿在岸上的人已陸續下了河，與宿在筏上的水手們，共同開始從各處移動木料。筏上有斧斤聲與大搖槌彭彭的敲打木椿聲音。許多在吊腳樓寄宿的人，從婦人熱被裡脫身，皆在河灘大石間踉蹌走著，回歸船上。婦人們恩情所結，也多和衣靠著窗邊，與河下人遙遙傳述那種種「後會有

期各自珍重」的話語。很顯然的事，便是這些人從昨夜那點露水恩情上，已經各在那裡支付分上一把眼淚與一把埋怨。想到這些眼淚與埋怨，如何揉進這些人的生活中，成為生活之一部分時，使人心中柔和得很！

第一個大木筏開始移動時，約在八點左右。木筏四隅數十支大橈，潑水而前，筏上且起了有節奏的「唉」聲。接著又移動了第二個。……木筏上的橈手，各在微明中畫出一個黑色的輪廓。木筏上某一處必揚著一片紅紅的火光，火堆旁必有人正蹲下用鋼罐煮水。

我的小船到這時節一切業已安排就緒，也行將離岸，向長潭上游溯江而上了。只聽到河下小船鄰近不遠某一隻船上，有個水手啞著嗓子喊人：

「牛保，牛保，不早了，開船了呀！」

許久沒有回答，於是又聽那個人喊道：

「牛保，牛保，你不來當真船開動了！」

再過一陣，催促的轉而成為辱罵，不好聽的話已上口了。

「牛保，牛保，狗×的，你個狗就見不得河街女人的×！」

吊腳樓上那一個，到此方彷彿初從好夢中驚醒，從熱被裡婦人手臂中逃出，光身跑到窗邊來答著：

「宋宋，宋宋，你喊什麼？天氣還早咧。」

「早你的娘，人家木排全開了，你×了一夜還盡不夠！」

「好兄弟，忙什麼？今天到白鹿潭好好的喝一杯！天氣早得很！」

「早得很，哼，早你的娘！」

「就算是早我的娘吧。」

最後一句話，不過是我想像的。因為河岸水面那一個，雖尚呶呶不已，樓上那一個卻業已沉默了。大約這時節那個婦人還臥在床上，也開了口，「牛保，牛保，你別理他，冷得很！」因此即刻又回到床上熱被裡去了。

只聽到河邊那個水手喃喃的罵著各種野話，且有意識把船上傢伙撞磕得很響。我心想：這是個什麼樣子的人，我倒應該看看他。且很希望認識岸上那一個。我知道他們那只船也正預備上行，就告給我小船上水手，不忙開頭，等等同那隻船一塊兒開。

不多久，許多木筏離岸了，許多下行船也拔了錨，推開篷，著手盪槳搖櫓了。我臥在船艙中，就只聽到水面人語聲，以及櫓槳激水聲，與櫓槳本身被扳動時咿咿啞啞聲。河岸吊腳樓上婦人在曉氣迷蒙中銳聲的喊人，正如同音樂中的笙管一樣，超越眾聲而上。河面雜聲的綜合，交織了莊嚴與流動，一切真是一個聖境。

我出到艙外去站了一會。天已亮了，雪已止了，河面寒氣逼人。眼看這些船筏各戴上白雪浮江而下，這裡那裡揚著紅紅的火焰同白煙，兩岸高山則直矗而上，如對立巨魔，顏色淡白，無雪處皆作一片墨綠。奇景當前，有不可形容的瑰麗。

一會兒，河面安靜了。只剩下幾隻小船同兩片小木筏，還無開頭意思。

河岸上有個藍布短衣青年水手，正從半山高處人家下來，到一隻小船上去。因為必須從我小船邊過身，故我把這人看得清清楚楚。大眼，寬臉，鼻子短，寬闊肩膊下掛著兩隻大手（手上還提了一個棕衣口袋，裡面填得滿滿的），走路時肩背微微向前彎曲，看來處處皆證明這個人是一個能幹得力的水手！我就冒昧的喊他，同他說話：

「牛保，牛保，你玩得好！」

誰知那水手當真就是牛保。

那傢伙回過頭來看看是我叫他，就笑了。我們的小船好幾天以來，皆一同停泊，一同啟碇，我雖不認識他，他原來早就認識了我的。經我一問，他有點害羞起來了。他把那口袋舉起帶笑說道：

「先生，冷呀！你不怕冷嗎？我這裡有核桃，你要不要吃核桃？」

我以為他想賣些核桃，不願意掃他的興，就說我要，等等我一定向他買些。

他剛走到他自己那隻小船邊，就快樂的唱起來了。忽然稅關複查處比鄰吊腳樓人家窗口，露出一個年青婦人鬢髮散亂的頭顱，向河下人銳聲叫將起來：

「牛保，牛保，我同你說的話，你記著嗎？」

年青水手向吊腳樓一方把手揮動著。

「唉，唉，我記得到！……冷！你是怎麼的啊！快上床去！」大約他知道婦人起身到窗邊時，是還不穿衣服的。

婦人似乎因為一番好意不能使水手領會，有點不高興的神氣。

「我等你十天，你有良心，你就來——」說著，彭的一聲把格子窗放下了。這時節眼睛一定已紅了。

那一個還向吊腳樓喃喃說著什麼，隨即也上了船。我看看，那是一隻深棕色的小貨船。

我的小船行將開頭時，那個青年水手牛保卻跑來送了一包核桃。我以為他是拿

來賣給我的，趕快取了一張值五角的票子遞給他。這人見了錢只是笑。他把錢交還，把那包核桃從我手中搶了回去。

「先生，先生，你買我的核桃，我不賣！我不是做生意人。（他把手向吊腳樓指了一下，話說得輕了些。）那婊子同我要好，她送我的。送了我那麼多，還有栗子，乾魚。還說了許多癡話，等我回來過年咧。……」

慷慨原是辰河水手一種通常的性格。既不要我的錢，皮箱上正擱了一包煙臺蘋果，我隨手取了四個大蘋果送給他，且問他：

「你回不回來過年？」

他只笑嘻嘻的把頭點點，就帶了那四個蘋果飛奔而去。我要水手開了船。小船已開到長潭中心時，忽然又聽到河邊那個啞嗓子在喊嚷：

「牛保，牛保，你是怎麼的？我×你的媽，還不下河，我翻你的三代，還……」

一會兒，一切皆沉靜了，就只聽到我小船船頭分水的聲音。

聽到水手的辱罵，我方明白那個快樂多情的水手，原來得了蘋果後，並不即返船，仍然又到吊腳樓人家去了。

他一定把蘋果獻給那個婦人，且告給婦人這蘋果的來源，說來說去，到後自然又輪著來聽婦人說的癡話，所以把下河的時間完全忘掉了。

小船已到了辰河多灘的一段路程，長潭盡後就是無數大灘小灘。河水半月來已落下六尺，雪後又照例無風，較小船隻即或可以不從大漕上行，沿著河邊淺水處走去也依然十分費事。水太乾了，天氣又實在太冷了點。我伏在艙口看水手們一面罵野話，一面把長篙向急流亂石間擲去，心中卻念及那個多情水手。船上灘時浪頭儼然只想把船上人攫走。水流太急，故常常眼看業已到了灘頭。過了最緊要處，但在抽篙換篙之際，忽然又會為急流沖下。海水又大又深，大浪頭拍岸時常如一個小山，但它總使人覺得十分溫和。河水可同一股火，太熱情了一點，時時刻刻皆想把人攫走，且彷彿完全只憑自己意見作去。但古怪的是這些弄船人，他們逃避激流同漩水的方法十分巧妙。他們得靠水為生，明白水，比一般人更明白水的可怕處；但他們為了求生，卻在每個日子裡每一時間皆有向水中跳去的準備。小船一上灘時，就不能不向白浪裡鑽去，可是他們卻又必有方法從白浪裡找到出路。

在一個小灘上，因為河面太寬，小漕河水過淺，小船纜繩不夠長不能拉縴，必需盡手足之力用篙撐上，我的小船一連上了五次皆被急流沖下。船頭全是水。到後

想把船從對河另一處大漕走去，漂流過河時，從白浪中鑽出鑽進，篷上也沾了水。在大漕中又上了兩次，還花錢加了個臨時水手，方把這隻小船弄上灘。上過灘後問水手是什麼灘，方知道這灘名「罵娘灘」。（說野話的灘！）即或是父子弄船，一面弄船也一面得互罵各種野話，方可以把船弄上灘口。

一整天小船盡是上灘，我一面欣賞那些從船舷馳過急於奔馬的白浪，一面便用船上的小斧頭，剝那個風流水手見贈的核桃吃。我估想這些硬殼果，說不定每一顆還都是那吊腳樓婦人親手從樹上摘下，用鞋底揉去一層苦皮，再一一加以選擇，放到棕衣口袋裡來的。望著那些棕色碎殼，那婦人說的「你有良心你就趕快來」一句話，也就盡在我耳邊響著。那水手雖然這時節或許正在急水灘頭趴伏到石頭上拉船，或正脫了褲子涉水過溪，一定卻記憶著吊腳樓婦人的一切，心中感覺十分溫暖。每一個日子的過去，便使他與那婦人接近一點點。十天完了，過年了，那吊腳樓上，照例門楣上全貼了紅喜錢，被捉的雄雞啊呵呵的叫著。雄雞宰殺後，把它向門角落拋去，只聽到翅膀撲地的聲音。鍋中蒸了一籠糯米，熱氣騰騰的倒入大石臼中，兩人就開始在一個石臼裡搗將起來。一切事都是兩個人共力合作，一切工作中都摻合有笑謔與善意的詛罵。於是當真過年了。又是叮嚀與眼淚，在一分長長的日子裡有所期待，留在船上另一個放聲的辱罵催促著，方下了船，又是核桃與栗子，乾鯉魚與……

到了午後，天氣太冷，無從趕路。時間還只三點左右，我的小船便停泊了。停泊地方名為楊家岨。依然有吊腳樓，飛樓高閣懸在半山中，結構美麗悅目。小船傍在大石邊，只須一跳就可以上岸。岸上吊腳樓前枯樹邊，正有兩個婦人，穿了毛藍布衣裳，不知商量些什麼，幽幽的說著話。這裡雪已極少，山頭皆裸露作深棕色，遠山則為深紫色。地方靜得很，河邊無一隻船，無一個人，無一堆柴。不知河邊哪一塊大石後面有人正在捶搗衣服，一下一下的搗。對河也有人說話，卻看不清楚人在何處。

小船停泊到這些小地方，我真有點擔心。船上那個壯年水手，是一個在軍營中開過小差作過種種非凡事情的人物，成天在船上只唱著「過了一天又一天，心中好似滾油煎」，若誤會了我箱中那些帶回湘西送人的信箋信封，以為是值錢東西，在唱過了埋怨生活的戲文以後，轉念頭來玩個新花樣，說不定我還來不及被詢問「吃板刀麵或吃雲吞」以前，就被他解決了。這些事我倒不怎麼害怕，凡是蠢人做出的事我不知道什麼叫嚇怕的。只是有點兒擔心。因為若果這個人做出了這種蠢事，我

完了，他跑了，這地方可糟了。地方既屬於我那些同鄉軍官大老管轄，就會把他們可忙壞了。

我盼望牛保那隻小船趕來，也停泊到這個地方，一面可以不用擔心，一面還可以同這個有人性的多情水手談談。

直等到黃昏，方來了一隻郵船，靠著小船下了錨。過不久，郵船那一面有個年青水手嚷著要支點錢上岸去吃「葷煙」，另一個管事的卻不允許，兩人便爭吵起來了。只聽到年青的那一個呶呶絮語，聲音神氣簡直同大清早上那個牛保一個樣子。

到後來，這個水手負氣，似乎空著個荷包，也仍然上岸過吊腳樓人家去了。過了一會還不見他回船，我很想知道一下他到了那裡做些什麼事情，就要一個水手為我點上一段廢纜，晃著那小小火把，引導我離了船，爬了一段小小山路，到了所謂河街。

五分鐘後，我與這個穿綠衣的郵船水手，一同坐到一個人家正屋裡火堆旁，默默的在烤火了。面前一個大油松樹根株，正伴同一餅油渣，熊熊的燃著快樂的火焰。間或有人用腳或樹枝撥了那麼一下，便有好看的火星四散驚起。主人是一個中年婦人，另外還有兩個老婦人，不斷向水手提出種種問題，且把關於下河的油價，木價，米價，鹽價，一件一件來詢問他，他卻很散漫的回答，只低下頭望著火堆。從那個頸項同肩膊，我認得這個人性格同靈魂，竟完全同早上那個牛保一樣。我明白他沉默的理由，一定是船上管事的不給他錢，到岸上來賒煙不到手。他那悶悶不樂的神氣，可以說是很嫵媚。我心想請他一次客，又不便說出口。到後機會卻來了。門開處進來了一個年事極輕的婦人，頭上裹著大格子花布首巾，身穿蔥綠色土布襖子，繫一條藍色圍裙，胸前還繡了一朵小小白花。那年輕婦人把兩隻手插在圍裙裡，輕腳輕手進了屋，就站在中年婦人身後。說真話，這個女人真使我有點兒驚訝。我似乎在什麼地方另一時節見著這樣一個人，眼目鼻子皆彷彿十分熟習。若不是當真在某一處見過，那就必定是在夢裡了。

公道一點說來，這婦人是個美麗得很的生物！

最先我以為這小婦人是無意中撞來玩玩，聽聽從下河來的客人談談下面事情，安慰安慰自己寂寞的。可是一瞬間，我卻明白她是為另一件事而來的了。屋主人要她坐下，她卻不肯坐下，只把一雙放光的眼睛盡瞅著我，待到我抬起頭去望她時，那眼睛卻又趕快逃避了。

她在一個水手面前一定沒有這種羞怯，為這點羞怯我心中有點兒惆悵，引起了

點兒憐憫。這憐憫一半給了這個小婦人，卻留下一半給我自己。

那鄄船水手眼睛為小婦人放了光，很快樂的說：

「夭夭，夭夭，你打扮得真像個觀音！」

那女人抿嘴笑著不理會，表示這點阿諛並不希罕，一會兒方輕輕的說：

「我問你，白師傅的大船到了桃源不到？」

鄄船水手回答了，婦人又輕輕的問：

「楊金保的船？」

鄄船水手又回答了，婦人又繼續問著這個那個。我一面向火一面聽他們說話，卻在心中計算一件事情。小婦人雖同鄄船水手談到歲暮年末水面上的情形，但一顆心卻一定在另外一件事情上馳騁。我幾乎本能的就感到了這個小婦人是正在對我感到特別興趣。不用驚奇，這不是稀奇事情。我們若稍懂人情，就會明白一張為都市所折磨而成的白臉，同一件稱身軟料細毛衣服，在一個小家碧玉心中所能引起的是一種如何幻想，對目前的事也便不用多提了。

對於身邊這個小婦人，也正如先前一時對於身邊那個鄄船水手一樣，我想不出用個什麼方法，就可以使這個有了點兒野心與幻想的人，得到她所要得到的東西。

其實我在兩件事上皆不能再吝嗇了，因為我對於他們皆十分同情。但試想想看，倘若這個小婦人所希望的是我本身，我這點同情，會不會引起五千里外另一個人的苦痛？我笑了。

……假若我給這水手一筆錢，讓這小婦人同他談一個整夜？

我正那麼計算著，且安排如何來給那個鄆船水手的錢，使他不至於感覺難為情。忽然聽那年輕婦人問道：

「牛保那隻船？」

那鄆船水手吐了一口氣，「牛保的船嗎，我們一同上罵娘灘，溜了四次。末後船已上了灘，那攔頭的夥計還同他在互罵，且不知為什麼互相用篙子亂打亂劃起來，船又溜下灘去了。看那樣子不是有一個人落水，就得兩個人同時落水。」

有誰發問：「為什麼？」

鄆船水手感慨似的說：「還不是為那一張×！」

幾人聽著這件事，皆大笑不已。那年輕小婦人，卻長長的吁了一口氣。

忽然河街上有個老年人嘶聲的喊人：

「夭夭小婊子，小婊子婆，賣×的，你是怎麼的，夾著那兩片小×，一眨眼又跑到哪裡去了！你來！……」

小婦人聽門外街口有人叫她，把小嘴收斂做出一個愛嬌的姿勢，帶著不高興的神氣自言自語說：「叫騾子又叫了。你就叫吧。夭夭小婊子偷人去了！投河吊頸去了！」咬著下唇很有情致的盯了我一眼，拉開門，放進了一陣寒風，人卻衝出去，消失到黑暗中不見了。

那郵船水手望了望小婦人去處那扇大門，自言自語的說：「小婊子偏偏嫁老煙鬼，天曉得！」

於是，大家便來談說剛才走去那個小婦人的一切。屋主中年婦人，告給我那小婦人年紀還只十九歲，卻為一個年過五十的老兵所佔有。老兵原是一個煙鬼，雖佔有了她，只要誰有土有財就讓床讓位。至於小婦人呢，人太年輕了點，對於錢毫無用處，卻似乎常常想得很遠很遠。屋主人且為我解釋很遠很遠那句話的意思，給我證明了先前一時我所感覺到的一件事情的真實。原來這小婦人雖生在不能愛好的環境裡，卻天生有種愛好的性格。老煙鬼用名分縛著了她的身體，然而那顆心卻無從拘束。一隻船無意中在碼頭邊停靠了，這隻船又恰恰有那麼一個年青男子，一切派頭都和水手不同，夭夭那顆心，將如何為這偶然而來的人跳躍！屋主人所說的話，增加了我對於這個年青婦人的關心。我還想多知道一點，請求她告給我，我居然又知道了些不應當寫在紙上的事情。到後來，談起命運，那屋主人沉默了，眾人也沉默了。各人眼望著熊熊的柴火，心中玩味著「命運」這個字的意義，而且皆儼然有一點兒痛苦。

我呢，在沉默中體會到一點「人生」的苦味。我不能給那個小婦人什麼，也再不作給那水手一點點錢的打算了。我覺得他們的慾望同悲哀都十分神聖，我不配用錢或別的方法滲進他們命運裡去，擾亂他們生活上那一份應有的哀樂。

下船時，在河邊我聽到一個人唱《十想郎》小曲，曲調卑陋聲音卻清圓悅耳。我知道那是由誰口中唱出且為誰唱的。我站在河邊寒風中癡了許久。

（原載一九三四年7月7日天津《大公報》「文藝」）

後收入《湘行散記》上海商務印書館一九三六年3月初版

8・老伴

我平日想到瀘溪縣時，回憶中就浸透了搖船人催櫓歌聲，且被印象中一點兒小雨，彷彿把心也弄濕了。這地方在我生活史中占了一個位置，提起來真使我又痛苦又快樂。

瀘溪縣城界於辰州與浦市兩地中間，上距浦市六十里，下達辰州也恰好六十里。四面是山，對河的高山逼近河邊，壁立拔峰，河水在山峽中流去。縣城位置在洞河與沅水匯流處，小河泊船貼近城邊，大河泊船去城約三分之一里。（洞河通稱小河，沅水通稱大河。）洞河來源遠在苗鄉，河口長年停泊了五十隻左右小小黑色洞河船。弄船者有短小精悍的花帕苗，頭包格子花帕，腰圍短短裙子。有白面秀氣的所里人，說話時溫文爾雅，一張口又善於唱歌。洞河既水急山高，河身轉折極多，上行船到此已不適宜於借風使帆。凡入洞河的船隻，到了此地，便把風帆約成一束，作上個特別記號，寄存於城中店鋪裡去，等待載貨下行時，再來取用。由辰州開行的沅水商船，六十里為一大站，停靠瀘溪為必然的事。浦市下有船若預定當天趕不到辰州，也多在此過度。然而上下兩個大碼頭把生意全已搶去，每天雖有若干船隻到此停泊，小城中商業卻清淡異常。沿大河一方面，一個稍稍像樣的青石碼頭也沒有。船隻停靠都得在泥灘與泥堤下，落了小雨，上岸下船不知要滑倒多少人！

十七年前的七月裡，我帶了「投筆從戎」的味兒，在一個「龍頭大哥」兼「保安司令」的帶領下，隨同八百鄉親，乘了從高村抓封得到的二十來隻大小船舶，浮江而下，來到了這個地方。靠岸停泊時正當傍晚，紫絳山頭為落日鍍上一層金色，乳色薄霧在河面流動。船隻攏岸時搖船人照例促櫓長歌，那歌聲糅合了莊嚴與瑰麗，在當前景象中，真是一曲不可形容的音樂。

第二天，大隊船隻全向下游開拔去了，拋下了三隻小船不曾移動。兩隻小船裝的是舊棉軍服，另一隻小船，卻裝了十三名補充兵，全船中人年齡最大的一個十九歲，極小的一個十三歲。

十三個人在船上實在太擠了。船既不開動，天氣又正熱，擠在船上也會中暑發

痧。因此許多人白日裡盡光身泡在長河清流中，到了夜裡，便爬上泥堤去睡覺。一群小子身上全是空無所有，只從城邊船戶人家討來一大捆稻草，各自紮了一個草枕，在泥堤上仰面躺了五個夜晚。

這件事對於我個人不是一個壞經驗。躺在尚有些微餘熱的泥土上，身貼大地，仰面向天，看尾部閃放寶藍色光輝的螢火蟲匆匆促促飛過頭頂。沿河是細碎人語聲，蒲扇拍打聲，與煙桿剝剝的敲著船舷聲。半夜後天空有流星曳了長長的光明下墜。灘聲長流，如對歷史有所陳訴埋怨。這一種夜景，實在是我終身不能忘掉的夜景！

到後落雨了，各人競上了小船。白日太長，無法排遣，各自赤了雙腳，冒著小雨，從爛泥裡走進縣城街上去觀光。大街頭江西人經營的布鋪，鋪櫃中坐了白髮皤然老婦人，莊嚴沉默如一尊古佛。大老闆無事可作，只腆著肚皮，叉著兩手，把腳拉開成為八字，站在門限邊對街上簷溜出神。窄巷裡石板砌成的行人道上，小孩子扛了大而樸質的雨傘，響著寂寞的釘鞋聲。待到回船時，各人身上業已濕透，就各自把衣服從身上脫下，站在船頭相互幫忙擰去雨水。天夜了，便滿船是嗆人的油氣與柴煙。

在十三個夥伴中我有兩個極要好的朋友。其中一個是我的同宗兄弟，名叫沈萬林。年紀頂大，與那個在常德府開旅館頭戴水獺皮帽子的朋友，原本同在一個中營遊擊衙門裡服務當差，終日栽花養金魚，事情倒也從容悠閒。只是和上面管事頭目合不來。忽然對職務厭煩起來，把管他的頭目痛打一頓，自己也被打了一頓，因此就與我們作了同伴。其次是那個年紀頂輕的，名字就叫「開明」，一個趙姓成衣人的獨生子，為人伶俐勇敢，稀有少見。家中雖盼望他能承繼先人之業，他卻夢想作個上尉副官，頭戴金邊帽子，斜斜佩上條紅色值星帶，站在副官處臺階上罵差弁，以為十分神氣。因此同家中吵鬧了一次，負氣出了門，這小孩子年紀雖小，心可不小！同我們到縣城街上轉了三次，就看中了一個絨線鋪的和他年齡差不多的女孩子，問我借錢向那女孩子買了三次白棉線草鞋帶子。他雖買了不少帶子，那時節其實連一雙多餘的草鞋都沒有，把帶子買得同我們回轉船上時，他且說：「將來若作了副官，當天賭咒，一定要回來討那女孩子做媳婦。」那女孩子名叫「××」，我寫《邊城》故事時，弄渡船的外孫女，明慧溫柔的品性，就從那絨線鋪小女孩印象而來。我們各人對於這女孩子，印象似乎都極好，不過當時卻只有他一個人特別勇敢天真，好意思把那一點糊塗希望說出口來。

日子過去了三年，我那十三個同伴，有三個人由駐防地的辰州請假回家去，走到瀘溪縣境驛路上，出了意外的事情，各被土匪砍了二十餘刀，流一灘血倒在大路旁死掉了。死去的三人中，有一個是我同宗兄弟。我因此得到了暫時還家的機會。

那時節軍隊正預備從鄂西開過四川就食，部隊中好些年輕人一律被遣送回籍。那保安司令官意思就在讓各人的父母負點兒責：以為一切是命的，不妨打發小孩子再歸營報到，擔心小孩子生死的，自然就不必再來了。

我於是和那個夥伴並其他二十多個年輕人，一同擠在一隻小船中，還了家鄉。小船上行到瀘溪縣停泊時，雖已黑夜，兩人還進城去拍打那人家的店門，從那個女孩手中買了一次白帶子。

到家不久，這小子大約不忘卻作副官的好處，藉故說假期已滿，同成衣人爸爸又大吵了一架，偷了些錢，獨自走下辰州了。我因家中無事可作，不辭危險也坐船下了辰州。我到得辰州老參將衙門報到時，方知道本軍部隊四千人，業已於四天前全部開拔過四川，所有相熟夥伴也完全走盡了。我們已不能過四川，改成為留守部人員。留守部只剩下一個上尉軍需官，一個老年上校副官長，一個跛腳中校副官，以及兩班新刷下來的老弱兵士。

開明被派作勤務兵，我的職務為司書生，兩人皆在留守部繼續供職。兩人既受那個副官長管轄，老軍官見我們終日坐在衙門裡梧桐樹下唱山歌，以為我們應找點正經事做做，就想出個巧辦法，派遣兩個到附近城外荷塘裡去為他釣蛤蟆。兩人一面釣蛤蟆一面談天，我方知道他下行時居然又到那絨線鋪買了一次帶子。我們把蛤蟆從水蕩中釣來，剝了皮洗刷得乾乾淨淨後，用麻線捆著那東西小腳，成串提轉衙門時，老軍官就加上作料，把一半熏了下酒，剩下一半還托同鄉帶回家中去給老太太享受。我們這種工作一直延長到秋天，才換了另外一種。

過了約一年，有一天，川邊來了個特急電報：部隊集中駐紮在一個湖北邊上來鳳小縣城裡，正預備拉夫派捐回湘。忽然當地切齒發狂的平民，受當地神兵煽動，秘密約定由神兵帶頭打先鋒，發生了民變，各自拿了菜刀、鐮刀撇麻砍柴刀大清早分頭猛撲各個駐軍廟宇和祠堂來同軍隊作戰。四千軍隊在措手不及情形中，一早上就放翻了三千左右。總部中除那個保安司令官同一個副官僥倖脫逃外，其餘所有高級官佐職員全被民兵砍倒了（事後聞平民死去約七千，半年內小城中隨處還可發現白骨）。這通電報在我命運上有了個轉機，過不久，我就領了三個月遣散費，離開辰州，走到出產香草香花的芷江縣，每天拿了個紫色木戳，過各屠桌邊驗豬羊稅去

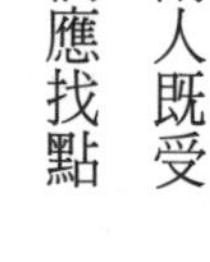

了。所有八個夥伴已在川邊死去，至於那個同買帶子同釣蛤蟆的朋友呢，消息當然從此也就斷絕了。

整整過去十七年後，我的小船又在落日黃昏中，到了這個地方停靠下來。冬天水落了些，河水去堤岸已顯得很遠，裸露出一大片乾枯泥灘。長堤上有枯葦刷刷作響，陰背地方還可看到些白色殘雪。

石頭城恰當日落一方，雉堞與城樓皆為夕陽落處的黃天襯出明明朗朗的輪廓。每一個山頭仍然鍍上了金，滿河是櫓歌浮動，（就是那使我靈魂輕舉永遠讚美不盡的歌聲！）我站在船頭，思索到一件舊事，追憶及幾個舊人。黃昏來臨，開始佔領了整個空間。遠近船隻全只剩下一些模糊輪廓，長堤上有一堆一堆人影子移動，鄰近船上炒菜落鍋聲音與小孩哭聲雜然並陳。忽然間，城門邊響了一聲賣糖人的小鑼，噹……

一雙發光烏黑的眼珠，一條直直的鼻子，一張小口，從那一槌小鑼聲中重現出來。我忘了這份長長歲月在人事上所發生的變化，恰同小說書本上角色一樣，懷了不可形容的童心，上了堤岸進了城。城中接瓦連椽的小小房子，以及住在這小房子裡的本城人民，我似乎與他們都十分相熟。時間雖已過了十七年，我還能認識城中的路道，辨別城中的氣味。

我居然沒有錯誤，不久就走到了那絨線舖門前了。恰好有個船上人來買棉絲，當他推門進去時，我緊跟著進了那個舖子。有這樣稀奇的事情嗎？我見到的不正是那個女孩嗎？我真驚訝得說不出話來。十七年前那小女孩就成天站在舖櫃裡一堵棉紗邊，兩手反復交換動作挽她的棉線，目前我所見到的，還是那麼一個樣子。難道我如浮士德一樣，當真回到了那個「過去」了嗎？我認識那眼睛，鼻子，和薄薄小嘴。我毫不含糊，敢肯定現在的這一個就是當年的那一個。

「要什麼呀？」就是那聲音，我也似乎極其熟習。我指定懸在鉤上一束白色東西，「我要那個！」如今真輪到我這老軍務來購買繫草鞋的白棉紗帶子了！當那女孩子站在一個小凳子上，去為我取鉤上貨物時，舖櫃裡火盆中有茶壺沸水聲音，某一處有人吸煙聲音。女孩子辮髮上纏得是一綹白絨線，我心想：「死了爸爸還是死了媽媽？」火盆邊茶水沸了起來，小隔扇門後面有個男子啞聲說話：

「小翠，小翠，水開了，你怎麼的？」女孩子雖已即刻很輕捷靈便的跳下凳子，把水罐挪開，那男子卻仍然走出來了。

真沒有再使我驚訝的事了，在黃暈暈的煤油燈光下，我原來又見到了那成衣人

的獨生子！這人簡直可說是一個老人，很顯然的，時間同鴉片煙已毀了他。但不管時間同鴉片煙在這男子臉上刻下了什麼記號，我還是一眼就認定這人便是那一再來到這鋪子裡購買帶子的趙開明。從他那點神氣看來，卻決猜不出面前的主顧，正是同他釣蛤蟆的老伴。這人雖作不成副官，另一糊塗希望可終究被他達到了。我憬然覺悟他與這一家人的關係，且明白那個似乎永遠年輕的女孩子是誰的兒女了。我被「時間」意識猛烈的摑了一巴掌，摩摩我的面頰，一句話不說，靜靜的站在那兒看兩父女度量帶子，驗看點數我給他的錢。完事時，我想多停頓一會兒，又藉故買了點白糖，他們雖不賣白糖，老伴卻出門為我向別一鋪子把糖買來。他們那份安於現狀的神氣，使我覺得若用我身分驚動了他，就真是我的罪過。

我拿了那個小小包兒出城時，天已斷黑，在泥堤上亂走。天上有一粒極大星子，閃耀著柔和悅目的光明。我瞅定這一粒星子，目不旁瞬。

「這星光從空間到地球據說就得三千年，閱歷多些，它那麼鎮靜有它的道理。我現在還只三十歲剛過頭，能那麼鎮靜嗎？……」

我心中似乎極其混亂，我想我的混亂是不合理的。我的腳正踏到十七年前所躺臥的泥堤上，一顆心跳躍著，勉強按捺也不能約束自己。可是，過去的，有誰人能攔住不讓它過去，又有誰能制止不許它再來？時間使我的心在各種變動人事上感受了點分量不同的壓力，我得沉默，得忍受。再過十七年，安知道我不再到這小城中來？世界雖極廣大，人可總像近於一種宿命，給限制著在一定範圍內，經驗到他的過去相熟的事情。

為了這再來的春天，我有點憂鬱，有點寂寞。黑暗河面起了縹緲快樂的櫓歌。河中心一隻商船正想靠碼頭停泊。歌聲在黑暗中流動，從歌聲裡我儼然徹悟了什麼。我明白我不應當翻閱歷史，溫習歷史。在歷史前面，誰人能夠不感惆悵？

但我這次回來為的是什麼？自己詢問自己，我笑了。我還願意再活十七年，重來看看我能看到難於想像的一切。

作於一九三四年

（原載一九三四年8月《學文月刊》一卷四期）後收入《湘行散記》

9．滕回生堂今昔

我六歲左右時害了疳疾，一張臉黃僵僵的，一出門，身背後就有人喊「猴子猴子」。回過頭去搜尋時，人家就咧著白牙齒向我發笑。撲攏去打吧，人多得很。裝作不曾聽見吧，那與本地人的品德不相稱。我很羞愧，很生氣。家中外祖母聽從傭婦、挑水人、賣炭人與隔鄰轎行老婦人出主意，於是輪流要我吃熱灰裡焙過的「偷油婆」、「使君子」，吞雷打棗子木的炭粉，黃紙符燒紙的灰渣，諸如此類藥物，另外還逼我誘我吃了許多古怪東西。我雖然把這些很稀奇的丹方試了又試，蛔蟲成絞成團的排出，病還是不得好，人還是不能夠發胖。照習慣說來，凡為一切藥物治不好的病，便同「命運」有關。家中有人想起了我的命運，當然不樂觀。

關心我命運的父親，特別請了一個賣卦算命土醫生來為我推算流年，想法禳解命根上的災星。這算命人把我生辰干支排定後，就向我父親建議：

「大人，把少爺拜給一個吃四方飯的人作乾兒子，每天要他吃習皮草蒸雞肝，有半年包你病好。病不好，把我回生堂牌子甩了丟到大河潭裡去！」

父親既是個軍人，毫不遲疑的回答說：

「好，就照你說的辦。不用找別人，今天日子好，你留在這裡喝酒，我們就打了乾親家吧。」

兩個爽快單純的人既同在一處，我的命運便被他們派定了。

一個人若不明白我那地方的風俗，對於我父親的慷慨處會覺得稀奇。其實這算命的當時若說：「大人，把少爺拜寄給城外碉堡旁大冬青樹吧！」

我父親還是會照辦的。一株樹或一片古怪石頭，收容三五十個寄兒，照本地風俗習慣，原是件極平常事情。且有人拜寄牛欄拜寄井水的，人神同處日子竟過得十分調和，毫無齟齬。

我那寄父除了算命賣卜以外，原來還是個出名草頭醫生，又是個拳棒家。尖嘴尖臉如猴子，一雙黃眼睛炯炯放光，身材雖極矮小，實可謂心雄萬夫。他把舖子開設在一城熱鬧中心的東門橋頭上，字號名「滕回生堂」。那長橋兩旁一共有二十四間舖子，其中四間正當橋垛墩，比較寬敞，許多年以前，他就占了有垛墩的一間。

住處分前後兩進，前面是藥舖，後面住家。舖子中羅列有羚羊角、穿山甲、馬蜂巢、猴頭、虎骨、牛黃、馬寶，無一不備。最多的還是那幾百種草藥，成束成把的草根木皮，堆積如山，一屋中也就長年為草藥蒸發的香味所籠罩。

舖子裡間房子窗口臨河，可以俯瞰河裡來回的柴炭船、米船、甘蔗船。河身下游約半里，有了轉折，因此迎面對窗便是一座高山。那山頭春夏之際作綠色，秋天作黃色，冬天則為煙霧包裹時作藍色，為雪遮蓋時只一片眩目白色。屋角隅陳列了各種武器，有青龍偃月刀、齊眉棍、連枷、釘耙。此外，還有一個似桶非桶似盆非盆的東西，原來這是我那寄父年輕時節習站功所用的寶貝。他學習拉弓，想把腿腳姿勢弄好，每個晚上蜷伏到那木桶裡去熬夜。想增加氣力，每早從桶中爬出時還得吃一條黃鱔的鮮血。站了木桶兩整年，吃了黃鱔數百條，臨到應考時，卻被一個習武的仇人摘發他身分不明，取消了考試資格。他因此賭氣離開了家鄉，來到武士薈萃的鳳凰縣賣卜行醫。為人既爽直慷慨，且能喝酒划拳，極得人緣，生涯也就不惡。作了醫生尚捨不得把那個木桶丟開，可想見他還不能對那寶貝忘情。

他家中有個太太，兩個兒子。太太大約一年中有半年都把手從大袖筒縮到衣裡去，藏了一個小火籠在衣裡烘烤，眯著眼坐在藥材中，簡直是一隻大貓。兩個兒子大的學習料理舖子，小的上學讀書。兩老夫婦住在屋頂，兩個兒子住在屋下層橋墩上。地方雖不寬綽，那裡也用木板夾好，有小窗小門，不透風，光線且異常良好。橋墩尖劈形處，石罅裡有一架老葡萄樹，得天獨厚，每年皆可結許多球葡萄。另外還有一些小瓦盆，種了牛膝、三七、鐵釘台、隔山消等等草藥。尤其古怪的是一種名為「罌粟」的草花，還是從雲南帶來的，開著艷麗煜目的紅花，花謝後枝頭綴綠色果子，果子裡據說就有鴉片煙。

當時一城人誰也不見過這種東西，因此常常有人老遠跑來參觀。當地一個拔貢還做了兩首七律詩，贊詠那個稀奇少見的植物，還把詩貼到回生堂武器陳列室板壁上。

橋墩離水面高約四丈，下游即為一潭，潭裡多鯉魚鱖魚，兩兄弟把長繩繫個釣鉤，掛上一片肉，夜裡垂放到水中去，第二天拉起就常常可以得一尾大魚。但我那寄父卻不許他們如此釣魚，以為那麼取巧，不是一個男子漢所當為。雖然那麼罵兒子，有時把釣來的魚不問死活依然扔到河裡去，有時也會把魚煎好來款待客人。他常獎勵兩個兒子過教場去同兵將子弟尋釁打架，大兒子常常被人打得頭破血流回來時，作父親的一面為他敷那秘製藥粉，一面就說：「不要緊，不要緊，三天就好

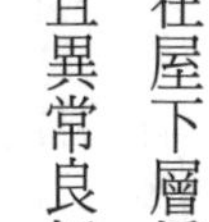

了。你怎麼不照我教你那個方法把那苗子放倒？」說時有點生氣了，就在兒子額角上一彈，加上一點懲罰，看他那神氣，就可明白站木桶考武秀才被屈，報仇雪恥的意識還存在。

我得了這樣一個寄父（即義父），我的命運自然也就添了一個汗腳，便是「吃藥」了。我從他那兒大致嘗了一百樣以上的草藥。假若我此後當真能夠長生不老，一定便是那時吃藥的結果。我倒應當感謝我那個命運，從一分吃藥經驗裡，因此分別得出許多草藥的味道、性質以及它們的形狀。且引起了我此後對於辨別草木的興味。其次是我吃了兩年多雞肝。這一堆藥材同雞肝，顯然對於此後我的體質同性情都大有影響。

那橋上有洋廣雜貨店，有豬牛羊屠戶案桌，有炮仗鋪與成衣鋪，有理髮館，有布號與鹽號。我既有機會常常到回生堂去看病，也就可以同一切小鋪子發生關係。我很滿意那個橋頭，那是一個社會的雛型，從那方面我明白了各種行業，認識了各樣人物。凸了個大肚子鬍鬚滿腮的屠戶，站在案桌邊，揚起大斧「擦」的一砍，把肉剁下後隨便一秤，就猛向人菜籃中摜去，「鎮關西」式人物，那神氣真夠神氣。平時以為這人一定極其凶橫蠻霸，誰知他每天拿了豬脊髓到回生堂來喝酒時，竟是個異常和氣的家伙！其餘如剃頭的、縫衣的，我同他們認識以後，看他們工作，聽他們說些故事新聞，也無一不是很有意思。我在那兒真學了不少東西，知道了不少事情。所學所知比從私塾裡得來的書本知識當然有趣得多，也有用得多。

那些舖子一到端午時節，就如我寫《邊城》故事那個情形，河下競渡龍船，從橋洞下來回過身時，橋上有人用叉子掛了小百子邊炮懸出吊腳樓，必必拍拍的響著。夏天河中漲了水，一看上游流下了一隻空船，一匹牲畜，一段樹木，這些小商人為了好義或好利的原因，必爭著很勇敢的從窗口躍下，鳧水去追趕那些東西。不管漂流多遠，總得把那東西救出。關於救人的事，我那寄父總不落人後。

他只想親手打一隻老虎，但得不到機會。他說他會點穴，但從不見他點過誰的穴。一口典型的麻陽話，開口總給人一種明朗愉快印象。

民國二十二年舊曆十二月十九日，距我同那座大橋分別時將近十二年，我又回到了那個橋頭了。這是我的故鄉，我的學校，試想想，我當時心中怎樣激動！離城二十里外我就見著了那條小河。傍著小河溯流而上，沿河綿亙數里的竹林，發藍疊翠的山峰，白白陽光下造紙坊與制糖坊，水磨與水車，這些東西皆使我感動得厲害！後來在一個石頭碉堡下，我還看到一個穿號褂的團丁，送了個頭裹孝布的青年

婦人過身。那黑臉小嘴高鼻樑青年婦人，使我想起我寫的《鳳子》故事中角色。她沒有開口唱歌，然而一看卻知道這婦人的靈魂是用歌聲餵養長大的。我已來到我故事中的空氣裡了，我有點兒癡。環境空氣，我似乎十分熟悉，事實上一切都已十分陌生！

見大橋時約在下午兩點左右，正是市面最熱鬧時節。我從　群苗人一群鄉下人中擁擠上了大橋，各處搜尋沒有發現「滕回生堂」的牌號。回轉家中我並不提起這件事。第二天一早，我得了出門的機會，就又跑到橋上去，排家注意，終於在橋頭南端，被我發現了一家小鋪子。鋪子中堆滿了各樣雜貨，貨物中坐定了一個瘦小如猴乾癟癟的中年人。從那雙眯得極細的小眼睛，我記起了我那個乾媽。這不是我那乾哥哥是誰？

我衝近他身邊時，那人就說：

「唉，你要什麼？」

「我要問你一個人，你是不是松林？」

裡間屋孩子哭起來了，順眼望去，雜貨堆裡那個圓形大木桶裡，正睡了一對大小相等彷彿孿生的孩子。我萬萬想不到圓木桶還有這種用處，我話也說不來了。

但到後我告訴他我是誰，他把小眼睛楞著瞅了我許久，一切弄明白後，便慌張得只是搓手，趕忙讓我坐到一捆麻上去。

「是你！是茂林！……」「茂林」是我乾爹為我起的名字。

我說，「大哥，正是我！我回來了！老人家呢？」

「五年前早過世了！」

「嫂嫂呢？」

「六月裡過去了！剩下兩隻小狗。」

「保林二哥呢？」

「他在辰州，你不見到他？他作了王村禁煙局長，有出息，討了個乖巧屋裡人，鄉下買得三十畝田，作員外！」

我各處一看，卦桌不見了，橫招不見了，觸目全是草藥。

「你不算命了嗎？」

「命在這個人手上，」他說時翹起一個大拇指。「這裡人已沒有命可算！」

「你不賣藥了嗎？」

「城裡有四個官藥鋪，三個洋藥鋪。苗人都進了城，賣草藥人多得很，生意不

好作！」

他雖說不賣藥了，小屋子裡其實還有許多成束成捆的草藥。而且恰好這時就有個兵士來買專治腹痛的「一點白」，把藥找出給人後，他只捏著那兩枚當一百的銅元，向我呆呆的笑。大約來買藥的也不多了，我來此給他開了一個利市。

他一面茫然的這樣那樣數著老話，一面還盡瞅著我。忽然發問：

「你從北京來南京來？」

「我在北平做事！」

「做什麼事？在中央，在宣統皇帝手下？」

我就告訴他，既不在中央，也不是宣統手下。他只作成相信不過的神氣，點著頭，且極力退避到屋角隅去，儼然為了安全非如此不成。他心中一定有一個新名詞作祟：「你可是個共產黨？」他想問卻不敢開口，他怕事。他只輕輕的自言自語說：「城內前年殺了兩個，一刀一個。那個韓安世是韓老丙的兒子。」

有人來購買煙扦，他便指點人到對面鋪子去買。我問他這橋上鋪子為什麼都改成了住家戶。他就告我，這橋上一共有十家煙館，十家煙館裡還有三家可以買黃嗎啡。此外又還有五家賣煙具的雜貨鋪。

一出舖子到城邊時，我就碰一個煙幫過身。兩連護送兵各背了本地製最新半自動步槍，人馬成一個長長隊伍，共約三百二十餘擔黑貨，全是從貴州來的。

我原本預備第二天過河邊為這長橋攝一個影留個紀念，一看到橋墩，想起二十七年前那缽罌粟花，且同時想起目前那十家煙館三家煙具店，這橋頭的今昔情形，把我照相的勇氣同興味全失去了。

一九三四年12月作

（原載一九三五年1月7日《國聞週報》十二卷二期）

10・桃源與沅州

全中國的讀書人，大概從唐朝以來，命運中就注定了應讀一篇《桃花源記》，因此把桃源當成一個洞天福地，人人皆知道那地方是武陵漁人發現的，有桃花夾岸，芳草鮮美。遠客來到，鄉下人就殺雞，溫酒，表示歡迎。鄉下人皆避秦隱居的遺民，不知有漢朝，更無論魏晉了。千餘年來讀書人對於桃源的印象，既不怎麼改變，所以每當國體衰弱發生變亂時，想做遺民的必多，這文章也就增加了許多人的幻想，增加了許多人的酒量。至於住在那兒的人呢，卻無人自以為是遺民或神仙，也從不曾有人遇著遺民或神仙。

桃源洞離桃源縣二十五里。從桃源縣坐小船沿沅水上行，船到百馬渡時，上岸走去，忘路之遠近亂走一陣，桃花源就在眼前了。那地方桃花雖不如何動人，竹林卻很有意思。如椽如柱的大竹子，隨處皆可發現前人用小刀刻畫留下的詩歌。新派學生不甘自棄，也多刻下英文字母的題名。竹林裡間或潛伏一二蓊徑壯士，待機會霍地從路旁躍出，仿照《水滸傳》上英雄好漢行為，向遊客發個利市。

桃源縣城則與長江中部各小縣城差不多，一入城門最觸目的是推行印花稅與某種公債的布告。城中有棺材舖，官藥舖。有茶館酒館，有米行腳行，有和尚道士，有經紀媒婆。廟宇祠堂多數為軍隊駐防，門外必有個武裝同志站崗。土棧煙館皆照章納稅，受當地軍警保護。代表本地的出產，邊街上有幾十家玉器作坊，用珉石染紅著綠，琢成酒杯筆架等物，貨物品質平平常常，價錢卻不輕賤。另外還有個名為「後江」的地方，住下無數公私不分的妓女，很認真經營她們的業務。有些人家在一個菜園平房裡，有些卻又住在空船上，地方雖髒一點倒富有詩意。這些婦女使用她們的下體，安慰軍政各界，且征服了往還沅水流域的煙販，木商，船主，以及種種過路人。挖空了每個顧客的錢包，維持許多人生活，促進地方的繁榮。一縣之長照例是個讀書人，從史籍上早知道這是人類一種最古的職業，沒有郡縣以前就有了它們，取締既與「風俗」不合，且影響及若干人生存，因此就很正當的向這些人來抽收一種捐稅（並採取了個美麗名詞叫作花捐），把這筆款項用來補充地方行政，保安，或城鄉教育經費。

桃源既是個有名地方，每年自然就有許多「風雅」人，心慕古桃源之名，二三月裡攜了《陶靖節集》與《詩韻集成》等物，到桃源縣訪幽探勝。這些人往桃源洞賦詩前後，必尚有機會過後江走走。由朋友或專家引導，這家那家坐坐，燒匣煙，喝杯茶，看中意某一個女人時，問問行市，花個三元五元，便在那齷齪不堪萬人用過的花板床上，壓著那可憐婦人胸膛放蕩一夜，於是紀遊詩上多了幾首無題詩，「巫峽神女」，「漢皋解珮」，「劉阮天台」等等典故，一律被引用到詩上去。

看過了桃源洞，這人平常是很謹慎的，自會覺得應當過醫生處走走，於是匆匆的回家了。至於接待過這種外路風雅人的妓女呢，前一夜也許陸續接待過了三個麻陽船水手，後一夜又得賠伴兩個貴州省牛皮商人。這些婦人說不定還被一個水手，一個縣公署執達吏，一個公安局書記，或一個當地小流氓，長時期包定佔有，客來時那人往煙館過夜，客去時再回到婦人身邊來燒煙。

妓女的數目，占城中人口比例數不小。因此彷彿有各種原因，她們的年齡皆比其他都市更無限制。有些人年在五十以上，還不甘自棄，同孫女輩行來參加這種生活鬥爭，每日輪流接待水手同軍營中火夫。也有年紀不過十三四歲，乳臭尚未脫盡，便在那兒服侍客人過夜的。

她們的技藝是燒燒鴉片煙，唱點流行小曲，若來客是糧子上跑四方人物，還得唱唱軍歌黨歌，與電影明星的新歌，應酬應酬，增加興趣。她們的收入有些一次可得洋錢二十三十，有些一整夜又只得三毛五毛。這些人有病本不算一回事，實在病重了，不能作生活掙飯吃，間或就上街走到西藥房去打針，六零六三零三紮那麼幾下，或請走方郎中配服藥，朱砂茯苓亂吃一陣，只要支持得下去，總不會坐下來吃白飯。直到病倒了，毫無希望可言了，就叫毛伙用門板抬到那類住在空船中孤身過日子的老婦人身邊去，盡她咽最後那一口氣，死去時親人呼天搶地哭一陣，罄所有請和尚安魂念經再托人賒購副四合頭棺木，或借「大加一」買副薄薄板片，土裡一埋也就完事了。

桃源地方已有公路，直達號稱湘西咽喉的武陵（常德），每日皆有八輛十輛新式載客汽車，按照一定時刻在公路上奔馳。距常德約九十里，車票價錢一元零。這公路從常德且直達湖南省會的長沙，汽車路程約四點鐘，車票價約六元。公路通車時，有人說這條公路在湘省經濟上具有極大意義，對於黔省出口特貨運輸可方便不少。這人似乎不知道特貨過境每次皆三百擔五百擔，公路上一天不過十幾輛汽車來回，若非特貨再加以精製，每天能運輸特貨多少？

關於特貨的精製，在各省嚴厲禁煙宣傳中，平民誰還有膽量來作這種非法勾當。假若在桃源縣某種舖子裡，居然有人能夠設法購買一點黃色粉末藥物，仔細問問也就會弄明白那貨物的來源，且明白出產地並不是桃源縣城，運輸出口時或用輪船直往漢口，卻不需借公路汽車轉運長沙。

真可稱為桃源名產的，是家雞同雞卵，街頭巷尾無處不可以發現這種冠赤如火龐大莊嚴的生物。凡過路人初見這地方雞卵，必以為是鴨卵或鵝卵。其次，桃源有一種小筏子，輕捷，穩當，乾淨，在沅河中可稱首屈一指。一個外省旅行者，若想到湘西的永綏，干城，鳳凰，研究湘邊苗族的分佈狀況，或想從湘西往四川的酉陽，秀山，調查桐油的生產，往貴州的銅仁，調查朱砂水銀的生產，往玉屏調查竹科種類，注意造簫製紙的工業，皆可在桃源縣魁星閣下邊，雇妥那麼隻小船，沿沅河溯流而上，直達目的地，到地時取行李上岸落店，毫無何等困難。

一隻桃源小筏子上照例要個舵手，管理後梢，調動船隻左右。張掛風帆，鬆緊帆索，捕捉河面山谷中的微風。放纜拉船，量渡河面寬窄與河流水勢，伸縮竹纜。另外還要個攔頭人，上灘下灘時看水認容口，出事前提醒舵手躲避石頭，惡浪，與洑流，出事後點篙子需要準確，穩重。這種人還要有膽量，有氣力，有經驗。張帆落帆皆得很敏捷的拉桅下繩索。走風船行如箭時，便蹲坐在船頭打吆喝呼嘯，嘲笑同行落後的船隻。自己船隻落後被人嘲罵時，還得回罵；人家唱歌也得用歌聲作答。兩船相碰說理時，不讓別人佔便宜。動手打架時，先把篙子抽出拿在手上。船隻擠入急流亂石中，不問冬夏，皆得敏捷而勇敢的脫光衣褲，向急流中跳去，在水裡盡肩背之力使船隻離開險境。掌舵的有事不能盡職，就從船頂爬過船尾去，作個臨時舵手。船上若有小水手，還應事事照料小水手，指點小水手。更有一分不可推卻的職務，便是在一切過失上，應與掌舵的各據小船一頭，相互辱宗罵祖，繼續使船前進。小船除此兩人以外，尚需要個小水手，居於雜務地位，淘米，燒飯，切菜，洗碗，無事不作。行船時應蕩槳就幫同蕩槳，應點篙就幫同持篙。這種水手大都在學習期間，應處處留心，取得經驗同本領。除了學習看水，看風，記石頭，使用篙槳以外，也學習挨打挨罵。盡各種古怪稀奇字眼兒成天在耳邊響著，好好的保留在記憶裡，將來長大時再用它來辱罵旁人。上行無風吹，一個人還得負了縴板，曳著一段竹纜，在荒涼河岸小路上拉船前進。小船停泊碼頭邊時，又得規規矩矩守船。關於他們經濟情勢，舵手多為船家長年雇工，平均算來合八分到一角錢一天。攔頭工有長年雇定的，人若年富力強多經驗，待遇同掌舵的差不多。若只是短期包

來回，上行平均每天可得一毛或一毛五分錢，下行則盡義務吃白飯而已。至於小水手，學習期限看年齡同本事來，學習期間有些人每天可得兩分錢作零用，有些人在船上三年五載吃白飯，一個不小心，閃不知被自己手中竹篙彈入亂石激流中，泅水技術又不在行，淹死了，船主方面寫得有字據，生死家長不能過問，掌舵的把死者剩餘的衣服交給親長說明白落水情形後，燒幾百錢紙手續便清楚了。

一隻桃源小筏子，有了這樣三個水手，再加上一個需要趕路，有耐心，不嫌孤獨，能花個二十三十的乘客，這船便在一條清明透澈的沅水上下游移動起來了。在這條河裡在這種小船上作乘客，最先見於記載的一人，應當是那瘋瘋顛顛的楚逐臣屈原。在他自己的文章裡，他就說道：「朝發汪渚，夕宿辰陽。」若果他那文章還值得稱引，我們尚可以就「沅有芷兮澧有蘭」與「乘舲上沅」這些話，估想他當年或許就坐了這種小船，溯流而上，到過出產香草香花的沅州。沅州上游不遠有個白燕溪，小溪谷裡生芷草，到如今還隨處可見。這種蘭科植物生根在懸崖罅隙間，或蔓延到松樹枝椏上，長葉飄拂，花朵下垂成一長串，風致楚楚。花葉形體較建蘭柔和，香味較建蘭淡遠。遊白燕溪的可坐小船去，船上人若伸手可及，多隨意伸手摘花，頃刻就成一束。若崖石過高，還可以用竹篙將花打下，盡它墮入清溪洄流裡，再用手去溪裡把花撈起。除了蘭芷以外，還有不少香草香花，在溪邊崖下繁殖。那種黛色無際的崖石，那種一叢叢幽香眩目的奇葩，那種小小洄旋的溪流，合成一個如何不可言說迷人心目的聖境！若沒有這種地方，屈原便再瘋一點，據我想來他文章未必就能寫得那麼美麗。

什麼人看了我這個記載，若神往於香草香花的沅州，居然從桃源包了小船，過沅州去，希望實地研究解決《楚辭》上幾個草木問題。到了沅州南門城邊，也許無意中會一眼瞥見城門上有一片觸目黑色，因好奇想明白它，一時可無從向誰去詢問。他所見到的只是一片新的血跡，並非古蹟。大約在清黨前後，有個晃州姓唐的青年，北京農科大學畢業生，用黨務特派員資格，率領了兩萬以上四鄉農民，肩持各種農具，上城請願。守城兵先已得到長官命令，不許請願群眾進城。於是兩方面自然而然發生了衝突。一面是旗幟，木棒，呼喊與憤怒，一面是一尊機關槍同四枝步槍。街道那麼窄，結果站在最前線上的特派員同四十多個青年學生與農民，便皆在城門邊犧牲了。其餘農民一看情形不對，拋下農具四散嚇跑了。那個特派員的身體，於是被兵士用刺刀釘在城門木板上，示眾三天，三天過後，便拋入屈原所稱讚的清流裡餵魚吃了。幾年來本地人派捐拉夫，在應付差役中把日子混過去，大致把

這件事也慢慢的忘掉了。

桃源小船載客載到沅州府，把客人行李扛上岸，討得酒錢回船時，這些水手必乘興過皮匠街走走。那地方同桃源的後江差不多，住下不少經營最古職業的人物。地方既非商埠，價錢可公道一些。花四百錢關一次門，上船時還可以得一包黃油油的上淨絲煙，那是十年前的規矩。照目前百物昂貴情形想來，一切當然已不同了，出錢的花費也許得多一點，收錢的待客也許早已改用美麗牌代替上淨絲了。

或有人在皮匠街驀見水手，對水手發問：「弄船的，『肥水不落外人田』，家裡有的你讓別人用，用別人的你還得花錢，上算嗎？」

那水手一定會拍著腰間麂皮抱兜，笑迷迷的回答說：「大爺，『羊毛出在羊身上』，這錢不是我桃源人的錢，上算的。」他回答的只是後半截，前半截卻不必提。本人正在沅州，離桃源遠過八百里，桃源那一個他管不著。

便因為這點哲學，水手們的生活，比起風雅人來似乎灑脫多了。若不犯忌諱，無人疑心我祖護無產階級，我還想說他們的行為，比起風雅人來也實在道德的多。

三月北平大城中

（原載一九三五年3月《國聞週報》十二卷十一期）後收入《湘行散記》

II・沅陵的人

由常德到沅陵，一個旅行者在車上的感觸，可以想像得到，第一是公路上並無苗人，第二是公路上很少聽說發現土匪。

公路在山上與山谷中盤旋轉折雖多，路面卻修理得異常良好，不問晴雨都無妨車行。公路上的行車安全的設計，可看出負責者的最大努力。旅行的很容易忘了行車的危險，樂於讚嘆自然風物的秀美。在自然景致中見出宋院畫的神彩奕奕處，是太平鋪過河時入目的光景。溪流縈回，水清而淺，在大石細沙間漱流。群峰競秀，積翠凝藍，在細雨中或陽光下看來，顏色真無可形容。山腳下一帶樹林，一些儼如有意為之佈局恰到好處的小小房子，繞河洲樹林邊一灣溪水，一道長橋，一片煙。香草山花，隨手可以掇拾。《楚辭》中的山鬼，雲中君，彷彿如在眼前。上官莊的長山頭時，一個山接一個山，轉折頻繁處，神經質的婦女與懦弱無能的男子，會不

免覺得頭目暈眩。一個常態的男子，便必然對於自然的雄偉表示讚嘆，對於數年前裹糧負水來在這高山峻嶺修路的壯丁，更表示敬仰和感謝。這是一群沒滅無聞沉默不語真正的戰士！每一寸路都是他們流汗作成的。他們有的從百里以外小鄉村趕來，沉沉默默的在派定地方擔土，打石頭，三五十人躬著腰肩共同拉著個大石滾子碾壓路面，淋雨，挨餓，忍受各式各樣虐待，完成了分配到頭上的工作。把路修好了，眼看許多許多的各色各樣稀奇古怪的物件吼著叫著走過了，這些可愛的鄉下人，知道事情業已辦完，笑笑的，各自又回轉到那個想像不到的小鄉村裡過日子去了。中國幾年來一點點建設基礎，就是這種無名英雄作成的。他們什麼都不知道，可是所完成的工作卻十分偉大。

單從這條公路的堅實和危險工程看來，就可知道湘西的民眾，是可以為國家完成任何偉大理想的。只要領導有人，交付他們更困難的工做，也可望辦得很好。

看看沿路山坡桐茶樹木那麼多，桐茶山整理那麼完美，我們且會明白這個地方的人民，即或無人領導，關於求生技術，各憑經驗在不斷努力中，也可望把地面征服，使生產增加。

只要在上的不過分苛索他們，魚肉他們，這種勤儉耐勞的人民，就不至於鋌而走險發生問題。可是若到任何一個停車處，試同附近鄉民談談，我們就知道那個「過去」是種什麼情形了。任何捐稅，鄉下人都有一分，保甲在糟蹋鄉下人這方面的努力，成績真極可觀！然而促成他們努力的動機，卻是照習慣把所得繳一半，留一半。然而負責的注意到這個問題時，就說「這是保甲的罪過」，從不認為是當政的恥辱。負責者既不知如何負責，因此使地方進步永遠成為一種空洞的理想。

然而這一切都不妨說已經成為過去了。

車到了官莊交車處，一列等候過山的車輛，靜靜的停在那路旁空闊處，說明這公路行車秩序上的不苟。雖在軍事狀態中，軍用車依然受公路規程轄制，不能佔先通過，此來彼往，秩序井然，這條公路的修造與管理統由一個姓周的工程師負責。

車到了沅陵，引起我們注意處，是車站邊挑的，抬的，負荷的，推挽的，全是女子。凡其它地方男子能做的勞役，在這地方統由女子來作。公民勞動服務也還是這種女人。公路車站的修成，就有不少女子參加。工作既敏捷，又能幹。女權運動者在中國二十年來的運動，到如今在社會上露面時，還是得用「夫人」名義來號召，並不以為可恥。而且大家都集中在大都市，過著一種腐敗生活。比較起這種女勞動者把流汗和吃飯打成一片的情形，不由得我們不對這種人充滿尊敬與同情。

這種人並不因為終日勞作就忘記自己是個婦女，女子愛美的天性依然還好好保存。胸前的扣花裝飾，褲腳邊的扣花裝飾，是勞動得閒在茶油燈光下做成的（圍裙扣花工作之精和設計之巧，外路人一見無有不交口稱讚）。這種婦女日常工作雖不輕鬆，衣衫卻整齊清潔。有的年紀已過了四十歲，還與同伴競爭兜攬生意。兩角錢就為客人把行李背到河邊渡船上，跟隨過渡，到達彼岸，再為背到落腳處。外來人到河碼頭渡船邊時，不免十分驚訝，好一片水！好一座小小山城！尤其是那一排渡船，船上的水手，一眼看去，幾乎又全是女子。過了河，進得城門，向長街走走，就可見到賣菜的，賣米的，開鋪子的，做銀匠的，無一不是女子。再沒有另一個地方女子對於參加各種事業，各種生活，做得那麼普遍，那麼自然了。看到這種情形時，真不免令人發生疑問：一切事幾幾乎都由女子來辦，如《鏡花緣》一書上的女兒國現象了。本地方的男子，是出去打仗，還是在家納福看孩子？

不過一個旅行者自覺已經來到辰州時，興味或不在這些平常問題上。辰州地方是以辰州符馳名的，辰州符的傳說奇跡中又以趕屍著聞。公路在沅水南岸，過北岸城裡去，自然盼望有機會弄明白一下這種老玩意兒。

可是旅行者這點好奇心會受打擊，多數當地人對於辰州符都莫名其妙，且毫無興趣，也不怎麼相信。或許無意中會碰著一個「大」人物，體魄大，聲音大，氣派也好像很大。他不是姓張，就是姓李（他應當姓李），會告你辰州符的靈跡，就是用刀把一隻雞頸膊紮斷，把它重新接上，噀一口符水，向地下拋去，這隻雞即刻就會跑去，撒一把米到地上，這隻雞還居然趕回來吃米！你問他：「這事曾親眼見過嗎？」他一定說：「當真是眼見的事。」或許慢慢的想一想，你便也會覺得同樣是在什麼地方親眼見過這件事了。原來五十年前的什麼書上，就這麼說過的。這個大人物是當地著名會說大話的。世界上事什麼都好像知道得清清楚楚，只不大知道自己說話是假的還是真的？是書上有的，還是自己造作的？多數本地人對於「辰州符」是個什麼東西，照例都不大明白的。

對於趕屍傳說呢？說來實在動人。凡受了點新教育，血裡骨裡還浸透原人迷信的新紳士，想滿足自己的荒唐幻想，到這個地方來時，總有機會溫習一下這種傳說。紳士，學生，旅館中人，儼然因為生活在當地，便負了一種不可避免的義務，又如為一種天賦的幽默同情心所激發，總要把它的神奇處重述一番。或說朋友親戚曾親眼見過這種事情，或說曾有誰被趕回來。其實他依然和客人一樣，並不明白，也不相信，客人不提起，他是從不注意這個問題的。客人想「研究」它（我們想像

得出有許多人是樂於研究它的），最好還是看《奇門遁甲》這部書或者對他有一點幫助，本地人可不會給他多少幫助。本地人雖樂於答復這一類傻不可言的問題，卻不能說明這事情的真實性。就中有個「有道之士」姓闕，當地人通稱之為闕五老，年紀將近六十歲，談天時精神尤如一個小孩子。據說十五歲時就遠走雲貴，跟名師學習過這門法術。作法時口訣並不稀奇，不過是念文天祥的《正氣歌》罷了。死人能走動便受這種歌詞的影響。辰州符主要的工具是一碗水；這個有道之士家中神主前便陳列了那麼一碗水，據說已經有了三十五年。碗裡水減少時就加添一點。一切病痛統由這一碗水解決。一個死屍的行動，也得用水迎面的噀。這水且能由昏濁與沸騰表示預兆，有人需要幫忙或家事吉凶的預兆。登門造訪者若是一個讀書人，一個教授，他把這一碗水的妙用形容得將更驚心動魄。使他舌底翻蓮的原因，或者是他自己十分寂寞，或者是對於客人具有天賦同情，所以常常把書上沒有的也說到了。客人要老老實實發問：

「五老，那你看過這種事了？」他必裝作很認真神氣說：

「當然的。我還親自趕過！那是我一個親戚，在雲南做官，死在任上，趕回湖南，每天為死者換新草鞋一雙，到得湖南時，死人腳趾頭全走脫了。只是功夫不練就不靈，早丟下了。」至於為什麼把它丟下，可不說明。客人目的在表演，主人用意在故神其說，末後自然不免使客人失望。不過知道了這玩意兒是讀《正氣歌》作口訣，同儒家居然有關係時，也不無所得。關於趕屍的傳說，這位有道之士可謂集其大成，所以值得找方便去拜訪一次，他的住處在上西關，一問即可知道。可是一個讀書人也許從那有道之士伏爾泰風格的微笑，伏爾泰風格的言談，會看出另外一種無聲音的調笑，「你外來的書呆子，世界上事你知道許多，可是書本不說，另外還有許多就不知道了。用《正氣歌》趕走了死屍，你充滿好奇的關心，你這個活人，是被什麼邪氣歌趕到我這裡來？」那時他也許正坐在他的雜貨舖裡（他是隱於醫與商的），忽然用手指著街上一個長頭髮的男子說：「看瘋子！」那真是個瘋子，沅陵地方唯一的瘋子。可是他的語氣也許指的是你拜訪者。你自己試想想看，為了一種流行多年的荒唐傳說，充滿了好奇心來拜訪一個透熟人生的人，問他死了的人用什麼方法趕上路，你用意說不定還想拜老師，學來好去外國賺錢出名，至少也弄得哲學博士回國，在他飽經世故的眼中，你和瘋子的行徑有多少不同！

這個人的言談，倒真是一種傑作，三十年來當地的歷史，在他記憶中保存得完完全全，說來時莊諧雜陳，實在值得一聽。尤其是對於當地人事所下批評，尖銳透入，令人不由得不想起法國那個伏爾泰。

至於辰砂的出處，出產地離辰州地還遠得很，遠在鳳凰縣的苗鄉猴子坪。

凡到過沅陵的人，好奇心失望後，依然可從自然風物的秀美上得到補償。由沅陵南岸看北岸山城，房屋接瓦連椽，較高處露出雉堞，沿山圍繞；叢樹點綴其間，風光入眼，實不俗氣。由北岸向南望，則河邊小山間，竹園，廟宇，居民彷彿各個都位置在最適當處。山後較遠處群峰羅列，如屏如障，煙雲變幻，顏色積翠堆藍。早晚相對，令人想像其中必有帝子天神，蜺螭乘駕，馳驟其間。繞城長河，每年三四月春水發後，洪江油船顏色鮮明，在搖櫓歌呼中連翩下駛。長方形大木筏，數十精壯漢子，各據筏上一角，舉橈激水，乘流而下。就中最令人感動處，是小船半渡，遊目四矚，儼然四圍是山，山外重山，一切如畫。水深流速，弄船女子，腰腿勁健，膽大心平，危立船頭，視若無事。同一渡船，大多數都是婦人，划船的是婦女，過渡的也是婦女較多，有些賣柴賣炭的，來回跑五六十里路，上城賣一擔柴，換兩斤鹽，或帶回一點紅綠紙張同竹篾做成的簡陋船隻，小小香燭。問她時，就會笑笑的回答：「拿回家去做土地會。」你或許不明白土地會的意義，事實上就是酬謝《楚辭》中提到的那種雲中君——山鬼。這些女子一看都那麼和善，那麼樸素，年紀四十以下的，無一不在胸前土藍布或蔥綠布圍裙上繡上一片花，且差不多每個人都是別出心裁，把它處置得十分美觀，不拘寫實或抽象的花朵，總那麼妥帖而雅相。在輕煙細雨裡，一個外來人眼見到這種情形，必不免在讚美中輕輕嘆息，天時常常是那麼把山和水和人都籠罩在一種似雨似霧使人微感淒涼的情調裡，然而卻無處不可以見出「生命」在這個地方有光輝的那一面。

外來客自然會有個疑問發生：這地方一切事業女人都有分，而且像只有「兩截穿衣」的女子有分，男子到哪裡去了呢？

在長街上我們固然時常可以見到一對少年夫妻，女的眉毛俊秀，鼻準完美，穿淺藍布衣，用手指粗銀鏈繫扣花圍裙，背小竹籠。男的身長而瘦，英武爽朗，肩上抗了各種野獸皮向商人兜賣。令人一見十分感動。可是這種男子是特殊的。

男子大部分都當兵去了。因兵役法的缺憾，和執行兵役法的中間層保甲制度人選不完善，逃避兵役的也多，這些壯丁拋下他的耕牛，向山中走，就去當匪。匪多的原因，外來官吏苛索實為主因。鄉下人照例都願意好好活下去，官吏的老式方法居多是不讓他們那麼好好活下去。鄉下人照例一入兵營就成為一個好戰士，可是辦兵役的卻覺得如果人人都樂於應兵役，就毫無利益可圖。土匪多時，當局另外派大部隊伍來「維持治安」，守在幾個城區，別的不再過問。土匪得了相當武器後，在報復情緒下就是對公務員特別不客氣，凡搜刮過多的外來人，一落到他們手裡時，必然是先將所有的得到，再來取那個「命」。許多人對於湘西民或匪都留下一個特別蠻悍嗜殺的印象，就由這種教訓而來。許多人說湘西有匪，許多人在湘西雖遇匪，卻從不曾遭遇過一次搶劫，就是這個原因。

一個旅行者若想起公路就是這種蠻悍不馴的山民或土匪，在烈日和風雪中努力作成的，乘了新式公共汽車由這條公路經過，既感覺公路工程的偉大結實，到得沅陵時，更隨處可見婦人如何認真稱職，用勞力討生活，而對於自然所給的印象，又如此秀美，不免感慨繫之。這地方神秘處原來在此而不在彼。人民如此可用，景物如此美好，三十年來牧民者來來去去，新陳代謝，不知多少，除認為「蠻悍」外，竟別無發現。外來為官作宦的，回籍時至多也只有把當地久已消滅無餘的各種畫符捉鬼荒唐不經的傳說，在茶餘酒後向陌生者一談。地方真正好處不會欣賞，壞處不能明白。這豈不是湘西的另外一種神秘？

沅陵算是個湘西受外來影響較久較大的地方，城區教會的勢力，造成一批吃教飯的人物，蠻悍性情因之消失無餘，代替而來的或許是一點青年會辦事人的習氣。

沅陵又是沅水幾個支流貨物轉口處，商人勢力較大，以利為歸的習慣，也自然很影響到一些人的打算行為。沅陵位置在沅水流域中部，就地形言，自為內戰時代必爭之地，因此麻陽縣的水手一部分登陸以後，便成為當地有勢力的小販，鳳凰縣屯墾子弟兵官佐，留下住家的，便成為當地有產業的客居者。慷慨好義，負氣任俠，楚人中這類古典的熱忱，若從當地人尋覓無著時，還可從這兩個地方的男子中發現。一個外來人，在那山城中石板作成的一道長街上，會為一個矮小，瘦弱，眼睛又不明，聽覺又不聰，走路時匆匆忙忙，說話時結結巴巴，那麼一個平常人引起好奇心。說不定他那時正在大街頭為人排難解紛，說不定他的行為正需要旁人排難解紛！他那樣子就古怪，神氣也古怪。一切像個鄉下人，像個官能為嗜好與毒物所毀壞，心靈又十分平凡的人。可是應當找機會去同他熟一點，談談天。應當想辦法更熟一點，跟他向家裡走。（他的家在一個山上。那房子是沅陵住戶地位最好，花木最多的。）如此一來，結果你會接觸一點很新奇的東西，一種混合古典熱誠與近代理性在一個特殊環境特殊生活裡培養成的心靈。

你自然會「同情」他，可是最好倒是「讚美」他。他需要的不是同情，因為他成天在同情他人，為他人設想幫忙盡義務，來不及接收他人的同情。他需要人「讚

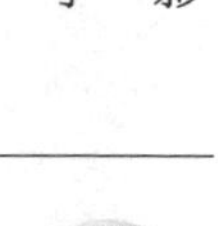

美」，因為他那種古典的做人的態度，值得讚美。同時他的性情充滿了一種天真的愛好，他需要信託，為的是他值得信託。他的視覺同聽覺都毀壞了，心和腦可極健全。鳳凰屯墾兵子弟中出壯士，體力膽氣兩方面都不弱於人。這個矮小瘦弱的人物，雖出身世代武人的家庭中，因無力量征服他人，失去了作軍人的資格。可是那點有遺傳性的軍人氣概，卻征服了他自己，統制自己，改造自己，成為沅陵縣一個頂可愛的人。他的名字叫做「大老爺」或「大人」，一個古怪到家的稱呼。商人，妓女，屠戶，教會中的牧師和醫生，都這樣稱呼他。到沅陵去的人，應當認識認識這位大老爺。

沅陵縣沿河下游四里路遠近，河中心有個洲島，周圍高三四百合，名「合掌洲」，名目與情景相稱。洲上有座廟宇，名「和尚洲」，也還說得去。但本地的傳說卻以為是「和漲洲」，因為水漲河面寬，淹不著，為的是洲隨河水起落！合掌洲有個白塔，由頂到根雷劈了一小片，本地人以為奇，並不足奇。河北岸村名黃草尾，人家多在橘柚林裡，橘子樹白華朱實，宜有小腰白齒出於其間。一個種菜園子的周家，生了四個女兒，最小的一個四妹，人都呼為夭妹，年紀十七歲，許了個成衣店學徒，尚未圓親。成衣店學徒積蓄了整年工錢，打了一副金耳環給夭妹，女孩子就戴了這副金耳環，每天挑菜進東城門賣菜，因為性格好繁華，人長得風流波俏，一個東門大街的人都知道賣菜的周家夭妹。

因此縣裡的機關中辦事員，保安司令部的小軍佐，和商店中小開，下黃草尾玩耍的就多起來了。但不成，肥水不落外人田，有了主子。可是「人怕出名豬怕壯」，夭夭的名聲傳出去了，水上划船人全知道周家夭夭。去年（二十六年）冬天一個夜裡，忽然來了四百武裝嘍囉攻打沅陵縣城，在城邊響了一夜槍，到天明以前，無從進城，這一夥人依然退走了。這些人本來目的也許就只在城外打一夜槍。其中一個帶隊的稱團長，卻帶了夥兄弟到夭妹家裡去拍門。進屋後別的不要，只把這女孩子帶走。女孩子雖又驚又怕，還是從容的說：「你搶我，把我箱子也搶去，我才有衣服換！」

帶到山裡去時那團長問：「夭夭，你要死，要活？」女孩子想了想，輕聲的說：「要死，你不會讓我死。」團長笑了，「那你意思是要活了！要活就嫁我，跟我走。我把你當官太太，為你殺豬殺羊請客，我不負你。」

女孩子看看團長，人物實在英俊標緻，比成衣店學徒強多了，就說：「人到什麼地方都是吃飯，我跟你走。」

於是當天就殺了兩個豬，十二隻羊，一百對雞鴨，大吃大喝大熱鬧，團長和夭妹結婚。女孩子問她的衣箱在什麼地方，待把衣箱取來打開一看，原來全是預備陪嫁的！英雄美人，可謂美滿姻緣。過三天後，團長就派人送信給黃草尾種菜的周老夫婦，稱岳父岳母，報告夭妹安好，不用掛念。信還是用紅帖子寫的，詞句華而典，師爺的手筆。還同時送來一批禮物！老夫婦無話可說，只苦了成衣店那個學徒，坐在東門大街一家舖子裡，一面裁布條子做紐絆，一面垂淚。

這也可說是沅陵人物之一型。

至於住城中的幾個年高有德的老紳士，那倒正像湘西許多縣城裡的正經紳士一樣。在當地是很聞名的，廟宇裡照例有這種名人寫的屏條，名勝地方照例有他們題的詩詞。兒女多受過良好教育，在外做事。家中種植花木、蓄養金魚和雀鳥，門庭規矩也很好。與地方關係，卻多如顯克微支在他《炭畫》那本書裡所說的貴族，凡事取「不干涉主義」。因為名氣大，許多不相干的捐款，不相干的公事，不相干的麻煩，不會上門，樂得在家納福。不求聞達，所以也不用有什麼表現。對於生活勞苦認真；既不如車站邊負重婦女，生命活躍，也不如賣菜的周家夭妹，然而日子還是過得很好，這就夠了。

由沅水下行百十里到沅陵屬邊境地名柳林岔——就是湘西出產金子，風景又極美麗的柳林岔。那地方一時也有個人，很有意思。這個人據說母親貌美而守寡，住在柳林岔鎮上。對河高山上有個廟，廟中住下一個青年和尚，誠心苦修。寡婦因愛慕和尚，每天必借燒香為名去看看和尚，二十年如一日。和尚誠心苦修，不作理會，也同樣二十年如一日。兒子長大後，慢慢的知道了這件事。兒子知道後，不敢規勸母親，也不能責怪和尚，唯恐母親年老眼花一不小心，就會墮入深水中淹死。又見廟宇在一個圓形峰頂，攀援實在不容易。因此特意雇定一百石工，在臨河懸崖上開闢一條小路，僅可容足，更找一百鐵工，製就一條粗而長的鐵鍊索，固定在上面，作為援手工具。又在兩山間造一拱石頭橋，上山頂廟裡時就可省一大半路。這些工作進行時自己還參加，直到完成。各事完成以後，這男子就出遠門走了，一去再也不回來了。

這座廟，這個橋，瀕河的黛色懸崖上這條人工鑿就的古怪道路，路旁的粗大鐵鍊，都好好的保存在那裡，可以為過路人見到。凡上行船的縴手，還必須從這條路把船拉上灘。船上人都知道這個故事。故事雖還有另一種說法，以為一切是寡婦所修的，為的是這寡婦……。總之，這是一個平常人為滿足他的某種願心而完成的偉

大工程。這個人早已死了，卻活在所有水上人的記憶裡。傳說和當地景色極和諧，美麗而微帶憂鬱。

沅水由沅陵下行三十里後即灘水連接，白溶，九溪，橫石，青浪，……就中以青浪灘最長，石頭最多，水流最猛。順流而下時，四十里水路不過二十分鐘可完事，上行船有時得一整天。

青浪灘灘腳有個大廟，名伏波宮，敬奉的是漢老將馬援。行船人到此必在廟裡燒紙獻牲。廟宇無特點，不出奇。廟中屋角樹梢棲息的紅嘴小腳小小烏鴉，成千累萬，遇下行船必飛往接船送船，船上人把飯食糕餅向空中拋去，這些小黑鳥就在空中接著，把它吃了。上行船可照例不光顧。雖上下船隻極多，這小東西知道向什麼船可發利市，什麼船不打抽豐。船夫傳說這是馬援的神兵，為迎接船隻的神兵，照老規矩，凡傷害的必賠一大小相等銀烏鴉，因此從不會有人傷害它。

幾件事都是人的事情，與人生活不可分，卻又雜揉神性和魔性。湘西的傳說與神話，無不古艷動人。同這樣差不多的還很多。湘西的神秘，和民族性的特殊大有關係。歷史上「楚」人的幻想情緒，必然孕育在這種環境中，方能滋長成為動人的詩歌。想保存它，同樣需要這種環境。

12・鳳凰

這是從我一個作品裡摘錄出關於鳳凰的輪廓——

一個好事的人，若從百年前某種較舊一點的地圖上尋找，一定可在黔北、川東、湘西一處極偏僻的角隅上，發現了一個名為「鎮筸」的小點。那裡同別的小點一樣，事實上應有一個小小城市，在那城市中，安頓下三五千人口的。不過一切城市的存在，大部分皆在交通、物產、經濟的情形下面，成為那個城市榮枯的因緣。這一個地方，卻以另外意義無所依附而獨立存在。將那個用粗糙而堅實巨大石頭砌成的圓城作為中心，向四方展開，圍繞了這邊疆僻地的孤城，約有五百餘苗寨，各有千總守備鎮守其間。有數十屯倉，每年屯數萬石糧食為公家所有。七百多座碉堡，二百左右的營汛。碉堡各用大石做成，位置在山頂頭，隨了山嶺脈絡蜿蜒各處；營汛各位置在驛路上，佈置得極有秩序。這些東西是在一百八十年前，按照一種精密的計畫，各保持到相當距離，在周圍附近三縣數百里內，平均分配下來，解

決了退守一隅常作暴動的邊地苗族叛變的。兩世紀來，滿清的暴政，以及因這暴政而引起的反抗，血染赤了每一條官道同每一個碉堡。到如今，一切不同了。碉堡多數業已殘毀了，營汛多數成為民房了，人民已大半同化了。落日黃昏時節，站到那個巍然獨在萬山環繞的孤城高處，眺望那些遠近殘毀碉堡，還可依稀想見當時角鼓火炬傳警告急的光景。這地方到今日此時，因為另一軍事重心，一切均以一種迅速的情形在改變，在進步，同時這種進步，也就正消滅到過去一切隔閡和仇恨。……

地方統治者分數種，最上為天神，其次為官，又其次才為村長同執行巫術的神的侍奉者，人人潔身信神，守法怕官。城中居民每家俱有兵役，可按月各到營上領取一點銀子，一份米糧，且可從官家領取二百年前被政府所沒收的公田耕耨播種。

這地方本名鎮筸城，後改鳳凰廳，入民國後，改名鳳凰縣。清時辰沅永靖兵備道、鎮筸鎮均駐節此地。辛亥革命後，湘西鎮守使、辰沅道仍在此辦公。除屯谷外，國家每月約用銀八萬兩經營此小小山城。地方居民不過五六千，駐防所屬各處的正規兵士卻有七千。由於環境不同，直到現在其地綠營兵役制度尚保存不廢，為中國綠營軍制唯一殘留之物。（引自《鳳子》）

苗人放蠱的傳說，由這個地方出發。辰州符的實驗者，以這個地方為集中地。

三楚子弟的遊俠氣概，這個地方因屯丁子弟兵制度，所以保留得特別多。在宗教儀式上，這個地方有很多特別處，宗教情緒（好鬼信巫的情緒），因社會環境特殊，熱烈專誠到不可想像。小小縣城裡外大型建築不是廟宇就是祠堂，江西人經營的綢布業會館，建築特別壯麗華美。湘西之所以成為問題，這個地方人應當負較多責任。湘西的將來，不拘好或壞，這個地方人的關係都特別大。湘西的神秘，只有這一個區域不易了解，值得了解。

它的地域已深入苗區，文化比沅水流域任何一縣都差得多，然而民國以來湖南的第一流政治家熊希齡先生，卻出生在那個小小縣城裡。地方可說充滿了迷信，然而那點迷信卻被歷史很巧妙的糅合在軍人的情感裡，因此反而增加了軍人的勇敢性與團結性。去年在嘉善守興登堡國防線抗敵時，作戰之沉著，犧牲之壯烈，就見出迷信實無礙於它的軍人職務。縣城一個完全小學也辦不好，可是許多青年卻在部隊中當過一陣兵後，輾轉努力，得入正式大學或陸軍大學，成績都很好。一些由行伍出身的軍人，常識且異常豐富；個人的浪漫情緒與歷史的宗教情緒結合為一，便成遊俠者精神，領導得人，就可成為衛國守土的模範軍人。這種遊俠精神若用不得其當，自然也可以見出種種短處。或一與領導者離開，即不免在許多事上精力浪費。

甚焉者即糜爛地方，尚不自知。總之，這個地方的人格與道德，應當歸入另一型範。由於歷史環境不同，它的發展也就大大不同。

鳳凰軍校階級不獨支配了鳳凰，且支配了湘西沅水流域二十縣。它的弱點與二十年來中國一般軍人弱點相似，即知道管理群眾，不大知道教育群眾。知道管理群眾，因此在統治下社會秩序尚無問題。不大知道教育群眾，因此一切進步的理想都難實現。地方邊僻，且易受人控制，如數年前領導者陳渠珍被何鍵壓迫離職，外來貪污與本地土劣即打成一片，地方受剝削宰割，毫無辦法。民性既剛直，團結性又強，領導者如能將這種優點成為一個教育原則，使湘西群眾普遍化，人人各有一種自尊和自信心，認為湘西人可以把湘西弄好，這工作人人有分，是每人責任也是每人權利，能夠這樣，湘西之明日，就大不相同了。

典籍上關於雲貴放蠱的記載，放蠱必與仇怨有關，仇怨又與男女事有關。換言之，就是新歡舊愛得失之際，蠱可以應用作爭奪工具或報復工具。中蠱者非狂必死，惟繫鈴人可以解鈴。這倒是蠱字古典的說明，與本意相去不遠。看看貴州小鄉鎮上任何小攤子上都可以公開的買紅砒，就可知道蠱並無如何神秘可言了。但蠱在湘西卻有另外一種意義，與巫，與此外少女的落洞致死，三者同源而異流，都源於人神錯綜，一種情緒被壓抑後變態的發展。因年齡、社會地位和其他分別，窮而年老的，易成為蠱婆，三十歲左右的，易成為巫，十六歲到二十二三歲，美麗愛好而婚姻不遂的，易落洞致死。三者都以神為對象，產生一種變質女性神經病。年老而窮，怨憤鬱結，取報復形式方能排洩感情，故蠱婆所作所為，即近於報復。三十歲左右，對神力極端敬信，民間傳說如「七仙姐下凡」之類故事又多，結合宗教情緒與浪漫情緒而為一，因此總覺得神對她特別關心，發狂，囈語，天上地下，無往不至，必須作巫，執行人神傳遞願望與意見工作，經眾人承認其為神之子後，中和其情緒，狂病方不再發。年輕貌美的女子，一面為戲文才子佳人故事所啟發，一面由於美貌而有才情，婚姻不諧，當地武人出身中產者規矩又嚴，由壓抑轉而成為人神錯綜，以為被神所愛，因此死去。

善蠱的通稱「草蠱婆」，蠱人稱「放蠱」。放蠱的方法是用蠱類放果物中，毒蠱不外螞蟻、蜈蚣、長蛇，就本地所有且常見的。中蠱的多小孩子，現象和通常害疳疾腹中生蛔蟲差不多，腹脹人瘦；或夢見蟲蛇，終於死去。病中若家人疑心是同街某婦人放的，就走去見見她，只作為隨便閒話方式，客客氣氣的說：「伯娘，我孩子害了點小病，總治不好，你知道什麼小丹方，告我一個吧。小孩子怪可憐！」

那婦人知道人疑心到她了，必說：「那不要緊，吃點豬肝（或別的）就好了。」回家照方子一吃，果然就好了。病好的原因是「收蠱」。蠱婆的家中必異常乾淨，本人眼睛發紅。蠱婆放蠱出於被蠱所逼迫，到相當時日必來一次。通常放一小孩子可以經過一年，放一樹木（本地凡樹木起癟有蟻穴因而枯死的，多認為被放蠱死去）只抵兩月，放自己孩子卻可抵三年。蠱婆所住的街上，街鄰照例對她都敬而遠之的客氣，她也就從不會對本街孩子過不去（甚至於不會對全城孩子過不去）。但某一時若迫不得已使同街孩子致死，或城中孩子因受蠱死去，好事者激起公憤，必把這個婦人捉去，放在大六月天酷日下曬太陽，名為「曬草蠱」。或用別的更殘忍方法懲治。這事官方從不過問。即或這婦人在私刑中死去，也不過問。受處分的婦人，有些極口呼冤，有些又似乎以為罪有應得，默然無語。然情緒相同，即這種婦人必相信自己真有致人於死的魔力。還有些居然招供出有多少魔力，施行過多少次，某時在某處蠱死誰，某地方某大樹枯樹自焚也是她做的。在招供中且儼然得到一種滿足的快樂。這樣一來，照習慣必在毒日下曬三天，有些婦人被曬過後，病就好了，以為蠱被太陽曬過就離開了，成為一個常態的婦人。有些因此就死掉了，死後眾人還以為替地方除了一害。其實呢，這種婦人與其說是罪人，不如說是瘋婆子。她根本上就並無如此特別能力蠱人致命。這種婦人是一個悲劇的主角，因為她有點隱性的瘋狂，致瘋的原因又是窮苦而寂寞。

行巫者其所以行巫，加以分析，也有相似情形。中國其它地方巫術的執行者，同僧道相差不多，已成為一種遊民懶婦謀生的職業。視個人的詐偽聰明程度，見出職業成功的多少。他的作為重在引人迷信，自己卻清清楚楚。這種行巫，已完全失去了他本來性質，不會當真發瘋發狂了。但鳳凰情形不同。行巫術多非自願的職業，近於「迫不得已」的差使。大多數本人平時為人必極老實忠厚，沉默寡言。常忽然發病臥床不起，如有神附體，語音神氣完全變過，或胡唱胡鬧，天上地下，無所不談。且哭笑無常，毆打自己。長日不吃，不喝，不睡覺。過三兩天後，彷彿生命中有種東西把它穩住了，因極度疲乏，要休息了，長長的睡上一天，人就清醒了。醒後對病中事竟毫無所知，別的人談起她病中情形時，反覺十分羞愧。

可是這種狂病是有週期性的（也許還同經期有關係），約兩三個月一次。每次總弄得本人十分疲乏，欲罷不能。按照習慣只有一個方法可以治療，就是行巫。行巫不必學習，無從傳授，只設一神壇，放一平斗，斗內裝滿穀子，插上一把剪刀。有的什麼也不用，就可正式營業。執行巫術的方式，是在神前設一座位，行巫者坐定，用青絲綢巾覆蓋臉上。重在關亡，托亡魂說話，用半哼半唱方式，談別人家事長短，兒女疾病，遠行人情形。談到傷心處，談者涕泗橫溢，聽者自然更噓泣不止。執行巫術後，已成為眾人承認的神之子，女人的潛意識因中和作用，得到解除，因此就不會再發狂病。初初執行巫術時，且照例很靈，至少有些想不到的古怪情形，說來十分巧合。因為有事前狂態作宣傳，本城人知道的多，行巫近於不得已，光顧的老婦人必甚多，生意甚好。行巫雖可發財，本人通常倒不以所得多少關心，受神指定為代理人，不作巫即受懲罰，設壇近於不得已。行巫既久，自然就漸漸變成職業，使術時多做作處。世人的好奇心這時又轉移到新近設壇的別一婦人方面去。這巫婆若為人老實，便因此撤了壇，依然恢復她原有的職業，或作奶媽，或做小生意，或帶孩子。為人世故，就成為三姑六婆之一，利用身份，串當地有身份人家的門子，陪老太太念經，或如《紅樓夢》中與趙姨娘合作同謀馬道婆之流婦女，行使點小法術，埋在地下，放在枕邊，使「仇人」吃虧。或更作媒作中，弄一點酬勞腳步錢。小孩子多病，命大，就拜寄她作乾兒子，小孩子夜驚，就為「收黑」，用個雞蛋，咒過一番後，黃昏時拿到街上去，一路喊小孩名字，「八寶回來了嗎？」另一個就答，「八寶回來了，」一直喊到家。到家後抱著孩子手蘸唾沫抹抹孩子頭部，事情就算辦好了。行巫的本地人稱為「仙娘」她的職務是「人鬼之間的媒介」，她的群眾是婦人和孩子，她的工作真正意義是她得到社會承認是神的代理人後，狂病即不再發，當地婦女為實生活所困苦，感情無所歸宿，將希望與夢想寄在她的法術上，靠她得到安慰。這種人自然間或也會點小丹方，可以治小兒夜驚，瞩食。用通常眼光看來，殊不可解，用現代心理學來分析，它的產生同它在社會上的意義，都有它必然的原因。一知半解的讀書人，想破除迷信，要打倒它，否認這種「先知」，正說明另一種人的「無知」。

至於落洞，實在是一種人神錯綜的悲劇，比上述兩種婦女病更多悲劇性。地方習慣是女子在性行為方面的極端壓制，成為最高的道德。這種道德觀念的形成，由於軍人成為地方整個的統治者。軍人因職務關係，必時常離開家庭外出，在外面取得對於婦女的經驗，必使這種道德觀增強，方能維持他的性的獨佔情緒與事實。因此本地認為最醜的事無過於女子不貞，男子聽婦女有外遇。婦女若無家庭任何拘束，自願解放，毫無關係的旁人亦可把女子捉來光身遊街，表示與眾共棄。

下面故事是另外一個最好的例：

旅長劉俊卿，夫人是一個女子學校畢業生，平時感情極好。有同學某女士，因

同學時要好，在通信中不免常有些女孩子的感情的話。信被這位軍官見到後，便引起疑心。後因信中有句話語近於男子說的：「嫁了人你就把我忘了」，這位軍官疑心轉增。獨自駐防某地，有一天，忽然要馬弁去接太太，並告馬弁：「你把太太接來，到離這裡十里，一槍給我把她打死，我要死的不要活的。我要看看她還有一點熱氣，不同她說話。你事辦得好，一切有我；事辦不好，不必回來見我。」馬弁當然一切照辦。當真把旅長太太接來防地，到要下手時，太太一看情形不對，問馬弁是什麼意思。馬弁就告她這是旅長的意思，太太說：「我不能這樣冤枉死去，你讓我見他去說個明白！」馬弁說：「旅長命令要這麼辦，不然我就得死。」末了兩人都哭了。太太讓馬弁把槍口按在心子上一槍打死了，（打心子好讓血往腔子裡流！）轎夫快快的把這位太太抬到旅部去見旅長，旅長看看後，摸摸臉和手，看看氣已絕了，不由自主淌了兩滴英雄淚，要馬弁看一副五百塊錢的棺木，把死者裝殮埋了。人一埋，事情也就完結了。

這悲劇多數人就只覺得死者可憫，因誤會得到這樣結果，可不覺得軍官行為成為問題。倘若女的當真過去一時還有一個情人，那這種處置，在當地人看來，簡直是英雄行為了。

女子在性行為所受的壓制既如此嚴酷，一個結過婚的婦人，因家事兒女勤勞，終日織布，績麻，做醃菜，家境好的還玩骨牌，尚可轉移她的情緒，不至於成為精神病。一個未出嫁的女子，尤其是一個愛美好潔，知書識字，富於情感的聰明女子，或因早熟，或因晚婚，這方面情緒上所受的壓抑自然更大，容易轉成病態。地方既在邊區苗鄉，苗族半原人的神怪觀影響到一切人，形成一種絕大力量。大樹、洞穴、岩石，無處無神。狐、虎、蛇、龜，無物不怪。神或怪在傳說中美醜善惡不一，無不賦以人性。因人與人相互愛悅，和當前道德觀念極端衝突，便產生人和神怪愛悅的傳說，女性在性方面的壓抑情緒，方借此得到一條出路。落洞即人神錯綜之一種形式。背面所隱藏的悲慘，正與表面所見出的美麗相等。

凡屬落洞的女子，必眼睛光亮，性情純和，聰明而美麗。必未婚，必愛好，善修飾。平時貞靜自處，情感熱烈不外露，轉多幻想。間或出門，即自以為某一時無意中從某處洞穴旁經過，為洞神一瞥見到，歡喜了她。因此更加愛獨處，愛靜坐，愛清潔，有時且會自言自語，常以為那個洞神已駕雲乘虹前來看她。這個抽象的神或為傳說中的像貌，或為記憶中廟宇裡的偶像樣子，或為常見的又為女子所畏懼的蛇虎形狀。總之這個抽象對手到女人心中時，雖引起女子一點羞怯和恐懼，卻必然

也感到熱烈而興奮。事實上也就是一種變形的自瀆。等待到家中人注意這件事情深為憂慮時，或正是病人在變態情緒中戀愛最滿足時。

通常男巫的職務重在和天地，悅人神，對落洞事即付之於職權以外，不能過問。辰州符重在治大傷，對這件事也無可如何。女巫雖可請本家亡靈對於這件事表示意見，或陰魂入洞探詢消息，然而結末總似乎凡屬愛情，即無罪過。洞神所欲，一切人力都近於白費。雖天王佛菩薩，權力廣大，人鬼同尊，亦無從為力（迷信與實際社會互相映照，可謂相反相成）。事到末了，即是聽其慢慢死去。死的遲早，都認為一切由洞神做主。事實上有一半近於女子自己做主。死時女子必覺得洞神已派人前來迎接她，或覺得洞神親自換了新衣騎了白馬來接她，耳中有簫鼓競奏，眼睛發光，臉色發紅，間或在肉體上放散一種奇異香味，含笑死去。死時且顯得神氣清明，美艷照人。真如詩人所說：「她在戀愛之中，含笑死去。」家中人多淚眼瑩然相向，無可奈何。只以為女兒被神所眷愛致死。料不到女兒因在人間無可愛悅，卻愛上了神，在人神戀與自我戀情形中消耗其如花生命，終於衰弱死去。

凡女子落洞致死的年齡，遲早不等，大致在十六到二十四五左右。病的久暫也不一，大致由兩年到五年。落洞女子最正當的治療是結婚，一種正常美滿的婚姻，必然可以把女子從這種可憐的生活中救出。可是照習慣這種為神眷顧的女子，是無人願意接回家中作媳婦的。家中人更想不到結婚是一種最好的法術和藥物。因此末了終是一死。

湘西女性在三種階段的年齡中，產生蠱婆女巫和落洞女子。三種女性的歇思底里亞，就形成湘西的神秘之一部。這神秘背後隱藏了動人的悲劇，同時也隱藏了動人的詩。至如辰州符，在傷科方面用催眠術和當地效力強不知名草藥相輔為治，男巫用廣大的戲劇場面，在一年將盡的十冬臘月，殺豬宰羊，擊鼓鳴鑼，來作人神和樂的工作，集收人民的宗教情緒和浪漫情緒，比較起來，就見得事很平常，不足為異了。

浪漫情緒和宗教情緒兩者混而為一，在女子方面，它的排洩方式，有如上所述說的種種。在男子方面，則自然而然成為遊俠者精神。這從遊俠者的道德規律所表現的宗教性和戲劇性也可看出。婦女道德的形成，與遊俠者的規律大有關係。遊俠者對同性同道稱哥喚弟，彼此不分。故對於同道眷屬亦視為家中人，呼為嫂子。子弟兒郎們照規矩與嫂子一床同宿，亦無所忌。但條款必遵守，即「只許開弓，不許放箭」。條款意思就是同住無妨，然不能發生關係。若發生關係，即為犯條款，必

受嚴重處分。這種處分儀式，實充滿宗教性和戲劇性。

下面一件記載，是一個好例。這故事是一個參加過這種儀式的朋友說的：

在野地排三十六張方桌（象徵梁山三十六天罡）用八張方桌重疊為一個高臺，桌前掘一見方一丈八尺的土坑，用三十六把尖刀豎立坑中，刀鋒向上，疏密不一。預先用浮土掩著，刀尖不外露。所有弟兄哥子都全副戎裝到場，當時流行的裝束是：青縐綢巾裹頭，視耳邊下垂巾角長短表示身份。穿紙甲，用綿紙捶煉而成，中夾頭髮，做成背心式樣，輕而柔韌，可以避刀刃。外穿密鈕打衣，袖小而緊。佩平時所長武器，多單刀雙刀，小牛皮刀鞘上繪有綠雲紅雲，刀環上系彩綢，作為裝飾。著青褲，裹腿，腿部必插兩把黃鱔尾小尖刀。赤腳，穿麻練鞋。桌上排定酒盞，燃好香燭，發言的必先吃血酒盟心（或咬一公雞頭，將雞血滴入酒中，或咬破手指，將本人血滴入酒中）。「管事」將事由說明，請眾議處。事情是一個作大哥的嫂子有被某「老么」調戲嫌疑，老么犯了某條某款。女子年輕而貌美，長眉弱肩，身材窈窕，眼光如星子流轉。男的不過二十歲左右，黑臉長身，眉目英悍。管事把事由說完後，女子繼即陳述經過，那青年男子在旁沉默不語。此後輪到青年開口時，就說一切都出於誣蔑。至於為什麼誣蔑，他不便說，嫂子應當清清楚楚。那意思就是說嫂子對他有心，他無意。既經否認，各執一說，「執法」無從執行處分，因此照規矩決之於神。青年男子把麻鞋脫去，把衣甲脫光，光身赤腳爬上那八張方桌頂上去。毫無懼容，理直氣壯，奮身向土坑躍下。出坑時，全身絲毫無傷。照規矩即已證實心地光明，一切出於受誣。其時女子頭已低下，臉色慘白，知道自己命運不佳，業已失敗，不能逃脫。那大哥揪著女的髮髻，跪到神桌邊去，問她：「還有什麼話說？」女的說：「沒有什麼說的。冤有頭，債有主。凡事天知道。」一引頸受戮，不求饒也不狡辯。一切沉默。這大哥看看四面八方，無一個人有所表示，於是拔出背上單刀，一刀結果了這個因愛那小兄弟不遂心，反誣他調戲的女子。頭放在神桌前，眉目下垂如熟睡。一夥哥子弟兄見事已完，把屍身拖到原來那個土坑裡去，用刀掘土，把屍身掩埋了，那個大哥和那個么兄弟，在情緒上一定都需要流一點眼淚，但身分上的習慣，卻不許一個男子為婦人顯出弱點，都默然無言，各自走開。

類乎這種事情還很多。都是浪漫與嚴肅，美麗與殘忍，愛與怨交縛不可分。

遊俠者行徑在當地也另成一種風俗，與國內近代化的青紅幫稍稍不同。重在為友報仇，扶弱鋤強，揮金如土，有諾必踐。尊重讀書人，敬事同鄉長老。換言之，

就是還能保存一點古風。有些人雖能在川黔湘鄂數省邊境號召數千人集會，在本鄉卻謙虛純良，猶如一鄉巴佬。有兵役的且依然按時入衙署當值，聽候差遣作小事情，凡事照常。賭博時用小銅錢三枚跌地，名為「板三」，看反覆、數目，決定勝負，一反手間即輸黃牛一頭，銀元一百兩百，輸後不以為意，揚長而去，從無翻悔放賴情事。決鬥時兩人用分量相等武器，一人對付一人，雖親兄弟只能袖手旁觀，不許幫忙。仇敵受傷倒下後，即不繼續填刀，否則就被人笑話，失去英雄本色。雖勝不武。犯條款時自己處罰自己，割手截腳，臉不變色，口不出聲。總之，遊俠觀念純是古典的，行為是與太史公所述相去不遠的。二十年聞名於川黔鄂湘各邊區鳳凰人田三怒，可為這種遊俠者一個典型。年紀不到十歲，看木傀儡戲時，就攜一血檮木短棒，在戲場中向屯墾軍子弟不端重的橫蠻的挑釁，或把人痛毆一頓，或反而被人打得頭破血流，不以為意。十二歲就身懷黃鱔尾小刀，稱「小老么」，三江四海口訣背誦如流。家中老父開米粉館，凡小朋友照顧的，一例招待，從不接錢。十五歲就為友報仇，走七百里路到常德府去殺一木客鏢手，因聽人說這個鏢手在沅州有意調戲一個婦人，曾用手觸過婦人的乳部，這少年就把鏢手的雙手砍下，帶到沅州去送給那朋友。年紀二十歲，已稱「龍頭大哥」，名聞邊境各處，然在本地每日抱大公雞往米場鬥雞時，一見長輩或教學先生，必側身在牆邊讓路，見女人必低頭而過，見作小生意老婦人，必叫伯母，見人相爭相吵，必心平氣和勸解，且用笑話使大事化為小事。周濟逢喪事的孤寡，從不出名露面。各廟宇和尚尼姑行為有不正常的，恐敗壞當地風俗，必在短期中想方法把這種不守清規的法門弟子逐出境外。作龍頭後身邊子弟甚多，龍蛇不一，凡有調戲良家婦女，或賭博撒賴，或倚勢強奪，經人告訴的，必招來把事情問明白，照條款處辦。執法老么，被派往六百里外殺人，隨時動員，如期帶回證據。結怨甚多，積德亦多。身體瘦黑而小，秀弱如一小學教員，不相識的絕不會相信這是湘西一霸。

光棍服軟不服硬，白羊嶺有一張姓漢子，出門遠走雲貴二十年，回家時與人談天，問「本地近來誰有名？」或人說：「田三怒。」姓張的稍露出輕視神氣：「田三怒不是正街賣粉的田家小兒子？」當夜就有人去叫張家的門，在門外招呼說：「姓張的，你明天天亮以前走路，不要在這個地方住。不走路後天我們送你回老家。」姓張的不以為意，可是到後天大清早，有人發現他在一個橋頭上斜坐著。走近身看看，原來兩把刀插在心窩上，人已經死了。另外有個姓王的，賣牛肉討生活，過節喝了點酒，酒後忘形，當街大罵田三怒不是東西，若有勇氣，可以當街和

他比比。正鬧著，田三怒卻從街上過身，一切聽得清清楚楚。事後有人趕去告給那醉漢的母親，老婦人聽說嚇慌了，趕忙去找他，哭哭啼啼，求他不要見怪，並說只有這個兒子，兒子一死，自己老命也完了。田三怒只是笑，說：「伯母，這是小事情，他喝了酒，亂說玩的。我不會生他的氣。誰也不敢挨他，你放心。」事後果然不再追究。還送了老婦人一筆錢，要那兒子開個麵館。

田三怒四十歲後，已豪氣稍衰，厭倦了風雲，把兄弟遣散，洗了手，在家裡養馬種花過日子。間或騎了馬下鄉去趕場，買幾隻鬥雞，或攜細尾狗，帶長網去草澤地打野雞，逐鵪鶉，獵獵野豬，人料不到這就是十年前在川黔邊境增加了鳳凰人光榮的英雄田三怒。本人也似乎忘記自己作了些什麼事。一天下午，牽了他那兩匹駿健白馬出城下河去洗馬。城頭上有兩個懦夫居高臨下，用兩支匣子炮由他身背後打了約十三發子彈，有兩粒子彈打在後頸上，五粒打在腰背上。兩匹白馬受驚，脫繮沿城根狂奔而去。老英雄受暗算後，伏在水邊石頭上，勉強翻過身來，從懷中掏出小勃朗寧拿在手上，默默無聲。他知道等等就會有人出城來的。不一會兒，懦夫之一果然提著匣子炮出城來了，到離身三丈左右時，老英雄手一揚起，槍聲響處那懦夫倒下，子彈從左眼進去，即刻死了。城頭上那個懦夫在隱蔽處重新打了五槍。

田三怒教訓他：「狗雜種，你做的事丟了鎮筸人的醜。在暗中射冷箭，不像個男子。你怎不下來？」懦夫不作聲。原來城上來了另外的人，這行刺的就跑了。田三怒知道自己不濟事了，在自己太陽穴上打了一槍，便如此完結了自己，也完結了當地最後一個遊俠者。

派人作這件事情的，到後才知道是一個姓唐的。這個人也可稱為苗鄉一霸，辛亥革命領率苗民萬人攻城，犧牲苗民將近六千人，北伐時隨軍下長江，曾任徐海警備司令。卸職還鄉後稱「司令官」，在離城十里長寧哨新房子中居家納福。事有湊巧，作了這件事後，過後數年，這人居然被一個駐軍團長，不知天高地厚，把他捉來放在牢裡，到知道這事不妥時，人已病死獄中了。

田三怒子弟極多，十年來或因年事漸長，血氣已衰，改業為正經規矩商人。或帶劍從軍，參加各種內戰，犧牲死去。或因犯案離鄉，漂流無蹤。在日月交替中，地方人物新陳代謝，風俗習慣日有不同。因此到近年來，遊俠者精神雖未絕，所有方式已大大有了變化。在那萬山環繞的小小石頭城中，田三怒的姓名，已逐漸為人忘卻，少年子弟中有從圖書雜誌上知道「飛將軍」、「小黑炭」、「美人魚」等人的事業，卻不知道田三怒是誰。

當年田三怒得力助手之一，到如今還好好存在，為人依然豪俠好客，待友以義，在苗民中稱領袖，這人就是去年使湘西發生問題，迫何鍵去職，使湖南政治得一轉機的龍雲飛。二十年前眼目精悍，手腳麻利，勇敢如豹子，輕捷如猿猴，身體由城牆頭倒擲而下，落地時尚能作矮馬樁姿勢。在街頭與人決鬥，殺人後下河邊去洗手時，從從容容如毫不在意。現在雖尚精神矍爍，面目光潤，但已白髮臨頭，謙和寬厚如一長者。回首昔日，不免有英雄老去之慨！

這種遊俠者精神既浸透了三廳子弟的腦子，所以在本地讀書人觀念上也發生影響。軍人政治家，當前負責收拾湘西的陳老先生，年近六十，體氣精神，猶如三十許青年壯健，平時律己之嚴，馭下之寬，以及處世接物，帶兵從政，就大有遊俠者風度。少壯軍官中，如師長顧家齊、戴季韜輩，雖受近代化訓練，而目文弱和易如大學生，精神上多因遊俠者的遺風，勇鷙慓悍，好客喜弄，如太史公傳記中人。詩人田星六，詩中就充滿遊俠者霸氣。山高水急，地苦霧多，為本地人性格形成之另一面。遊俠者精神的浸潤，產生過去，且將形成未來。

（原載《湘西》，商務印書館　一九三八年初版）

13 · 雲南看雲

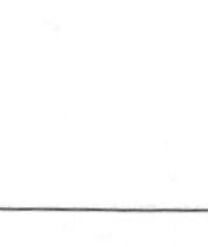

雲南因雲而得名。可是外省人到了雲南一年半載後，一定會和本地人差不多，對於雲南的雲，除卻只能從它變化上得到一點晴雨知識，就再也不會單純的來欣賞它的美麗了。看過盧錫麟先生的攝影後，必有許多人方儼然重新覺醒，明白自己是生在雲南，或住在雲南。雲南特點之一，就是天上的雲變化得出奇。尤其是傍晚時候，雲的顏色，雲的形狀，雲的風度，實在動人。

戰爭給許多人一種有關生活的教育，走了許多路，過了許多橋，睡了許多床，此外還必然吃了許多想像不到的小苦頭。然而真正具有教育意義的，說不定倒是明白許多地方各有各的天氣，天氣不同還多少影響到一點人事。雲有雲的地方性：中國北部的雲厚重，人也同樣那麼厚重。南部的雲活潑，人也同樣那麼活潑。海邊的雲幻異，渤海和南海雲又各不相同，正如兩處海邊的人性情不同。河南的雲一片黃，抓一把下來似乎就可以做窩窩頭，雲粗中有細，人亦粗中有細。湖南的雲一片灰，長年掛在天空一片灰，無性格可言，然而桔子辣子就在這種地方大量產生，在這種天氣下成熟，卻給湖南人增加了生命的發展性和進取精神。四川的雲與湖南雲雖相似而不盡相同，巫峽峨眉夾天聳立，高峰把雲分割又加濃，雲似乎有了生命，人也有了生命。

論色彩豐富，青島海面的雲應當首屈一指。有時五色相暄，千變萬化，天空如展開一張圖案新奇的錦毯。有時素淨純潔，天空只見一片綠玉，別無它物。看來令人起輕快感，溫柔感，音樂感，情欲感。一年中有大半年天空完全是一幅神奇的圖畫，有青春的噓息，扇起人狂想和夢想。海市蜃樓即在這種天空顯現。海市蜃樓雖並不常在人眼底，卻永遠在人心中。秦皇漢武的事業，同樣結束在一個長生不死青春常在的美夢裡，不是毫無道理的。雲南的雲給人印象大不相同，它的特點是素樸，影響到人性情也應當摯厚而單純。

雲南的雲似乎是用西藏高山的冰雪，和南海長年的熱風，兩種原料經過一番神奇的手續完成的。色調出奇的單純，惟其單純反而見出偉大。尤以天時晴明的黃昏前後，光景異常動人。完全是水墨畫，筆調超脫而大膽。天上一角有時黑得如一片漆，它的顏色雖然異樣黑，給人感覺竟十分輕。在任何地方「烏雲蔽天」照例是個沉重可怕的象徵，唯有雲南傍晚的黑雲，越黑反而越不礙事，且表示第二天天氣必然頂好。幾年前中國古物運到倫敦展覽時，有一個趙松雪作的卷子，名《秋江疊嶂》，淨白如玉的澄心堂紙上用濃墨重重塗抹，淡墨粗粗掃拂，給人印象卻十分美秀；雲南的雲也恰恰如此，看來只覺得黑而秀。

可是我們若在黃昏前後，到城郊外一個小丘上去，或坐船在滇池中，看到這種雲彩時，低下頭來一定會輕輕的嘆一口氣。具體一點將發生「大好河山」感想，抽象一點將發生「逝者如斯」感想。心中一定覺得有些痛苦，為一片懸在天空中的沉靜黑雲痛苦。因為這東西給了我們一種無言之教，比目前政論家的文章，宣傳家的講演，雜感家的諷刺文，都高明得多深刻得多，同時還美麗得多。覺得痛苦原因或許也就在此。那麼好看的雲，孕育了在這一片天底下討生活的人，究竟是些什麼？是一種精深博大的人生理想？還是一種單純美麗的詩的感情？若把它與地面所見、所聞、所有兩相對照，實在使人不能不感覺痛苦！

在這美麗天空下，人事方面，我們每天所能看到的，除了空洞的論文，不通的演講，小巧的雜感，此外似乎到處就只碰到「法幣」。商人和銀行辦事人直接為法

幣而忙。最可悲的現象，實無過於大學校的商學院，每到註冊上課時，照例人數必最多。這些人其所以習經濟、習會計，都可說對於生命毫無高尚理想可言，目的只在畢業後入銀行作事。「熙熙攘攘，皆為利往，擠擠挨挨，皆為利來，利之所在，群集若蛆。」社會研究所的專家，機會一來即向銀行跑。習圖書館的，弄考古的，學外國文學的，因為親戚、朋友、同鄉……種種機會，又都擠進銀行或相近金融機關作辦事員。大部分優秀腦子，都給真正的法幣和抽象的法幣弄得昏昏的，失去了應有的靈敏與彈性，以及對於「生命」較高的認識。其餘無知識的腦子，成天打算些什麼，也就可想而知了。雲南的雲即或再美麗一點，對於多數人還似乎毫無意義可言的。

近兩個月來本市在連續的警報中，城中二十萬市民，無一不早早的就跑到郊外去，向天空把一個頸脖昂酸，無一人不看到過幾片天空飄動的浮雲，仰望結果，不過增加了許多人對於財富得失的憂心罷了。「我的越幣下落了」，「我的汽油上漲了」，「我的事業這一年發了五十萬財」，「我從公家賺了八萬三」，這還是就僅有十幾個熟人中說說的。此外說不定還有三五個教授之流，終日除玩牌外無其它娛樂，會想到前一晚上玩麻雀牌輸贏事情，聊以解嘲似的自言自語，「我輸牌不輸理。」這種博學多聞教授先生，當然永遠是不輸理的，在警報解除以後，還不妨跑到老同學住處去，再玩個八圈，證明一個輸的究竟是什麼。一個人若樂意在地下爬，以為是活下來最好的姿勢，他人勸說不妨試站起來走，或更盼望他挺起背梁來做個人，當然是不會有什麼結果的。

就在這麼一個社會一種情形中，盧先生卻來展覽他在雲南的照相，告給我們雲南法幣以外還有些什麼。即以天空的雲彩言，色彩單純的雲有多健美，多飄逸，多溫柔，多崇高！觀眾人數多，批評好，正說明只要有人會看雲，就從雲影中取得一種詩的感興和熱情，還可望將這種尊貴有傳染性的感情，轉給另外一種人。換言之，就是雲南的雲即或不能直接教育人，還可望由一個藝術家的心與手，間接來教育人。盧先生照相的興趣，似乎就在介紹這種美麗感印給多數人，所以作品中對於雲物的題材，處理得特別好。每一幅雲都有一種不同的性情，流動的美。不纖巧，不做作，不過分修飾，一任自然，心手相印，表現得素樸而親切。作品成功是必然的。可是得到「讚美」不是藝術家最終的目的，應當還有一點更深的意義。

我意思是如果一種可怕的庸俗實際主義，正在這個社會各組織各階層間普遍流行，腐蝕我們多數人做人的良心，做人的理想。且在同時把許多人都有形無形市儈

化。社會中優秀分子一部分，所夢想，所希望，也都只是糊口混日子了事，毫無一種較高的情感，更缺少用這情感去追求一個美麗而偉大的道德原則的勇氣時，我們這個民族應當怎麼辦？若大學生讀書目的，不是站在櫃檯邊作行員，就是坐在公事房作辦事員，腦子都不用，都不想，只要有一碗飯吃就算有了出路。甚至於做政論的，作講演的，寫不高明諷刺文的，習理工的，玩玩文學充文化人的，辦黨的，信教的……出路也都是只顧眼前。大眾眼前固然都有了出路，這個國家的明天，是不是還有希望可言？我們如真能夠像盧先生那麼靜觀默會天空的雲彩，雲物的美麗，也許會慢慢的陶冶我們，啟發我們，改造我們，使我們習慣於向遠景凝眸，不敢墮落，不甘心墮落。我以為這才像是一個藝術家最後的目的。

正因為這個民族是在求發展，求生存，戰爭了已經三年。戰爭雖敗北，不氣餒，雖死亡萬千人民，犧牲無數財富，亦仍然能堅持抗戰，就為的是這戰爭背後還有個莊嚴偉大的理想，使我們對於憂患之來，在任何情形下都能忍受。我們其所以能忍受，不特是我們要發展，要生存，還要為後來者設想，使他們活在這片土地上，更好一點，更像人一點！我們責任那麼嚴重而且又那麼困難，所以不特多數知識份子必然要有一個較堅樸的人生觀，拉之向上，推之向前，就是作生意的，也少不了需要那麼一分知識，方能夠把企業的發展與國家的發展，放在同一目標上，分道並進，異途同歸。

舉一個淺近的例來說說：我們的眼光注意到「出路」「賺錢」以外，若還能夠估量到在滇越鐵路的另一端，正有多少鬼蜮成性陰險狡詐的木屐兒，圓睜兩隻鼠眼，安排種種巧計陰謀，在武力與武器無作用地點，預備把劣貨傾銷到昆明來，且把推銷劣貨的責任，要派給昆明市的大小商家時，就知道學習注意遠外，實在是目前一件如何重要的事情！照相必選擇地點，取準角度，方可望有較好成就。做人何常不是一樣。明分標，識大體，「有所不為」，敵人雖花樣再多，劣貨在有經驗商家的眼中，總依然看得出。取捨之間是極容易的。若只圖發財，見利忘義，「無所不為」，日本貨變成國貨，改頭換面，不過是翻手間事！劣貨推銷僅僅是若干有形事件中之一種。此外各層知識階級中不爭氣處，所作所為，實有更甚於此者。

所以我覺得盧先生的攝影，不只是給人看看，還應當引入深思。

一九四〇年昆明

（原載一九四〇年4月12日《大公報》）

14・黑魘

昆明市空襲威脅，因同盟國飛機數量逐漸增多後，空戰由防禦轉為進攻，城中空襲儼然成為過去一種噩夢，大家已不甚在意。兩年前被炸被焚的瓦礫堆上，大多數有壯大美觀的建築矗起。疏散鄉下的市民，於是陸續離開了靜寂的鄉村，重新變作「城裡人」。當進城風氣影響到我住的滇池邊那個小鄉村時，家中會詛咒貓兒打噴嚏的張嫂，正受了梁山伯戀愛故事刺激，情緒不大穩定，就藉故說：

「太太，大家都搬進城裡住去了，我們怎麼不搬？城裡電燈方便，自來水方便，先生上課方便，小弟讀書方便。還有你，太太，要教書更方便！我看你一天來回五龍埠跑十幾里路，心都疼了。」

主婦不作聲，只笑笑。這種建議自然不會成為事實，因為我們實在還無作城裡人資格。真正需要方便的是張嫂。

過了兩個月，張嫂變更了個談話方式。

「太太，我想進城去看看我大姑媽，一個全頭全尾的好人，心真好！總不說謊，除非萬不得已，不賭咒！

「五年不見面，托人帶了信來，想得我害病！我陪她去住住，兩個月就回來，我捨不得太太和小弟，一定會回來的！你借我一個月薪水，我發誓……小弟真好！」

平時既只對於梁山伯婚事關心，從不提起過這位大姑媽。不過敘述到另外一個女傭人進城後，如何嫁了個穿黑洋服的「上海人」，直充滿羨慕神氣。我們如看什麼象徵派新詩一樣，有了個長長的注解，好壞雖不大懂，內容已全然明白。

昆明穿洋服的文明人可真多，我們不好意思不讓她試試機會，自然一切同意。於是不多久，張嫂就換上那件灰線呢短袖旗袍，半高跟舊皮鞋，帶上那個生鏽的洋金手錶，臉上敷了好些白粉，打扮得香噴噴的，興奮而快樂，騎馬進城看她的抽象姑媽去了。

我依然在鄉下不動。若房東好意無變化，即住到戰爭結束亦未可知。溫和陽光與清爽空氣，對於孩子們健康既有好處，寄居了將近×年，兩個相連接的雕花繪彩

大院落，院落中的人事新陳代謝，也使我覺得在鄉村中住下來，比城裡還有意義。戶外看長腳蜘蛛於仙人掌籬笆間往來結網，捕捉蠅蛾，辛苦經營，不憚煩勞，還裝飾那個彩色斑駁的身體，吸引異性，可見出簡單生命求生的莊嚴與巧慧。回到住處時，看看幾個鄉下婦人，在石臼邊為唱本故事上的姻緣不偶，從眼眶中浸出誠實熱淚，又如何用發誓詛願方式，解脫自己小小過失，並隨時說點謊話，增加他人對於一己信託與尊重，更可悟出人類生命取予形式的多方。我事實上也在學習一切，不過和別人所學的大不相同罷了。

在腹大頭小的一群官商合作爭奪鈔票的局面中，物價既越來越高，學校一點收入，照例不敷日用。我還不大考慮到「兼職兼差」問題，主婦也不會和鄉下人打交道作「聚草屯糧」計畫。為節約計，用人走後大小雜務都自己動手。磨刀扛物是我二十年老本行，作來自然方便容易。燒飯洗衣就歸主婦，這類工作通常還與校課銜接。遇挑水拾樹葉，既動員全家人丁，九歲大的龍龍，六歲大的虎虎，一律參加。來去傳遞，競爭奔赴，一面工作一面也就訓練孩子，使他們從合作服務中得到勞動愉快和做人尊嚴。乾的濕的有什麼吃什麼，沒有時包穀紅薯也當飯吃，有時盡量，有時又聽小的飽吃，大人稍稍節制。孩子們歡笑歌呼，於家庭中帶來無限生機與活力。主婦的身心既健康而樸素，接受生活應付生活俱見出無比的勇氣和耐心，尤其是共同對於生命有個新態度，日子過下去雖困難，即便過三五年似乎也擔當得住。一般人要生活，從普通比較見優劣，或多有件新衣和雙鞋子，照例即可感到幸福。日子稍微窘迫，或發現有些方面不如人，設法從社交方式彌補，依然還不大濟事時，因之許多高尚腦子，到某一時自不免又會悄悄的作些不大高尚的打算。許多人的聰明智巧，倒常常表現成為可笑行為。環境中的種種見聞，恰作成我們另外一種教育，既不重視也並不輕視。正好讓我們明白，同樣是人生，可相當複雜，具體的猥瑣與抽象的莊嚴，它的分歧雖極明顯，實同源於求生，各自想從生活中證實存在意義。生命受物欲控制，或隨理想發展，只因取捨有異，結果自不相同。

我湊巧揀了那麼一個古怪職業，照近二十年社會習慣稱為「作家」。工作對社會國家也若有些微作用，社會國家對本人可並無多大作用。雖早已名為「職業」，然無從靠它「生活」。情形最古怪處，便是這個工作雖不與生活發生關係，卻縛住了我的生命，且將終其一生，無從改弦易轍。另一方面必然迫得我超越通常個人愛憎，充滿興趣鼓足勇氣去明白「人」，理解「事」，分析人事中那個常與變，偶然與湊巧，相左或相仇，將種種情形所產生的哀樂得失式樣，用它來教育我，折磨

我，營養我，方能繼續工作。

千載前的高士，常抱著個單純信念，因天下事不屑為而避世，或披裘負薪，隱居山林，自得其樂。雖說不以得失榮利嬰心，卻依然保留一種願望，即天下有道，由高士轉而為朝士的願望。作當前的候補高士，可完全活在一個不同心情狀態中。生活簡單而平凡，在家事中盡手足勤勞之力打點小雜，義務盡過後，就帶了些紙和書籍，到有和風與陽光的草地上，來溫習溫習人事，並思索思索人生。先從天光雲影草木榮枯中，有所會心。隨即由大好河山的豐腴與美好，和人事上無章次處兩相對照，慢慢的從這個不剪裁的人生中，發現了「墮落」二字真正的意義。又慢慢的從一切書本上，看出那個墮落因子，又慢慢從各階層間，看出那個墮落傳染浸潤現象。尤其是讀書人倦於思索，怯於懷疑，苟安於現狀的種種，加上一點為賢內助謀出路的打算，如何即對武力和權勢形成一種阿諛不自重風氣。這種失去自己可能為民族帶來一種什麼形式的奴役，彷彿十分清楚。我於是漸漸失去原來與自然對面時應得的謐靜。我想呼喊，可不知向誰呼喊。

「這不成！這不成！人雖是個動物，希望活得幸福，但是人究竟和別的動物不同，還需要活得尊貴！如果當前少數人的幸福，原來完全奠基於一種不義的習慣，這個習慣的繼續，不僅使多數人活得卑屈而痛苦，死得糊塗而悲慘，還有更可怕的，是這個現實將使下一代墮落的更加墮落，困難的越發困難，我們怎麼辦？如果真正的多數幸福，實決定於一個民族勞動與知識的結合，就應當從極合理方式中將它的成果重作分配。在這個情形下，民族中一切優秀分子，方可得到更多自由發展的機會。在爭取這種幸福過程時，我們希望人先要活得尊貴些！

我們當前便需要一種『清潔運動』，必將現在政治的特殊包庇性，和現代文化的駔儈氣，以及三五無出息的知識份子所提倡的變相鬼神迷信，於年輕生命中所形成的勢力、依賴、狡猾、自私諸傾向，完全洗刷乾淨，恢復了二十歲左右頭腦應有的純正與清朗，認識出這個世界，並在人類駕馭鋼鐵征服自然才智競爭中，接受這個民族一種新的命運。我們得一切重新起始，重新想，重新作，重新愛和恨，重新信仰和懷疑。……」

我似乎為自己所提出的荒謬問題愣住了。試左右回顧，身邊只有一片明朗陽光，飄浮於泛白枯草上。更遠一點，在陽光下各種層次的綠色，正若向我包圍越來越近。雖然一切生命無不取給於綠色，這裡卻不見一個人。一個有勇氣將社會人生如一副牌攤散在面前，一一重新撿起試來排列一下的人。

到我重新來檢討影響到這個民族正常發展的一切抽象原則，以及目前還在運用它作工具的思想家或統治者，被它所囚縛的知識份子和普通群眾時，頃刻間便儼若陷溺到一個無邊無際的海洋裡，把方向完全迷失了。只到處看出用各式各樣材料作成裝載「理想」的船舶，數千年來永遠於同一方式中，被一種卑鄙自私形成的力量所摧毀，剩下些破帆碎槳在海面漂浮。到處見出同樣取生命於陽光，繁殖大海洋中的簡單綠色荇藻，正唯其異常單純，隨浪起伏動盪，適應現實，便得到生命悅樂。還有那個寄生息於荇藻中的小魚小蝦，亦無不成群結伴，悠然自得，各適其性。海洋較深處，便有一群群種類不同的鯊魚，皮韌而滑，能順波浪，狡狠敏捷，銳齒如鋸，於同類異類中有所爭逐，十分猛烈。還有一隻隻黑色鯨魚，張大嘴時萬千細小蛤蚧和烏賊海星，即隨同巨口張合作成的潮流，消失於那個深淵無底洞口。龐大如山的魚身，轉折之際本來已極感困難，軀體各部門，尚可看見萬千有吸盤的大小魚類，用它們吸盤緊緊貼住，隨同升沉於洪波巨浪中。這一切生物在海面所產生的漩渦與波濤，加上世界上另外一隅寒流溫暖所作成變化，卷沒了我的小小身子，復把我從白浪頂上拋起。試伸手有所攀援時，方明白那些破碎板片，正如同經典中的抽象原則，已腐朽到全不適用。但見遠處彷彿有十來個衣冠人物，正在那裡收拾海面殘餘，紮成一個簡陋筏子。仔細看看，原來載的是一群兩千年前未坑盡腐儒，只因為活得寂寞無聊，所以用儒家名分，附會讖緯星象徵兆，預備作一個遙遠跋涉，去找尋礦產熔鑄九鼎。內中似乎還有不少十分面善的熟人。這個筏子向我慢慢漂來，又慢慢遠去，終於消失到煙波浩淼中不見了。

試由海面向上望，忽然發現藍穹中一把細碎星子，閃爍著細碎光明。從冷靜星光中，我看出一種永恆。一點力量，一點意志。詩人或哲人為這個啟示，反映於純潔心靈中即成為一切崇高理想。過去詩人受牽引迷惑，對遠景凝眸過久，失去條理如何即成為瘋狂，得到平衡如何即成為法則；簡單法則與多數人心會合時如何產生宗教，由迷惑，瘋狂，到個人平衡過程中，又如何產生藝術。一切真實偉大藝術，都無不可見出這個發展過程和終結目的。然而這目的，說起來，和隨地可見蚊蚋集團的翁翁營營要求的效果終點，距離未免相去太遠了。

微風掠過面前的綠原，似乎有一陣新的波浪從我身邊推過。我攀住了一樣東西，於是浮起來了。我攀住的是這個民族在憂患中受試驗時一切活人素樸的心；年輕男女入社會以前對於人生的坦白與熱誠，未戀愛以前對於愛情的靦腆與純粹，還有那個在城市，在鄉村，在一切邊陬僻壤，埋沒無聞卑賤簡單工作中，低下頭來的

正直公民，小學教師或農民，從習慣中受侮辱，受挫折，受犧牲的廣泛沉默。沉默中所保有的民族善良品性，如何適宜培養愛和恨的種子。

強烈照眼陽光下，蠶豆小麥作成的新綠，已掩蓋遠近赭色田畝。面對這個廣大的綠原，一端銜接於泛銀光的滇池，一端卻逐漸消失於藍與灰融合而成的珠母色天際，我彷彿看到一些種子，從我手中撒去，用另外一種方式，在另外一時同樣一片藍天下形成的繁榮。

有個脆弱而充滿快樂情感的聲音，在高大仙人掌叢後銳聲呼喚：

「爸爸，爸爸，快回來，不要走得太遠，大家提水去！」

我知道，我的心確實走得太遠，應當回家了。我似乎也快迷路了。

原來那個六歲大的虎虎，已從學校歸來，準備為家事服務了。

孩子們取水的溪溝邊，另外一時，每當燒晚飯前後，必有個善於彈琴唱歌聰明活潑的女子，帶了他到那個松柏成行的長堤上去散步，看滇池上空一帶如焚如燒的晚雲，和鑲嵌於明淨天空中梳子形淡白新月，共同笑樂。這個親戚走後，過不久又來了一個生活孤獨性情純厚的詩人朋友，依然每天帶了他到那裡去散步。腳印踐踏腳印，取同一方向來回。朋友為娛樂自己並娛樂孩子，常把綠竹葉片折成的小船，裝上一點紅白野花，一點瑪瑙石子，以及一點單純憂鬱隱晦的希望，和孩子對於這個行為的癡願與祝福，乘流而去。小船去不多遠，必為溪中洑流或岸旁下垂樹枝作成的漩渦攪翻。在詩人和孩子心中，卻同樣以為終有一天會直達彼岸。生命願望凡從星光虹影中取決方向的，正若隨同一去不復返的時間，漸去漸遠，縱想從星光虹影中尋覓歸路，已不可能。在另一方面，朋友走了，有所尋覓的遠遠走去，可是過不久，孩子們或許又可以和那個遠行歸來的姨姨，共同到溪邊提水了。玩味及這種人事，倏忽相差相左無可奈何光景時，不由得人不輕輕的嘆一口氣。

晚飯時，從主婦口中才知道家中半天內已來過好些客人。甲先生敘述一陣賢明太太們用變相高利貸「投資」的故事，盡了廣播義務，就走了。乙太太敘述一陣家庭小糾紛問題，為自己丈夫作個不美觀畫相也走了。丙小姐和丁博士又報告……

主婦笑著說：「他們讓我知道許多事情，可無一個人知道我們今天賣了一升麥子一家四人才能過年。」

我說：「我們就活到那麼一個世界中，也是教育，也是戰爭！」

「我倒覺得人各有好處，從性情上看來，這些朋友都各有各的好處。……」

「這個話從你口中說出時，很可以增加他們一點自尊心，若果從我筆下寫出，

可就會以為是諷刺了。許多人平常過日子的方法，一生的打算，以至於從自己口中說出的話語，都若十分自然毫不以為不美不合式。且會覺得在你面前如此表現，還可見出友誼的信託和那點本性上的坦白天真。可是一到由另一人照實寫下來，就不可免成為不美觀的諷刺畫了。我容易得罪人在此。這也就是我這支筆常常避開當前社會，去寫傳奇故事原因。一切場面上的莊嚴，從深處看將隱飾部分略作對照，必然都成為漫畫。我並不樂意作個漫畫家！實在說來，對於一切人的行為和動機，我比你更多同情。我從不想到過用某一種道德標準去度量一般人，因為我明白人太不相同。不幸的是它和我的工作關係又太密切，所以間或提及這個差別時，終不免有點痛苦，企圖中和這點痛苦，反而因之會使這些可愛靈魂痛苦。我總以為做人和寫文章一樣，包含不斷的修正，可以從學習得到進步。尤其是讀書人，從一切好書取法，慢慢的會轉好。事實上可不大容易。真如×說的『蝗蟲集團從海外飛來，還是蝗蟲。』如果是虎豹呢，即或只剩一牙一爪，也可見出這種山中猛獸的特有精力和雄強氣魄！不幸的是現代文化便培養了許多蝗蟲。在都市高級知識份子中，特別容易發現蝗蟲，貪得而自私，有個華美外表，比蝗蟲更多一種自足的高貴。」

主婦一遇到涉及人的問題時，照例只是微笑。從微笑中依稀可見出「察淵魚者不祥」一句格言的反光，或如另一時論起的，「我即覺得他人和我理想不同，從不說；你一說，就糟了。在自以為深刻的，可不想在人家容易成苛刻，為的是人總是人，是異於獸和神之間的東西，他們從我沉默中，比由你文章中可以領會更多的同情。每個人既都有不同的弱點，同情卻覆蓋了那個不愉快！」

我想起先前一時在田野中感覺到的廣大沉默，因此又說：「沉默也是一種難得品德，從許多方面可以看得出來。因為它在同情之外，還包含容忍，保留否定。可是這種品德是無望於某些人的。說真話，有些人不能沉默的表現上，我倒時常可以發現一種愛嬌，即稍微混和一點兒做作亦無關係。因為大都本源於求好，求好心太切，又缺少自信自知，有時就不免適得其反。許多人在求好行為上摔跤，你親眼看到，不作聲，就稱為忠厚；我看到，充滿善意想用手扶一扶，反而不成！虎虎摔跤也不歡喜人扶的！因為這傷害了他的做人自尊心。」

主婦說：「你知道那麼多，這不難得到的品德自己卻得不到。你即不扶也成，可是事實上你有時卻說我恐怕傷你自尊心，雖然你並不十分自尊，人家怎麼不難受！」孩子們見提到本質問題，龍龍插嘴說：「媽媽，奇怪，我昨天做了個夢，夢到張嫂已和一個人結婚，還請我們吃酒。新郎好像是個洋人。她是不是和×伯母一

樣，都歡喜洋人？」

小虎虎說：「可是洋人說她身體長得好看，用尺量過？洋人要哄張嫂，一定也去作官。×伯母答應借巴老伯大床結婚，借不借給張嫂？」

小龍的好奇心轉到報紙上，「報上說大嘴笑匠到昆明來了，是個什麼人？是不是在聯大演講逗人發笑的林語堂？」

虎虎還想有所自見，「我也做了個怪夢，夢見四姨坐隻大船從溪裡回來，划船的是個頂熟的人。船比小河大。詩人舅舅在堤上，拍拍手，口說好好，就走開了。我正在提水，水桶上那個米老鼠也看見。當真的。」

虎虎的作風是打趣爭強，使龍龍急了起來，「唉咦，小弟，你又亂說。你就只會搗亂，青天白日也睜了雙大眼睛做夢，不分真假自己相信！」

「一切願望都神聖莊嚴，一切夢想都可能會實現。」我想起許多事情。好像面前有一副塗滿各種彩色的七巧板，排定了個式子，方的叫什麼，長的象徵什麼，都已十分熟悉。忽然被孩子們四隻小手一攪，所有板片雖照樣存在，部位秩序可給這種惡作劇完全弄亂了。原來情形只有板片自己知道，可是板片卻無從說明。

小虎虎果然正睜起一雙大眼睛，向虛空看得很遠，海上複雜和星空壯麗，既影響我一生，也會影響他將來命運，為這雙美麗眼睛，我不免有點憂愁。因此為他說了個佛經上駒那羅王子的故事。

「……那王子一雙極好看的眼睛，瞎了又亮了。就和你眼睛一樣，黑亮亮的，看什麼都清清楚楚，白天看日頭不睞眼，夜間在這種燈光下還看得見屋頂上小瘧蚊。為的是作人正直而有信仰，始終相信善。他的爸爸就把那個紫金缽盂，拿到全國各處去。全國各地年輕美麗的女孩子，聽說王子瞎了眼睛，為同情他受的委屈，都流了眼淚。接了大半缽這種清潔眼淚，帶回來一洗，那雙眼睛就依舊亮光光的了！」

主婦笑著不作聲，清明目光中彷彿流注一種溫柔回答：「從前故事上說，王子眼睛被惡人弄瞎後，要用美貌女孩子的純潔眼淚來洗，才可重見光明。現在的人呢，要從勇敢正直的眼光中得救。」

我因此補充說：「小弟，一個人從美麗溫柔眼光中，也能得救！譬如說……」

孩子的心被故事完全征服了，張大著眼睛，對他母親十分溫馴的望著：

「媽媽，你眼睛也亮得很，比我的還亮！」

一九四三年12月末一天，雲南呈貢

（原載重慶《時與潮・文藝》三卷三期）

15 · 白魘

為了工作，我需要清靜與單獨，因此長住在鄉下，不知不覺就過了五年。

鄉下居住日子一久，和社會場面似都隔絕了，一家人便在極端簡單生活中，送走連續而來的每個日子。簡單生活中可似乎還另外有種並不十分簡單的人事關係存在，即從一切書本中，接近兩千年來人類為求發展爭生存種種哀樂得失。他們的理想與願望，如何受事情束縛挫折，再從束縛挫折中突出轉而成為有生命的文字，這個艱苦困難過程，也彷彿可以接觸。其次就是從通信上，還可和另外環境背景中的熟人談談過去，和陌生朋友談談未來。當前的生活，一與過去未來連接時，生命便若重新獲得一種意義。再其次即從少數過往客人中，見出這些本性善良欲望貼近地面可愛人物的靈魂，被生活壓力所及，影響到義利取捨時是個什麼樣子，同樣對於人性若有會於心。

這時節，我面前桌上正放個一堆待覆的信件，和幾包剛從郵局取回的書籍。信件中提到的，總不外戰爭所帶來的親友死亡消息，或初入社會年輕朋友與實生活迎面時，對於社會所感到的灰心絕望，以及人近中年，從誠實工作上接受寂寞報酬，一面忍受這種寂寞，一面總不免有點鬱鬱不平。從這通信上，我儼然便看到當前社會一個斷面，明白這個民族在如何痛苦中，接受時代所加於他們身上的嚴酷試驗，社會動力既決定於情感與意志，新的信仰且如何在逐漸生長中。倒下去的生命已無可補救，我得從覆信中給活下的他們一點點光明希望，也從覆信中認識認識自己。

二十六歲小表弟黃育照，任新六軍一八九師通信連連長，在華容為掩護部屬搶渡，救了他人救不了自己，陣亡了。同時陣亡的還有個表弟聶清，為寫文章討經驗，隨同部隊轉戰各處已六年。

「……人既死了，為做人責任和理想而死，活下的徒然悲痛，實在無多意義。既然是戰爭，就不免有死亡！死去的萬千年輕人，誰不對國家前途或個人事業，有種光明希望和美麗的夢？可是在接受分定上，希望和夢總不可能不在同樣情況中破滅。或死於敵人無情炮火，或死於國家組織上的脆弱，二而一，同樣完事。這個國家，因為前一輩的不振作，自私而貪得，愚昧而殘忍，使我們這一代為歷史擔負那麼一個沉重擔子，活時如此卑屈而痛苦，死時如此糊塗而悲慘。更年輕一輩，可有權利向我們要求，活得應當像個人樣子！我們努力來讓他們活得比較公正合理些，幸福尊貴些，不是不可能的！」

一個朋友離開了學校將近五年，想重新回學校來，被傳說中的昆明生活愣住了。因此回信告他一點情況。

「……這是一個古怪地方，天時地利人和條件具備，然而鄉村本來的素樸單純，與城市習氣作成的貪污複雜，卻產生一個強烈鮮明對照，使人痛苦。湖山如此美麗，人事上卻常貧富懸殊到不可想像程度。小小山城中，到處是鈔票在膨脹，在活動，大多數人的做人興趣，即維持在這個鈔票數量爭奪過程中。鈔票來的越多，因之一切責任上的尊嚴，與做人良心的標尺，都若被壓扁扭曲，慢慢失去應有的完整。正當公務員過日子都不大容易對付，普通紳商宴客，卻時常有熊掌、魚翅、鹿筋、象鼻子點綴席面。奇特現象中最不可解處，即社會習氣且培養到這個民族墮落現象的擴大。大家都好像明白戰時戰後決定這個民族百年榮枯命運的，主要的還是學識，教育部照例將會考優秀學生保送來這裡升學。有錢人子弟想入這個學校肄業，恐考試不中，且有樂意出幾萬元代價找替考人的。可是公私各方面，就似乎從不曾想到這些教書十年二十年的書呆子，過的是種什麼緊張日子。本地小學教員照米價折算工薪，水漲船高。大學校長收入在四千左右，大學教授收入在三千法幣上盤旋，完全近於玩戲法的，要一條蛇從一根繩子上爬過。戰爭如果是個廣義形容詞，大多數同事，就可說是在和這種風氣習慣而戰爭！情形雖已夠艱苦，實際並不氣餒！日光多，自由多，在日光之下能自由思索，培養對於當前社會制度懷疑和否定的種子，這是支援我們情緒唯一的撐柱，也是重造這個民族品德的一點轉機！」

……

這種信照例是寫不完的，鄉下雖清靜無從長遠清靜，客人來了，主婦溫和誠樸的微笑，在任何情形中從未失去。微笑中不僅表示對於生活的樂觀，且可給客人發現一種純摯同情，對人對事無邪機心的同情。使得間或從家庭中小小拌嘴過來的女客人，更容易當成一個知己，以傾吐腹心為快。這一來，我的工作自然停頓了。

湊巧來的是胖胖的×太太，善於用演戲時興奮情感說話，敘述瑣事能委曲盡致，表現自己有時又若故意居於不利地位，增加一點比本人年歲略小二十歲的愛嬌。女孩兒家喉嚨響，聲音分外大，一上樓時就嚷：

「××先生，我又來了。一來總見你坐在桌子邊，工作好忙！我們談話一定吵

鬧了你，是不是？我坐坐就走！真不好意思，一來就妨礙你。你可想要出去做文章？太陽好，曬曬太陽也有好處，有人說，曬曬太陽靈感會來，讓我曬太陽，就只會出油出汗！」

我不免稍微有點受窘，忙用笑話自救：「若想找靈感，依我想，最好倒是聽你們談談天，一定有許多動人故事可聽！」

「××先生，你說笑話。你在文章中可別罵我，千萬別把我寫到你那大作中！他們說我是座活動廣播電臺，長短波都有，其實——唉，我不過是……」

我趕忙補充，「一個心直口快的好人罷了。你若不疑心我是罵人，我常覺得你實在有天才，真正的天才，觀察事情極仔細，描畫人物興趣又特別好。」

「這不是罵我是什麼！」

我心想，不成不成，這不是議會和講堂，決非口舌奮鬥可以找出結論。因此忽略了一個做主人的應有禮貌，在主婦微笑示意中，離開了家，離開了客人，來到半月前發現「綠魘」的枯草地上了。

我重新得到了清靜與單獨。

我面前是個小小四方朱紅茶几，茶几上有個好像必需寫點什麼的本子。強烈陽光照在我身上和手上，照在草地上和那個小小的本子上。陽光下空氣十分暖和，間或吹來一陣微風，空氣中便可感覺到一點從滇池送來冰涼的水，氣和一點枯草香氣。四圍景象和半月前已大不相同：小坡上那一片發黑垂頭的高粱，大約早帶到人家屋簷下，象徵財富之一部分去了。待翻耕的土地上，有幾隻呆呆的戴勝鳥已失去春天的活潑，正在尋覓蟲蟻吃食。那個石榴樹園，小小蠟黃色透明葉片，早已完全落盡，只剩下一簇簇銀白色帶刺細枝，點綴在長滿蘿蔔秧子一片新綠中。河堤前那個連接滇池大田原，極目綠蕪照眼，再分辨不出被犁頭划過的縱橫赭色條紋。河堤上那些成行列的松柏，也若在三五回嚴霜中，失去了固有的俊美，見出一點蕭瑟。在暖和明朗陽光下結隊旋飛的蜉蝣，更早已不知死到何處去了。

我於是從面前這一片枯草地上試來仔細搜尋，看看是不是還可發現那些綠色斑駁金光燦爛的小小甲蟲，依然能在陽光下保留本來的從容閒適，帶著自得其樂的輕快神情，於草梗間無目的地漫遊，並充滿遊戲心情，從彎垂草梗尖端突然下墮？結果完全失望。一片泛白的枯草間，即那個半月前爬上我手背若有所詢問的小小黑螞蟻，也不知歸宿到何處去了。

陽光依舊如一隻溫暖的大手，從億千萬里外向一切生命伸來，除卻我和面前土

地接受這種同情時還感到一點反應，其餘生命都若在「大塊息我以死」態度中，各在人類思索邊際以外結束休息了。枯草間有著放光細勁枝梗帶著長　的狗尾草類植物，種子散盡後，尚依舊在微風中輕輕搖頭，在陽光下表示生命雖已完結，責任猶未完結神氣。

天還是那麼藍，深沉而安靜，有灰白的雲彩從樹林盡頭慢慢湧起，如有所企圖的填去了那個明藍的蒼穹一角。

隨即又被一種不可知的力量所抑制，在無可奈何情形下，轉而成為無目的的馳逐。馳逐復馳逐，終於又重新消失在藍與灰相融合作成的珠母色天際。

大院子同住的人，只有逃避空襲方來到這個空地上。我要逃避的，卻是地面上一種永遠帶點突如其來的襲擊。我雖是個寫故事的人，照例不會拒絕一切與人性有關的見聞。可是從性情可愛的客人方面所表現的故事，居多都像太真實了一點，待要把它寫到紙上時，反而近於虛幻想像了。

另一時，正當我們和朋友商量到一個嚴重問題時，一位愛美而熱忱，長於用本人生活抒情的×太太，突然侵入我的記憶中。

「××先生（向另外一位陌生客人說），你多大年紀了？我從四川回來，人都說我老了，不像從前那麼一切合標準了（撫撫豐腴的臉頰）。我真老了。我要和我老周離婚，讓他去和年輕的女人戀愛，我不管。我喝咖啡多了睡不好覺，我失眠（用銀匙子攪和咖啡）。這牆壁上的字真好，寫得多軟和，真是龍飛鳳舞（用手胡亂畫那些不大容易認識的草字）。人老了真無意思。我要走了。明早又還得進城，……真氣人。」

周太太話一說完，當真就走了。只留下一個颶風已過的氣氛在一群朋友間，雖並不見毀屋拔木，可把人弄得糊糊塗塗。這種人為的颶風去後許久，主客之間還不免帶點剩餘驚悸，都猜想：也許明天當真會，有什麼重大變故要發生了，離婚，服毒，……結果還虧主婦用微笑打破了這種沉悶。

「周太太為人心直口快，有什麼說什麼。只因為太愛好，凡事不能盡如人意，瑣屑家務更多煩心，所以總歡喜向朋友說到家庭問題。其實剛才說起的事，不僅你們不明白，過會兒她自己也就忘記了。我猜想，明天進城一定是去吃酒，不是離婚的！」

大家才覺得這事原可以笑笑，把空氣改變過來。

溫習到這個驟然而來的可愛風暴時，我的心便若已失去了原有的謐靜。

我因此想起許多事情，如彼或如此，都若在人生中十分真實，且各有它存在的道理，巴爾扎克或契訶夫，筆下都不會輕輕放過。可是這些事在我腦子中，卻只作成一種混亂印象，像是用一份失去了時效的顏色，胡亂塗成的漫畫，這漫畫儘管異常逼真，但實在不大美觀。這是個什麼？我們做人的興趣或理想，難道都必然得奠基於這種人事猥瑣粗俗現象上，且分享活在這種事實中的小小人物悲歡得失，方能稱為活人？一面想起這個眼前身邊無剪裁的人生，一面想起另外一些人所抱的崇高理想，以及理想在事實中遭遇的限制，挫折，毀滅，不免痛苦起來，我還得逃避，逃避到一種音樂中，方可突出這個無章次人事印象的困惑。

我耳邊有發動機在空中搏擊空氣的聲響。這不是一種簡單音樂。單純調子中，實包含有千年來詩人的熱情幻想，與現代技術的準確冷靜，再加上戰爭殘忍情感相糅合的複雜矛盾。這點詩人美麗的情緒，與一堆數學上的公式，三五十種新的合金以及一點兒現代戰爭所爭持的民族尊嚴感，方共同作成這個現象。這個古怪拼合物，目前原在一萬公尺以上高空中自由活動，尋覓另外一處飛來的同樣古怪拼合物，一到發現時，三分鐘內的接觸，其中之一就必然變成一團火焰向下飄墮。這世界各處美麗天空下，每一分鐘內就差不多都有那種火焰一朵朵往下墮。我就還有好些小朋友，在那個高空中，預備使敵人從火焰中下墮，或自己挾帶著火焰下墮。

當高空飛機發現敵機以前，我因為這個發現，我的心，便好像被一粒子彈擊中，從虛空倏然墮下，重新陷溺到一個更複雜人事景象中，完全失去方向了。

忽然耳邊發動機聲音重濁起來，抬起頭時，便可從明亮藍空間，看見一個銀白放光點子慢慢的變成了個小小銀白十字架。再過不久，我坐的地方，面前朱紅茶几，茶几上那個用來寫點什麼的小本子，有一片飛機翅膀作成的陰影掠過，陽光消失了。面前那個種有油菜的田圃，也暫時失去了原有的嫩綠。待陽光重新照臨到紙上時，在那上面我寫了兩個字——「白魘」。

一九四四年昆明寫，一九四七年北京改

（原載重慶《時與潮．文藝》三卷三期）

16・雪晴

竹林中一片斑鳩聲，浸入我迷蒙意識裡。一切都若十分陌生又極端荒唐。這是我初到「高峴」地方第二天一個雪晴的早晨。

我躺在一鋪楠木雕花大板床上，包裹在帶有乾草和乾果香味的新被絮裡。細白麻布帳子如一座有頂蓋的方城，在這座方城中，我已甜甜的睡足了十個鐘頭。昨天在二尺來深雪中走了四五十里山路的勞累已恢復過來了。房正中那個白銅火盆，昨夜用熱灰掩上的炭火，不知什麼時候已被人撥開，加上了些新栗炭，從炭盆中小火星的快樂爆炸繼續中，我漸次由迷蒙渡到完全清醒。我明白，我又起始活在一種現代傳奇中了。

昨天來到這裡以前，幾個人幾隻狗在積雪被覆的溪澗中追逐狐狸，共同奔赴蹴起一陣如雲如霧雪粉，人的歡呼獸的低嗥所形成一種生命的律動，和午後雪晴冷靜景物相配襯，那個動人情景再現到我的印象中時，已如離奇的夢魘。加上初初進到村子裡，從融雪帶泥的小徑，繞過了碾坊、榨油坊，以及夾有融雪寒意半澗溪水如奔如赴的小溪河邁過，轉入這個有喜慶事的莊宅。在燈火煌煌笳鼓競奏中，和幾個小鄉紳同席對杯，參加主人家喜筵的熱鬧，所得另外一堆印象，增加了我對於現實處境的迷惑。因此各個印象不免重疊起來。印象雖重疊卻並不混淆，正如同一支在演奏中的樂曲，兼有細膩和壯麗，每件樂器所發出的每個音響，即再低微也異常清晰，且若各有位置，獨立存在，一一可以攝取。新發酷的甜米酒，照規矩連缸抬到客席前，當眾揭開蓋覆，一陣子向上泛湧泡沫的滋滋細聲，即不曾被院坪中尖銳嗚咽的嗩吶聲音所淹沒。屋主人的老太太，銀白頭髮上簪的那朵大紅山茶花，在新娘子十二幅大紅縐羅裙照映中，也依然異樣鮮明。還有那些成熟待年的女客人，共同浸透了青春熱情黑而有光的眼睛，亦無不如各有一種不同分量壓在我的記憶上。我眼中被屋外積雪返光形成一朵紫茸茸的金黃鑲邊的葵花，在蕩動不居情況中老是變化，想把握無從把握，希望它稍稍停頓，也不能停頓。過去印象也因之隨同這個而動盪、鮮明、華麗，閃閃灼灼搖搖晃晃。

眼中的葵花已由紫和金黃轉成一片金綠相錯的幻畫，還正旋轉不已。

……筵席上凡是能喝的，都醉倒了。住處還遠應走路的，點上火燎唱著笑著回家了。奏樂幫忙的，下到廚房，用燒酒和大肉丸子肥臘肉腫了膊子，補償疲勞，各自方便，或抱了大捆稻草，鑽進空穀倉房裡去睡覺，或晃著火把，上油坊玩天九牌過夜去了，我自然也得有個落腳處。一家之主的老太太，站在廳堂前面，張羅周至的打發了許多事情後，就手抖抖的，舉起一個芝麻杆紮成的火炬，準備引導我到一個特意為安排好住處去。面前的火炬照著我，不用擔心會滑滾到雪中，老太太白髮上那朵大紅山茶花，恰如另外一個火炬，使我回想起三十年前祖母輩分老一派賢惠能勤一家之主的種種。但是我最關心的，還是跟隨我身後，抱了兩床新裝的棉被，一個年青鄉下大姑娘，也好像一個火炬。我還不知道她是什麼人。原來廳子前燈光所不及處，和一個收拾樂器的鄉下人說話，老太太在廳子中間：「巧秀，巧秀，可是你？」「是我！」「是你，你就幫幫忙，把鋪蓋摟到後屋裡去。」

於是，三個人從先一時還燈燭煌煌笳鼓競奏的正廳，轉入這所大莊宅最僻靜的側院。兩種環境的對照，以及行列的離奇，已增加了我對於處境的迷惑。到住處房中後，四堵白木板壁把一盞燈罩擦得清亮的美孚燈燈光聚攏，我才能夠從燈光下，看清楚為我抱衾抱裯的一位面目，十七歲年紀，一雙清亮的眼睛，一張兩角微向上翹的小嘴，一個在發育中腫得高高的胸脯，一條烏梢蛇似的大髮辮。說話時一開口即帶點羞怯的微笑，關不住青春生命秘密悅樂的微笑。可是，事實上這時節她卻一聲不響，不笑，只靜靜站在那個楠木花板大床邊，幫同老太太為我整理被蓋。我站在屋正中火盆邊，一面烘手，一面遊目四矚，欣賞房中的動靜：那個似靜實動的白髮髻上的大紅山茶花，似動實靜的十七歲姑娘的眉目和四肢。……那雙清明無邪的眼睛，在這個萬山環繞不上二百五十戶人家的小村落中看過了些什麼事情？那張含嬌帶俏的小嘴，到想唱歌時，應當唱些什麼歌？還有那顆心，平時為屋後大山豺狼的長嗥聲，盤在水缸邊碗口大黃喉蛇的歇涼呼氣聲，訓練得穩定結實，會不會還為什麼新事情而劇烈跳躍？我難道還不願意放棄作一個畫家的癡夢？真的畫起來，第一筆應捕捉眼睛上的青春光輝，還是應保持這個嘴角邊的溫清笑意？我還覺得有點不可解。即整理床鋪，怎麼不派個普通長工來幫忙，豈不是大家省事？既要來，怎麼不是一個人，還得老太太同來？等等就會走去，難道也必需和老太太兩人一道走？倘若不，我又應當怎麼樣？這一切，對於我真是一份離奇的教育。我不由得不笑了。在這些無頭無緒遐想中，我可說是來到鄉下的「鄉下人」。

我說，「對不起，對不起，我這客人真麻煩老太太！麻煩這位大姐！老太太實

在過累了，應當早早休息了罷。」

從那個忍著笑代表十七歲年紀微向上翹的嘴角，我看出一種回答，意思分明。

「那樣對不起？你們城裡人就會客氣。」

「……」

的確是，城裡人就會客氣，禮貌周到，然而終不甚誠實得體。好像這個批評當真是從對面來的，我無言可回，沉默了。

到兩人為我把床鋪整理好時，老太太就拍一拍那個繡有「長命富貴」的扣花枕帕的舊式硬枕，口中輕輕的近於祝願的語氣說：「好好睡，睡到天亮再醒，不叫你你就莫醒！」且把衣袖中預藏的一個小小紅紙包兒，悄悄的塞到枕頭下去。我雖看見只裝作不曾看見。於是，兩個人相對笑笑，有會於心的笑笑，像是辦完一件大事。搖搖燈座，油還不少。扭一扭燈頭，看機關靈活不靈活。又驗看一下茶壺，燉在炭盆邊很穩當。一種母性的體貼，把凡是想得到的都注意一下，再就說了幾句不相干閒話，一齊走了。

我因之陷入一種完全孤寂中。聽到兩人在院轉角處踏雪聲和笑語聲。這是什麼意思？充滿好奇的心情，伸手到枕下掏摸，果然就抓住了一樣東西，一個被封好的謎。試小心裁開一看，原來是包寸金糖，知道老太太是依照一種鄉村古舊的儀式。鄉下習慣，凡新婚人家，對於未結婚的陌生男客，照例是不留宿的。若特別客人留在家下住宿時，必祝福他安睡。恐客人半夜裡醒來有所見聞，大早不知忌諱，信口胡說，就預先用一包糖甜甜口，封住了嘴。

一切離不了象徵，唯其象徵，簡單儀式中即充滿牧歌的抒情。我因為記得一句俗話，「入境問俗」，早經人提及過，可絕想不到自己即參加了這一角。我明早上將說些什麼？是不是凡這時想起的種種，也近於一種忌諱？六十里的的雪中長途跋涉，既已把我身體弄得十分疲倦，在燈火煌煌笳鼓競奏的喜筵上，甜酒和笑謔所釀成的空氣中，鄉村式的歡樂的流注，再加上那個十七歲鄉下小姑娘所能引起我的幻想或聯想，似乎把我靈魂也弄得相當疲倦。因此，躺入那個暖和、輕軟、有乾草乾果香味的棉被中，不多久，就被睡眠完全收拾了。

現在我又呼吸於這個現代傳奇中了。炭盆中火星還在輕微爆炸。假若我早醒五分鐘，是不是會發現房門被一雙手輕輕推開時，就有一雙眼睛一張嘴隨同發現？是不是忍著笑踮起腳進到房中後，一面整理火盆，一面還向窗口悄悄張望，一種樸質與狡猾的混和，只差開口，「你城裡人就會客氣。」一到這種情形下，我應當忽然躍

起，稍微不大客氣的驚嚇她一下，還是盡含著糖，不聲不響？我不能夠這樣盡躺著。油紫色帶錦綬的斑鳩，已在雪中呫呫呼朋集伴。我得看看雪晴侵晨的莊宅，辦過喜事後的莊宅，那份零亂，那份靜。屋外的溪澗。寒林，和遠山，為積雪掩覆初陽照耀那份調和，那份美。還有雪原中路坎邊那些狐兔鴉雀經行的腳跡，象徵生命多方的圖案畫。但尤其使我發生興趣感到關切的，也許還是另外一件事情。新娘子按規矩就得下廚，經過一系列親友預先佈置的開心笑料，是不是有些狼狽周章？大清早和丈夫到井邊去挑水時，是個什麼情景？那一雙眉毛，是不是當真於一夜中，就有了變化，一眼望去即能辨別？有了變化後，和另外那一位年紀十七歲的成熟待時大姑娘，比較起來，究竟有什麼不同處？……

盥洗完畢，走出前院去，盡少開口胡說。且想找尋一個人，帶我到後山去望望並證實所想像的種種時，「莫道行人早，還有早行人」，不意從前院大胡桃樹下，便看見那作新郎的朋友，正蹲在雪地上一大團毛物邊，有所檢視。才知道新郎還是按照向例，天微明即已起身，帶了獵槍和兩個長工，上後山繞了一轉。把裝套處一一看過，把所得的已收拾回來。從這個小小堆積中，我發現了兩隻麻兔，一隻長尾山貓，一隻灰獾，兩匹黃鼠狼。裝置捕機的地面，不出莊宅後山，半里路範圍內，一夜中即有這麼多觸網入彀的生物。而且從那不同的形體，不同的毛色，想想每一個不同的生命，在如何不同情形中，被大石塊壓住腰部。頭尾翹張，動彈不得；或被圈套扣住了前腳高懸半空掙扎得精疲力盡，垂頭死去；或是被機關木梁竹簽，紮中肢體某一部份：在痛苦惶遽中，先是如何努力掙扎帶著絕望的低嘶，掙扎無從，精疲力盡後，方充滿悲苦的激情，沉默下來，等待天明，到末了還是終不免同歸於盡。這一攤毛茸茸的野物，陳列到這片雪地上，真如一幅動人的圖畫。但任何一種圖畫，卻不曾將這個近乎不可思議的生命的複雜與多方，好好表現出來。

後園竹林中的斑鳩呼聲，引起了朋友的注意。我們於是一齊向後園跑去，朋友灑了一把綠豆到雪地上，又將另一把綠豆灌入那支舊式獵槍中，藏身在一垛稻草後，有所等待。不到一會兒，槍聲響處，那對飛下雪地啄食綠豆的斑鳩，即中了從槍管噴出的綠豆，躺在雪中了。吃早飯時，新娘子第一回下廚做的菜中，就有一盤辣子炒斑鳩。

一面吃飯一面聽新郎述說下大圍獵虎故事，使我彷彿加入了那個在自然壯麗背景中，人與另外一種生物充滿激情的劇烈爭鬥與遊戲過程。新娘子的眉毛還是彎彎的，引起我老想要問一句話，又像因為昨夜晚老太太塞在枕下那一包糖，當真封住

了口，無從啟齒。可是從外面跑來的一個長工，卻代替了我，打破了桌邊沉默，在桌前向主人急促陳述：

「老太太，隊長，你家巧秀，有人在坳上親眼看見過。昨天吹嗩吶的那個中寨人，把你家大姑娘巧秀拐跑了。一定是向鴉拉營方向跑，要追還追得上。巧秀背了個小小包袱，還笑嘻嘻的！」

「嗐，咦！」一桌吃飯的人，都為這個消息給楞住了。這個集中情緒的一剎那，使我意識到一件事，即眉毛比較已無可希望。

我一個人重新枯寂的坐在這個小房間火盆邊，聽著燉在火盆上銅壺的白水沸騰，好像失去了一點什麼，不經意被那一位收拾在那個小小包袱中，帶到一個不可知的小地方去了。不過，事實上倒應當說「得到了一點什麼。」只是「得到的究竟是什麼？」我問你。算算時間，我來到這個鄉下還只是第二天，除掉睡眠，耳目官覺和這裡一切接觸還不足七小時，生命的豐滿、洋溢，把我的感情或理性，已給完全混亂了。

陽光上了窗欞，屋外簷前正滴著融雪水——我年紀剛滿十八歲。

17．龍朱

寫在「龍朱」一文之前——這一點文章，作在我生日，送與那供給我生命，父親的媽，與祖父的媽，以及其同族中僅存的人一點薄禮。

血管裡流著你們民族健康的血液的我，二十七年的生命，有一半為都市生活所吞噬，中著在道德下所變成虛偽庸懦的大毒，所有值得稱為高貴的性格，如像那熱情、與勇敢、與誠實、早已完全消失殆盡，再也不配說是出自你們一族了。

你們給我的誠實，勇敢，熱情，血質的遺傳，到如今，向前證實的特性機能已蕩然無餘，生的光榮早隨你們已死去了。

皮面（表面）的生活常使我感到悲慟，內在的生活又使我感到消沉。我不能信仰一切，也缺少自信的勇氣。

我只有一天憂鬱一天下來。憂鬱占了我過去生活的全部，未來也仍然如骨附

肉。你死去了百年另一時代的白耳族王子，你的光榮時代，你的混合血淚的生涯，所能喚起這被現代社會蹂躪過的男子的心，真是怎樣微弱的反應！想起了你們，描寫到你們，情感近於被閹割的無用人，所有的仍然還是那憂鬱！

第一、說這個人

白耳族苗人中出美男子，彷彿是那地方的父母全會參預過雕塑阿波羅神的工作，因此把美的模型留給兒子了。族長兒子龍朱年十七歲，為美男子中之美男子。這個人，美麗強壯象獅子，溫和謙馴如小羊。是人中模型。是權威。是力。是光。種種比譬全是為了他的美。其他的德行則與美一樣，得天比平常人都多。

提到龍朱像貌時，就使人生一種卑視自己的心情。平時在各樣事業得失上全引不出妒忌的神巫，因為有次望到龍朱的鼻子，也立時變成小氣，甚至於想用鋼刀去刺破龍朱的鼻子。這樣與天作難的倔強野心卻生之於神巫，到後又卻因為這美，仍然把這神巫克服了。

白耳族以及烏婆、裸裸、花帕、長腳各族，人人都說龍朱像貌長得好看，如日頭光明，如花新鮮。正因為說這樣話的人太多，無量的阿諛，反而煩惱了龍朱了。好的風儀用處不是得阿諛（龍朱的地位，已就應當得到各樣人的尊敬歆羨了）。既不能在女人中煽動勇敢的悲歡，好的風儀全成為無意思之事。龍朱走到水邊去，照過了自己，相信自己的好處，又時時用銅鏡觀察自己，覺得並不為人過譽。然而結果如何呢？因為龍朱不像是應當在每個女子理想中的丈夫那麼平常，因此反而與婦女們離遠了。

女人不敢把龍朱當成目標，做那荒唐艷麗的夢，並不是女人的錯。在任何民族中，女子們，不能把神做對象，來熱烈戀愛，來流淚流血，不是自然的事麼？任何種族的婦人，原永遠是一種膽小知分的獸類，要情人，也知道要什麼樣情人為合乎身分。縱其中並不乏勇敢不知事故的女子也自然能從她的不合理希望上得到一種好教訓，像貌堂堂是女子傾心的原由，但一個過分美觀的身材，卻只作成了與女子相遠的方便。誰不承認獅子是孤獨？獅子永遠是孤獨，就只為了獅子全身的紋彩與眾不同。

龍朱因為美，有那與美同來的驕傲？不，凡是到過青石岡的苗人，全都能賭咒作證，否認這個事。人人總說總爺的兒子，從不用地位虐待過人畜，也從不聞對長

年老輩婦人女子失過敬禮。在稱讚龍朱的人口中，總還不忘同時提到龍朱的像貌。全砦中（山寨），年青漢子們，有與老年人爭吵事情時，老人詞窮，就必定說，我老了，你青年人，幹嗎不學龍朱謙恭對待長輩？這青年漢子，若還有羞恥心存在，必立時遁去，不說話，或立即認錯，作揖陪禮。一個婦人與人談到自己兒子，總常說，兒子若能像龍朱，那就賣自己與江西布客，讓兒子得錢花用，也願意。所有未出嫁的女人，都想自己將來有個丈夫能與龍朱一樣。所有同丈夫吵嘴的婦人，說到丈夫時，總說你不是龍朱，真不配管我磨我；你若是龍朱，我做牛做馬也甘心情願。

還有，一個女人的她的情人，在山峒里約會，男子不失約，女人第一句讚美的話總是「你真像龍朱」。其實這女人並不曾同龍朱有過交情，也未嘗聽到誰個女人同龍朱約會過。

一個長得太標緻了的人，是這樣常常容易為別人把名字放到口上咀嚼！

龍朱在本地方遠遠近近，得到的尊敬愛重，是如此。然而他是寂寞的。這人是獸中之獅，永遠當獨行無伴！

在龍朱面前，人人覺得是卑小，把男女之愛全抹殺，因此這族長的兒子，卻永無從愛女人了。女人中，屬於烏婆族，以出產多情多才貌女子著名地方的女人，也從無一個敢來在龍朱面前，閉上一隻眼，蕩著她上身，同龍朱挑情。也從無一個女人，敢把她繡成的荷包，擲到龍朱身邊來。也從無一個女人敢把自己姓名與龍朱姓名編成一首歌，來到跳舞時節唱。然而所有龍朱的親隨，所有龍朱的奴僕，又正因為美，正因為與龍朱接近，如何的在一種沉醉狂歡中享受這些年青女人小嘴長臂的溫柔！

「寂寞的王子，向神請求幫忙吧。」

使龍朱生長得如此壯美，是神的權力，也就是神所能幫助龍朱的唯一事。至於要女人傾心，是人為的事啊！

要自己，或他人，設法使女人來在面前唱歌，狂中裸身於草薦上面獻上貞潔的身，只要是可能，龍朱不拘犧牲自己所有何物，都願意。然而不行。任怎樣設法，也不行。七梁橋的洞口終於有合攏的一日，有人能說在這高大山洞合攏以前，龍朱能夠得到女人的愛，是不可信的事。

不是怕受天責罰，也不是另有所畏，也不是預言者曾有明示，也不是族中法律限止，自自然然，所有女人都將她的愛情，給了一個男子，輪到龍朱卻無分了。民

族中積習，折磨了天才與英雄，不是在事業上粉骨碎身，便是在愛情中退位落伍，這不是僅僅白耳族王子的寂寞，他一種族中人，總不缺少同樣故事！

在寂寞中龍朱是用騎馬獵狐以及其他消遣把日子混過了。

日子過了四年，他二十一歲。

四年後的龍朱，沒有與以前日子龍朱兩樣處，若說無論如何可以指出一點不同來，那就是說如今的龍朱，更像一個好情人了。年齡在這個神工打就的身體上，加上了些更表示「力」的東西，應長毛的地方生長了茂盛的毛，應長肉的地方增加了結實的肉。一顆心，則同樣因為年齡所補充的，是更其能頑固的預備要愛了。

他越覺得寂寞。

雖說七梁洞並未有合攏，二十一歲的人年紀算青，來日正長，前途大好，然而什麼時候是那補償填還時候呢？有人能作證，說天所給別的男子的，幸福與苦惱，也將同樣給龍朱麼？有人敢包，說到另一時，總有女子來愛龍朱麼？

白耳族男女結合，在唱歌慶大年時，端午時，八月中秋時，以及跳年刺牛大祭時，男女成群唱，成群舞，女人們，各穿了峒錦衣裙，各戴花擦粉，供男子享受。平常時，在好天氣下，或早或晚，在山中深洞，在水濱，唱著歌，把男女吸到一塊來，即在太陽下或月亮下，成了熟人，做著只有頂熟的人可做的事。在此習慣下，一個男子不能唱歌他是種羞辱，一個女子不能唱歌她不會得到好的丈夫。抓出自己的心，放在愛人的面前，方法不是錢，不是貌，不是門閥也不是假裝的一切，只有真實熱情的歌。所唱的，不拘是健壯樂觀，是憂鬱，是怒，是惱，是眼淚，總之還是歌。一個多情的鳥絕不是啞鳥。一個人在愛情上無力勇敢自白，那在一切事業上也全是無希望可言，這樣人決不是好人！

那麼龍朱必定是缺少這一項，所以不行了。

事實又並不如此。龍朱的歌全為人引作模範的歌，用歌發誓的男子婦人，全採用龍朱誓歌那一個韻。一個情人被對方的歌窘倒時，總說及勝利人拜過龍朱作歌師傅的話。凡是龍朱的聲音，別人都知道。凡是龍朱唱的歌，無一個女人敢接聲。各樣的超凡入聖，把龍朱摒除於愛情之外，歌的太完全太好，也彷彿成為一種吃虧理由了。

有人拜龍朱作歌師傅的話，也是當真的。手下的用人，或其他青年漢子，在求愛時腹中歌詞為女人逼盡，或者愛情扼著了他的喉嚨，歌不出心中的事時，來請教龍朱，龍朱總不辭。經過龍朱的指點，結果是多數把女子引到家，成了管家婦。或

者到山峒中，互相把心願了銷。熟讀龍朱的歌的男子，博得美貌善歌的女人傾心，也有過許多人。但是歌師傅永遠是歌師傅，直接要龍朱教歌的，總全是男子，並無一個青年女人。

龍朱是獅子，只有說這個人是獅子，可以作我們對於他的寂寞得到一種解釋！年青女人到什麼地方去了呢？懂到唱歌要男人的，都給一些歌戰勝，全引誘盡了。凡是女人都明白情慾上的固持是一種痴處，所以女人寧願意減價賣出，無一個敢屯貨在家。如今是只能讓日子過去一個辦法，因了日子的推遷，希望那新生的犢中也有那不怕獅子的犢在。

龍朱是常常這樣自慰著度著每個新的日子的。我們也不要把話說盡，在七梁橋洞口合攏以前，也許龍朱仍然可以遇著與這個高貴的人身分相稱的一種機運！

第二、說一件事

中秋大節的月下整夜歌舞，已成了過去的事了。大節的來臨，反而更寂寞，也成了過去的事了。如今是九月。打完穀子了。打完桐子了。紅薯早挖完全下地窖了。冬雞已上孵，快要生小雞了。連日晴明出太陽。天氣冷暖宜人。年青婦人全都負了柴耙同籠上坡耙草。各見坡上都有歌聲。各處山峒裡，都有情人在用乾草鋪就並撒有野花的臨時床上並排坐或並頭睡。這九月是比春天還好的九月。

龍朱在這樣時候更多無聊。出去玩，打鳩本來非常相宜，然而一出門，就聽到各處歌聲，到許多地方又免不了要碰到那成雙的人，於是大門也不敢出了。

無所事事的龍朱，每天只在家中磨刀。這預備在冬天來剝豹皮的刀，是寶物，是龍朱的朋友。無聊無賴的龍朱，是正用著那「一日數摸挲劇於十五女」的心情來愛這寶刀的。刀用油在一方小石上磨了多日，光亮到暗中照得見人，鋒利到把頭髮放到刀口，吹一口氣，髮就成兩截，然而還是每天把這刀來磨的。

某天，一個比平常日子似乎更像是有意幫助青年男女「野餐」的一天，黃黃的日頭照滿全村，龍朱仍然磨刀。

在這人臉上有種孤高鄙夷的表情，嘴角的笑紋也變成了一條對生存感到煩厭的線。他時時凝神聽察堡外遠處女人的尖細歌聲，又時時望天空。黃的日頭照到他一身，使他身上作春天溫暖。天是藍天，在藍天作底的景緻中，常常有雁鵝排成八字或一字寫在那虛空。龍朱望到這些也不笑。

到底什麼事把龍朱變成這樣陰鬱的人呢？白耳族，烏婆族，裸裸，花帕，長腳……每一族的年青女人都應負責，每一對年青情人都應致歉。婦女們，在愛情選擇中遺棄了這樣完全人物，是委娜絲神不許可的一件事，是愛的恥辱，是民族滅亡的先兆。女人們對於戀愛不能發狂，不能超越一切利害去追求，不能選她頂歡喜的一個人，不論是白耳族還是烏婆族。總之，這民族無用，近於中國漢人，也很明顯了。

龍朱正磨刀，一個矮矮的奴隸走到他身邊來，伏在龍朱的腳邊，用手攀他主人的腳。龍朱瞥了一眼，仍然不做聲，因為遠處又有歌聲飛過來了。奴隸撫著龍朱的腳也不做聲。

過了一陣，龍朱發聲了，聲音像唱歌，在揉和了莊嚴和愛的調子中挾著一點憤懣，說，「矮子你又不聽我話，做這個樣子！」

「主，我是你的奴僕。」

「難道你不想做朋友嗎？」

「我的主，我的神，在你面前我永遠卑微誰人敢在你面前平排？誰人敢說他的尊嚴在美麗的龍朱面前還有存在必須？

誰人不願意永遠為龍朱作奴作婢？誰……」龍朱用頓足制止了矮奴的奉承，然而矮奴仍然把最後一句「誰個女子敢想愛上龍朱？」恭維得不得體的話說畢，才站起。

矮奴站起了，也仍然如平常人跪下一般高。矮人似乎真適宜於作奴隸的。

龍朱說，「什麼事使你這樣可憐？」

「在主面前看出我的可憐，這一天我真值得生存了。」

「你太聰明了。」

「經過主的稱讚，呆子也成了天才。」

「我問你，到底有什麼事？」

「是主人的事，因為主在此事上又可見出神的恩惠。」

「你這個只會唱歌不會說話的人，真要我打蜂了。」

矮奴到這時，才把話說到身上。這個時他哭著臉，表示自己的苦惱失望，且學著龍朱生氣時頓足的樣子。這行為，若在別人猜來，也許以為矮子服了毒，或者肚臍被山蜂所螫，所以作這樣子，表明自己痛苦，至於龍朱，則早已明白，猜得出這樣的矮子，不出賭輸錢或失歡女人兩事了。

龍朱不作聲，高貴的笑，於是矮子說，

「我的主，我的神，我的事瞞不了你的，在你面前的僕人，是又被一個女子欺侮了。」

「你是一隻會唱諂媚曲子的鳥，被欺侮是不會有的事！」

「但是，主，愛情把僕人變蠢了。」

「只有人在愛情中變聰明的事。」

「是的，聰明了，彷彿比其他時節聰明了點，但在一個比自己更聰明的人面前，我看出我自己蠢得像豬。」

「你這土鸚哥平日的本事到什麼地方去了？」

「平時哪裡有什麼本事呢，這只土鸚哥，嘴巴大，身體大，唱的歌全是學來的歌，不中用。」

「把你所學的全唱過，也就很可以打勝仗了。」

「唱過了，還是失敗。」

龍朱就皺了一皺眉毛，心想這事怪。

然而一低頭，望到矮奴這樣矮；便了然於矮奴的失敗是在身體，不是在咽喉了，龍朱失笑的說，「矮東西，莫非是為你像貌把你事情弄壞了？」

「但是她並不曾看清楚我是誰。若說她知道我是在美麗無比的龍朱王子面前的矮奴，那她定為我引到老虎洞做新娘子了。」

「我不信你。一定是土氣太重。」

「主，我賭咒。這個女人不是從聲音上量得出我身體長短的人。但她在我歌聲上，卻把我心的長短量出了。」

龍朱還是搖頭，因為自己是即或見到矮人在前，至於度量這矮奴心的長短，還不能夠的。

「主，請你信我的話。這是一個美人，許多人唱枯了喉嚨，還為她所唱敗！」

「既然是好女人，你也就應把喉嚨唱枯，為她吐血，才是愛。」

「我喉嚨是枯了，才到主面前來求救。」

「不行不行，我剛才還聽過你恭維了我一陣，一個真真為愛情絆倒了腳的人，他決不會又能爬起來說別的話！」

「主啊，」矮奴搖著他的大的頭顱，悲聲的說道，「一個死人在主面前，也總有話讚揚主的完全的美，何況奴僕呢。奴僕是已為愛情絆倒了腳，但一同主人接

近，彷彿又勇氣勃勃了。主給人的勇氣比何首烏補藥還強十倍。我仍然要去了。讓人家戰敗了我也不說是主的奴僕，不然別人會笑主用著這樣的蠢人，丟了白耳族的光榮！」

矮奴就走了。但最後說的幾句話，激起了龍朱的憤怒，把矮子叫著，問，到底女人是怎樣的女人。

矮奴把女人的臉，身，以及歌聲，形容了一次。矮奴的言語，正如他自己所稱，是用一枝禿筆與殘餘顏色，塗在　塊破布上的。在女人的歌聲上，他就把所有白耳族青石岡地方有名的出產比喻淨荊說到像甜酒，說到像枇杷，說到像三羊溪的鯽魚，說到象狗肉，彷彿全是可吃的東西。矮奴用口作畫的本領並不蹩腳。

在龍朱眼中，是看得出矮奴餓了，在龍朱心中，則所引起的，似乎也同甜酒狗肉引起的慾望相近。他因了好奇，不相信，就為矮奴設法，說同到矮奴一起去看。

正想設法使龍朱快樂的矮奴，見到主人要出去，當然歡喜極了，就著忙催主人快出砦門到山中去。

不到一會，這白耳族的王子就到山中了。

藏在一積草後面的龍朱，要矮奴大聲唱出去，照他所教的唱。先不聞回聲。矮奴又高聲唱，在對山，在毛竹林裡，卻答出歌來了。音調是花帕族中女子的音調。

龍朱把每一個聲音都放到心上去，歌只唱三句，就止了。有一句留著待唱歌人解釋。龍朱便告給矮奴答覆這一句歌。又教矮奴也唱三句出去，等那邊解釋，歌的意思是：凡是好酒就歸那善於唱歌的人喝，凡是好肉也應歸善於唱歌的人吃，只是你好的美的女人應當歸誰？

女人就答一句，意思是：好的女人只有好男子才配。她且即刻又唱出三句歌來，就說出什麼樣男子是好男子的稱呼。

說好男子時，提到龍朱的名，又提到別的個人的名，那另外兩個名字，卻是歷史上的美男子名字，只有龍朱是活著的人，女人的意思是：你不是龍朱，又不是×××，你與我對歌的人究竟算什麼人？

「主，她提到你的名！她罵我！我就唱出你是我的主人，說她只配同主人的奴隸相交。」

龍朱說，「不行，不要唱了。」

「她胡說，應當要讓她知道是只夠得上為主人擦腳的女子！」

然而，矮奴見到龍朱不作聲，也不敢回唱出去了。龍朱的心是深深沉到剛才幾

句歌中去了，他料不到有女人敢這樣大膽。雖然許多女子罵男人時，都總說，「你不是龍朱。」這事卻又當別論了。因為這時談到的正是誰才配愛她的問題，女人能提出龍朱名字來，女人驕傲也就可知了。龍朱想既然是這樣，就讓她先知道矮奴是自己的用人，再看情形是如何。

於是矮奴照到龍朱所教的，又唱了四句。歌的意思是：吃酒糟的人何必說自己量大，沒有根柢的人也休想同王子要好，若認為攙了水的酒總比酒精還行，那與龍朱的用人戀愛也就可以寫意了。

誰知女子答得更妙，她用歌表明她的身分，說，只有烏婆族的女人才同龍朱用人相好，花帕族女人只有外族的王子可以論交，至於花帕苗中的自己，是預備在白耳族與男子唱歌三年，再來同龍朱對歌的。

矮子說，「我的主，她尊視了你，卻小看了你的僕人，我要解釋我這無用的人並不是你的僕人，免得她恥笑！」

龍朱對矮奴微笑，說，「為什麼你不說應當說『你對山的女子，膽量大就從今天起來同我龍朱主人對歌』呢？你不是先才說到要她知道我在此，好羞辱她嗎？」

矮奴聽到龍朱說的話，還不很相信得過，以為這只是主人的笑話。他哪裡會想到主人因此就會愛上這個狂妄大膽的女人。他以為女人不知對山有龍朱在，唐突了主人，主人縱不生氣，自己也應當生氣。告女人龍朱在此，則女人雖覺得羞辱了，可是自己的事情也完了。

龍朱見矮奴遲疑，不敢接聲，就打一聲吆喝，讓對山人明白，表示還有接歌的氣概，盡女人起頭。龍朱的行為使矮奴發急了，矮奴說，「主，你在這兒我是沒有歌了。」

「你就照來到的意思唱，問她膽子既然這樣大，就攏來，看看這個如虹如日的龍朱。」

「我當真要她來？」

「當真！要來我看是什麼女人，敢輕視我們白耳族說不配同花帕族女子相好！」

矮奴又望瞭望龍朱，見主人情形並不是在取笑他的用人，就全答應下來了。他們於是等待著女子的歌聲。稍稍過了些時間，女子果然又唱起來了。歌的意思是：對山的雀你不必叫了，對山的人你也不必唱了，還是想法子到你龍朱王子的奴僕前學三年歌，再來開口。

矮奴說，「主，這話怎麼回答？她要我跟龍朱的用人學三年歌，再開口，她還是不相信我是你最親信的奴僕，還是在罵我白耳族的全體！」

龍朱告矮奴一首非常有力的歌，唱過去，那邊好久好久不回。矮奴又提高喉嚨唱。回聲來了，大罵矮子，說矮奴偷龍朱的歌，不知羞，至於龍朱這個人，卻是值得在走過的路上撒花的。矮子爛了臉，不知所答。年青的龍朱，再也不能忍下去了，小小心心，壓著了喉嚨，平平的唱了四句。聲音的低平僅僅使對山一處可以明白，龍朱是正怕自己的歌使其他男女聽到，因此啞喉半天的。龍朱的歌意思就是說：唱歌的高貴女人，你常常提到白耳族一個平凡的名字使我慚愧，因為我在我族中是最無用的人，所以我族中男子在任何地方都有情人，獨名字在你口中出入的龍朱卻仍然是獨身。

不久，那一邊像思索了一陣，也幽幽的唱和起來了，歌的是：你自稱為白耳族王子的人我知道你不是，因為這王子有銀鐘的聲音，本來拿所有花帕苗年青的女子供龍朱作墊還不配，但愛情是超過一切的事情，所以你也不要笑我。所唱的意思，極其委婉謙和，音節又極其整齊，是龍朱從不聞過的好歌。因為對山的女人不相信與她對歌的是龍朱，所以龍朱不由得不放聲唱了。

這歌是用白耳族頂精粹的言語，自白耳族頂純潔的一顆心中搖著，從白耳族一個頂甜蜜的口中喊出，成為白耳族頂熱情的音調，這樣一來所有一切聲音彷彿全啞了。一切鳥聲與一切遠處歌聲，全成了這王子歌時和拍的一種碎聲，對山的女人，從此沉默了。

龍朱的歌一出口，矮奴就斷定了對山再不會有回答。這時等了一陣，還無回聲，矮奴說，「主，一個在奴僕當來是勁敵的女人，不在王的第二句歌已壓倒了。這女人不久還說到大話，要與白耳族王子對歌，她學三十年還不配！」

矮奴不問龍朱意見，許可不許可，就又用他不高明的中音唱道：「你花帕族中說大話的女子，大話是以後不用再說了，若你歡喜作白耳族王子僕人的新婦，他願意你過來見他的主同你的夫。」

仍然不聞有回聲。矮奴說，這個女人莫非害羞上吊了。矮奴說的只是笑話，然而龍朱卻說出過對山看看的話了。龍朱說後就走，向谷裡下去。跟到後面追著，兩手拿了一大把野黃菊同山紅果的，是想做新郎的矮奴。

矮奴常說，在龍朱王子面前，跛腳的人也能躍過闊澗。這話是真的。如今的矮奴，若不是跟了主人，這身長不過四尺的人，就決不會像騰雲駕霧一般的飛！

第三、唱歌過後一天

「獅子我說過你，永遠是孤獨的！」白耳族為一個無名勇士立碑，曾有過這樣句子。

龍朱昨天並沒有尋到那唱歌人。到女人所在處的毛竹林中時，不見人。人走去不久，只遺了無數野花。跟到各處追。

還是不遇。各處找遍了，見到不少好女子，女人見到龍朱來，識與不識都立起來怯怯的如為龍朱的美所征服。見到的女子，問矮奴是不是那一個人，矮奴總搖頭。

到後龍朱又重複回到女人唱歌地方。望到這個野花的龍朱，如同嗅到血腥氣的小豹，雖按捺到自己咆哮，仍不免要憎惱矮奴走得太慢。其實在前面的是龍朱，矮奴則兩隻腳像貼了神行符，全不自主，只彷彿像飛。不過女人比鳥兒，這稱呼得實在太久了，不怕白耳族王子主僕走得怎樣飛快，鳥兒畢竟是先已飛到遠處去了！

天氣漸漸夜下來，各處有雀叫，各處有炊煙，龍朱廢然歸家了。那想作新郎的矮奴，跟在主人的後面，把所有的花丟了，兩隻長手垂到膝下，還只說見到了她非抱她不可，萬料不到自己是拿這女人在主人面前開了多少該死的玩笑。天氣當時原是夜下來了。矮奴是跟在龍朱王子的後面，想不到主人的顏色。一個聰明的僕人，即或怎樣聰明，總也不會閉了眼睛知道主人的心中事！

龍朱過的煩惱日子以昨夜為最壞。半夜睡不著，起來懷了寶刀，披上一件豹皮褂，走到堡牆上去外望。無所聞，無所見，入目的只是遠山上的野燒明滅。各處村莊全睡盡了。大地也睡了。寒月涼露，助人悲思，於是白耳族的王子，仰天嘆息，悲嘆自己。且遠處山下，聽到有孩子哭，好像半夜醒來吃奶時情形，龍朱更難自遣。

龍朱想，這時節，各地各處，那潔白如羔羊溫和如鴿子的女人，豈不是全都正在新棉絮中做那好夢？那白耳族的青年，在日裡唱歌疲倦了的心，作工疲倦了的身體，豈不是在這時也全得到休息了麼？只是那擾亂了白耳族王子的心的女人，這時究竟在什麼地方呢？她不應當如同其他女人，在新棉絮中做夢。她不應當有睡眠。她應當這時來思索她所歆慕的白耳族王子的歌聲。她應當野心擴張，希望我憑空而下。她應當為思我而流淚，如悲悼她情人的死去。……但是，這究竟是什麼人的女兒？

煩惱中的龍朱，拔出刀來，向天作誓，說，「你大神，你老祖宗，神明在左在右：我龍朱不能得到這女人作妻，我永遠不與女人同睡，承宗接祖的事我不負責！若是愛要用血來換時，我願在神面前立約，斫下一隻手也不悔！」

立過誓的龍朱，回到自己的屋中，和衣睡了。睡了不久，就夢到女人緩緩唱歌而來，穿白衣白裙，頭髮披在身後，模樣如救苦救難觀世音。女人的神奇，使白耳族王子屈膝，傾身膜拜。但是女人卻不理，越去越遠了。白耳族王子就趕過去，拉著女人的衣裙，女人回過頭就笑。女人一笑龍朱就勇敢了，這王子猛如豹子擒羊，把女人連衣抱起飛向一個最近的山洞中去。龍朱做了男子。龍朱把最武勇的力，最純潔的血，最神聖的愛，全獻給這夢中女子了。

白耳族的大神是能護佑於青年情人的，龍朱所要的，業已由神幫助得到了。今日裡的龍朱，已明白昨天一個好夢所交換的是些什麼了，精神反而更充足了一點，坐到那大凳上曬太陽，在太陽下深思人世苦樂的分界。

矮奴走進院中來，仍復來到龍朱腳邊伏下，龍朱輕輕用腳一踢，矮奴就乘勢一個筋斗，翻然立起。

「我的主，我的神，若不是因為你有時高興，用你尊貴的腳踢我，奴僕的筋斗決不至於如此純熟！」

「你該打十個嘴巴。」

「那大約是因為口牙太鈍，本來是得在白耳族王子跟前的人，無論如何也應比奴僕聰明十倍！」

「唉，矮陀螺，你是又在做戲了。我告了你不知道有多少回，不許這樣，難道全都忘記了麼？你大約似乎把我當作情人，來練習一精粹的諂媚技能罷。」

「主，惶恐，奴僕是當真有一種野心，在主面前來練習一 種技能，便將來把主的神奇編成歷史的。」

「你是近來賭博又輸了，總是又缺少錢扳本。一個天才在窮時越顯得是天才，所以這時的你到我面前時話就特別多。」

「主啊，是的。是輸了。損失不少。但這個不是金錢；是愛情！」

「你肚子這樣大，愛情總是不會用盡！」

「用肚子大小比愛情貧富，主的想像是歷史上大詩人的想像。不過……」矮奴從龍朱臉上看出龍朱今天情形不同往日，所以不說了。這據說愛情上賭輸了的矮奴，看得出主人有出去的樣子，就改口說：「主，今天這樣好的天氣，是日神特意

為主出遊而預備的天氣，不出去像不大對得起神的一番好意！」

龍朱說，「日神為我預備的天氣，我倒好意思接受，你為我預備的恭維，我可不要了。」

「本來主並不是人中的皇帝，要倚靠恭維而生存。主是天上的虹，同日頭與雨一塊兒長在世界上的，讚美形容自然是多餘。」

「那你為什麼還是這樣嘮嘮叨叨？」

「在美的月光下野兔也會跳舞，在主的光明照耀下，我當然比野兔聰明一點兒。」

「夠了！隨我到昨天唱歌女人那地方去，或者今天可以見到那個人。」

「主呵，我就是來報告這件事。我已經探聽明白了。女人是黃牛寨寨主的姑娘。據說這寨主除會釀好酒以外就是會養女兒。據說姑娘有三個，這是第三個，還有大姑娘二姑娘不常出來。不常出來的據說生長得更美。這全是有福氣的人享受的！我的主，當我聽到女人是這家人的姑娘時，我才知道我是癩蛤蟆這樣人家的姑娘，為白耳族王子擦背擦腳，勉勉強強。主若是要，我們就差人搶來。」

龍朱稍稍生了氣，說，「滾了罷，白耳族的王子是搶別人家的女兒的麼？說這個話不知羞麼？」

矮奴當真就把身捲成一個球，滾到院的一角去。是這樣，算是知羞了。然而聽過矮奴的話以後的龍朱，怎麼樣呢？三個女人就在離此不到三里路的寨上，自己卻一無所知，白耳族的王子真是怎樣愚蠢！到第三的小鳥也能到外面來唱歌，那大姐二姐是已成了熟透的桃子多日了。讓好的女人守在家中，等候那命運中遠方大風吹來的美男子作配，這是神的意思。但是神這意見又是多麼自私！白耳族的王子，如今既明白了，也不要風，也不要雨，自己馬上就應當走去！

龍朱不再理會矮奴就跑出去了。矮奴這時正在用手代足走路，作戲法娛龍朱，見龍朱一走，知道主人脾氣，也忙站起身追出去。

「我的主，慢一點，讓奴僕隨在一旁！在籠中蓄養的雀兒是始終飛不遠的，主你忙有什麼用？」

龍朱雖聽到後面矮奴的聲音，卻仍不理會，如飛跑向黃牛寨去。

快要到寨邊，白耳族的王子是已全身略覺發熱了，這王子，一面想起許多事還是要矮奴才行，於是就蹲到一株大榆樹下的青石墩上歇憩。這個地方再有兩箭遠近就是那黃牛寨用石砌成的寨門了。樹邊大路下，是一口大井。溢出井外的水成一小

溪活活流著，溪水清明如玻璃。井邊有人低頭洗菜，龍朱望到這人的背影是一個女子，心就一動。望到一個極美的背影還望到一個大大的髻，髻上簪了一朵小黃花，龍朱就目不轉睛的注意這背影轉移，以為總可有機會見到她的臉。在那邊，大路上，矮奴卻像一隻海豹匍匐氣喘走來了。矮奴不知道路下井邊有人，只望到龍朱，深恐怕龍朱冒冒失失走進寨去卻一無所得，就大聲嚷：「我的主，我的神，你不能冒昧進去，裡面的狗像豹子！雖說白耳族的王子原是山中的獅子，無怕狗道理，但是為什麼讓笑話留給這花帕族，說獅子曾被家養的狗吠過呢？」

龍朱也來不及喝止矮奴，矮奴的話卻全為洗菜女人聽到了。聽到這話的女人，就嗤的笑。且知道有人在背後了，才抬起頭回轉身來，望瞭望路邊人是什麼樣子。

這一望情形全了然了。不必道名通姓，也不必再看第二眼，女人就知道路上的男子便是白耳族的王子，是昨天唱過了歌今天追跟到此的王子，白耳族王子也同樣明白了這洗菜的女人是誰。平時氣概軒昂的龍朱看日頭不眨眼睛，看老虎也不動心，只略把目光與女人清冷的目光相遇，卻忽然覺得全身縮小到可笑的情形中了。女人的頭髮能擊大象，女人的聲音能制怒獅，白耳族王子屈服到這寨主女兒面前，也是平平常常的一件事啊！

矮奴走到了龍朱身邊，見到龍朱失神失志的情形，又望到井邊女人的背影，情形明白了五分。他知道這個女人就是那昨天唱歌被主人收服的女人，且知道這時候無論如何女人也明白蹲在路旁石墩上的男子是龍朱，他不知所措對龍朱作呆樣子，又用一手掩自己的口，一手指女人。

龍朱輕輕附到他耳邊說，「聰明的扁嘴公鴨，這時節，是你做戲的時節！」

矮奴於是咳了一聲嗽。女人明知道了頭卻不回。矮奴於是把音調弄得極其柔和，像唱歌一樣的說道：「白耳族王子的僕人昨天做了錯事，今天特意來當到他主人在姑娘面前賠禮。不可恕的過失是永遠不可恕，因為我如今把姑娘想對歌的人引導前來了。」

女人頭不回卻輕輕說道：

「跟到鳳凰飛的烏鴉也比錦雞還好。」

「這烏鴉若無鳳凰在身邊，就有人要拔它的毛……」說出這樣話的矮奴，毛雖不被拔，耳朵卻被龍朱拉長了。

小子知道了自己豬八戒性質未脫，忙陪禮作揖。聽到這話的女人，笑著回過頭來，見到矮奴情形，更好笑了。

矮奴望到女人回了頭，就又說道：

「我的世界上唯一良善的主人，你做錯事了。」

「為什麼？」龍朱很奇怪矮奴有這種話，所以問。

「你的富有與慷慨，是各苗族全知道的，所以用不著在一個尊貴的女人面前賞我的金銀，那不要緊的。你的良善喧傳遠近，所以你故意這樣教訓你的奴僕，別人也相信你不是會發怒的人。但是你為什麼不差遣你的奴僕，為那花帕族的尊貴姑娘把菜籃提回，表示你應當同她說說話呢？」

白耳族的王子與黃牛寨主的女兒，聽到這話全笑了。

矮奴話還說不完，才責了主人又來自責。他說，「不過白耳族王子的僕人，照理他應當不必主人使喚就把事情做好，是這樣也才配說是好僕人——」於是，不聽龍朱發言，也不待那女人把菜洗好，走到井邊去，把菜籃拿來掛到屈著的肘上，向龍朱眨了一下眼睛，卻回頭走了。

矮奴與菜籃，全像懂得事，避開了，剩下的是白耳族王子同寨主女兒。

龍朱遲了許久，才走到井邊去。

一九二八年冬作

18・山鬼

一

毛弟同萬萬放牛放到白石岡，牛到岡下頭吃水，他們顧自上到山腰採莓吃。

「毛弟哎，毛弟哎！」

「毛弟哎，毛弟哎！」左邊也有人在喊。

「毛弟哎，毛弟哎！」右邊也有人在喊。

因為四圍遠處全是高的山，喊一聲時有半天回聲。毛弟在另一處拖長嗓子叫起萬萬時，所能聽的就只是一串萬字了。

山腰裡刺莓多得不奈何。兩人一旁唱歌一旁吃，肚子全為刺莓塞滿了。莓是這裡那裡還是有，誰都不願意放鬆。各人又把桐木葉子折成兜，來裝吃不完的紅刺莓。一時兜裡又滿了。到後就專揀大的熟透了的才算數，先摘來的不全熟的全給扔去了。

一起下到岡腳溪邊草坪時，各人把莓向地下一放，毛弟撲到萬萬身上來，經萬一個蹩腳就放倒到草坪上面了。雖然跌倒，毛弟手可不放鬆，還是死緊摟到萬萬的頸子，萬萬也隨到倒下，兩人就在草上滾。

「放了我罷，放了我罷。我輸了。」

毛弟最後告了饒。但是萬萬可不成，他要餵一泡口水給毛弟，警告他下次。毛弟一面偏頭躲，一面講好話：「萬萬，你讓我一點，當真是這樣，我要發氣了！」發氣那是不怕的，哭也不算事。萬萬口水終於唾出了。毛弟抽出一隻手一擋，手背便為自己救了駕。

萬萬起身後，看到毛弟笑。毛弟把手上的唾沫向萬萬灑去，萬萬逃走了。

萬萬的水牯（公牛）跑到別人麥田裡去吃嫩苗穗，毛弟爬起替他去趕牛。

「萬萬，你老子又竄到楊家田裡吃麥了！」

遠遠的，萬萬正在爬上一株樹，「有我牛的孫子幫到趕，我不怕的。──毛弟哎，讓它吃罷，莫理它！」

「你莫理它，鄉約見到不去告你家媽麼？」

毛弟走攏去，一條子就把萬萬的牛趕走了。

「昨天我到老虎峒腳邊，聽到你家癲子在唱歌。」萬萬說，說了吹哨子。

「當真麼？」

「扯謊是你的野崽！」

「你喊他嗎？」

「我喊他！」萬萬說，萬萬記起昨天的情形，打了一個顫。

「你家癲子差點一岩頭把我打死了！我到老虎峒那邊碾壩上去問我大叔要老糠，聽到岩鷹叫，抬頭看，知道那壁上又有岩鷹在孵崽了，爬上山去看。肏他娘，到處尋窠都是空！我想這雜種，或者在峒裡砌起窠來了，我就爬上了峒邊那條小路去。……」

「跌死你這野狗子！」

「我不說了，你打岔！」

萬萬當真不說了。但是毛弟想到他癲子哥哥的消息，立時又為萬萬服了禮。

萬萬在草坪上打了一個飛跟頭，就勢一滾，滾到毛弟身邊，扯著毛弟一隻腿。

「莫鬧，我也不鬧了，你說吧。我媽著急咧，問了多人都說不曾見癲子。這四天五天都不見他回家來，怕是跑到別村子去了。」

「不，」萬萬說，「我就上到峒裡去，還不到頭門，只在那堆石頭下，聽到有人說話的聲音。聲音又很熟。我就聽。那聲音是誰？我想這人我必定認識。但說話總是兩個人，為什麼只是一個口音？聽到說：『你不吃麼？你不吃麼？吃一點是好的。剛才燒好的山薯，吃一點兒吧。我餵你，我用口哺你。』就停了一會兒。不久又做聲了。是在唱，唱：『嬌妹生得白又白，情哥生得黑又黑；黑墨寫在白紙上，你看合色不合色？』還打哈哈，𠵾媽好快活！我聽到笑，我想起你癲子笑聲了。」

毛弟問：「就是我哥嗎？」

「不是癲子是秦良玉？哈，我斷定是你家癲子，躲在峒裡住，不知另外還有誰，我就大聲喊，且飛快跑上峒口去。我說癲子大哥唉，癲子大哥唉，你躲在這裡我可知道了！你說他怎麼樣？你家癲子這時真癲了，見我一到峒門邊，蓬起個頭瓜，赤了個膊子，走出來，就伸手抓我的頂毛。我見他眼睛眉毛都變了樣子，嚇得往後退。他說狗雜種，你快走，不然老子一岩頭打死你。身子一蹲就——我明白是搬大塊石頭了，就一口氣跑下來。癲子嚇得我真要死。我也不敢再回頭。」

顯然是，毛弟家癲子大哥幾日來就住在峒中。但是同誰在一塊？難道另外還有一個癲子嗎？若是那另外一人並不癲，他是不敢也不會同一個癲子住在一塊的。

「萬萬你不是扯謊吧？」

「我扯謊就是你兒子。我賭咒。你不信，我也不定要你信。明兒早上我們到那裡去放牛，我們可上峒去看。」

「好的，就是明天吧。」

萬萬爬到牛背上去翻天睡，一路唱著山歌走去了。

毛弟顧自依然騎了牛，到老虎峒的黑白相間顏色石壁下。

這裡有條小溪，夾溪是兩片牆樣的石壁，一刀切，壁上全是一些老的黃楊樹。當八月時節，就有一些專砍黃楊木的人，扛了一二十丈長的竹梯子，腰身盤著一卷麻繩，爬上崖去或是從崖頂垂下，到崖腰砍樹，斧頭聲音它它它它……滿谷都是。

老半天，便聽到喇喇喇的如同崩了一山角，那是一段黃楊連枝帶葉跌到谷裡溪中了。接著不久又是它它它它的聲響。看牛看到這裡頂遭殃。但不是八月，沒有伐木人，這裡可涼快極了。沿這溪上溯，可以到萬萬所說那個碾房。碾房是一座安置

在谷的盡頭的坎上的老土屋，前面一個石頭壩，壩上有閘門，閘一開，壩上的積水就衝動屋前木水車，屋中碾石也就隨著轉動起來了。碾房放水時，溪裡的水就要凶一點，每天碾子放水三次，因此住在沿溪下邊的人忘了時間就去看溪裡的水。

毛弟到了老虎峒的石壁下，讓牛到溪一邊去吃水。先沒有上去，峒是在岩壁的半腰，上去只一條小路，他在下面叫：「大哥！大哥！」

「大哥呀！大哥呀！」

像打鑼一樣，聲音朗朗異常高，只有一些比自己聲音來得更宏壯一點的回聲，別的卻沒有。萬萬適間說的那岩鷹，昨天是在空中盤旋，此時依舊是在盤旋。在喊聲回聲餘音歇憩後，就聽到一隻啄木鳥在附近一株高樹上落落落落敲梆梆。

「大哥呀！癲子大哥呀！」

有什麼像在答應了，然而仍是回聲學著毛弟聲音的答應！

毛弟在最後，又單喊「癲子」，喊了十來聲。或者癲子睡著了。

一些小的山雀全為這聲音驚起，空中的鷹也像為了毛弟喊聲嚇怕了，盤得更高了。若說是人還在睡，可難令人相信的。

「他知道我在喊他，故意不作聲，」毛弟想。

毛弟就慢慢從那小路走，一直走到萬萬說的那一堆亂石頭處時，不動了。他就聽。聽聽是不是有什麼人聲音。好久好久全是安靜的。的確是有岩鷹兒子在咦咦的叫，但是在對面高高的石壁上，又聽到一個啄木鳥的擂梆梆，這一來，更冷靜得有點怕人了。

毛弟心想，或者上面出了什麼事，或者癲子簡直是死了。

心思在划算，不知上去還是不上去。也許癲子就是在峒裡為另一個癲子殺死了。也許癲子自己殺死了。……「還是要上去看看，」他心想，還是要看看，青天白日鬼總不會出現的。

爬到峒口了，先伸頭進去。這峒是透光，乾爽，毛弟原先看牛時就是常到的。不過此時心就有點怯。到一眼望盡峒中一切時，膽子復原了。裡面只是一些乾稻草，不見人影子。

「大哥，大哥，」他輕輕的喊。沒有人，自然沒有應。

峒內有人住過最近才走那是無疑的。用來做床的稻草，和一個水罐，罐內大半罐的新鮮冷溪水，還有一個角落那些紅薯根，以及一些撒得滿地雖萎謝尚未全枯的野月季花瓣，這些不僅證明是有人住過，毛弟從那罐子的式樣認出這是自己家中的

東西，且地上的花也是一個證，不消說，癲子是在這峒內獨自做了幾天客無疑了。

「為什麼又走了去？」

毛弟總想不出這奧妙。或者是，因為昨天已為萬萬知道，恐怕萬萬告給家裡人來找，就又走了嗎？或者是，被另外那個人邀到別的山峒裡去了嗎？或者是，妖精吃了嗎？

峒內不到四丈寬，毛弟一個人，終於越想越心怯起來。想又想不出什麼理由，只好離開了山峒，提了那個水罐子趕快走下石壁騎牛轉回家中。

二

「娘娘，有人見到癲子大哥了！」毛弟在進院子以前，見了他媽在坪壩裡餵雞，就在牛背上頭嚷。

娘是低了頭，正把腳踢那大花公雞，「援助弱小民族」啄食糠拌飯的。

聽到毛弟的聲音，娘把頭一抬，走過去，「誰見到癲子？」

那匹雞，見到毛弟媽一走，就又搶攏來，餘下的雞便散開。毛弟義憤心頓起，跳下牛背讓牛顧自進欄去，也不即答娘的話，跑過去，就拿手上那個水罐子一擺，雞隻略退讓，還是頑皮獨自低頭啄吃獨行食。

「來，老子一腳踢死你這扁毛畜生！」

雞似乎知趣，就走開了。

「毛弟你說是誰見你癲子大哥？」

「是萬萬。」毛弟還怕娘又想到前村那個大萬萬，又補上一句，「是寨西那個小萬萬。」

為了省得敘述起見，毛弟把從峒裡拿回的那水罐子，展覽於娘的跟前。娘拿到手上，反復看，是家中的東西無疑。

「這是你哥給萬萬的嗎？」

「不，娘，你看看，這是不是家中的？」

「一點不會錯。你瞧這用銀藤纏好的提把，是我纏的！」

「我說這是像我們家的。是今天，萬萬同我放牛放到白石岡，萬萬同我說，他說昨天他到碾壩上叔叔處去取老糠，打從老虎峒下過，因為找岩鷹，無意上到峒口去，聽到有人在峒裡說笑，再聽聽，是我家癲子大哥。一會會看到癲子了，癲子不

知何故發了氣，不准他上去，且搬石塊子，說是要把他打死。我聽到，就赴去爬到峒裡去，人已不見了，就是這個罐子，同一些亂草，一些紅薯皮。」

娘只向空中作揖，感謝這消息，證明癲子是有了著落，且還平安清吉在境內。

毛弟末尾說，「我敢斷定他這幾天全在那裡住，才走不久的。」

這自然是不會錯，罐子同做臥具的乾草，已經給證明，何況昨天萬萬還親眼明明見到癲子呢？

毛弟的娘這時一句話不說，我們暫時莫理這老人，且說毛弟家的雞。那隻花公雞乘到毛弟回頭同媽講話時，又大大方方跑到那個廢碌碡旁淺盆子邊把其他的雞群嚇走了。它為了自誇勝利還咯咯的叫，意在誘引女性近身來。這種聲音是極有效的，不一會，就有幾隻母雞也在盆邊低頭啄食了。

沒有空，毛弟是在同娘說話，抱不平就不能兼顧這邊的事情，但是見娘在作揖，毛弟回了頭，喝一聲「好混賬東西！」

奔過去，腳還不著身，花雞明白三十六計走為上計，稍慢一點便吃虧，於是就逃了。那不成，逃也不成，還要追。雞忙著飛上了草積上去避難，毛弟爬草積。其餘的雞也顧不得看毛弟同花雞作戰了，一齊就奔集到盆邊來聚餐。

要說出毛弟的媽得到消息是怎樣的歡喜，是不可能的事情。事情太難了，尤其是毛弟的媽這種人，就是用顏色的筆來畫，也畫不出的。這老娘子為了癲子的下落，如同吃了端午節羊角粽，久久不消化一樣；這類乎粽子的東西，橫在心上已五天。如今的消息，卻是一劑午時茶，一服下，心上東西就消融掉了。

一個人，一點事不知，平白無故出門那麼久，身上又不帶有錢，性格又是那麼瘋瘋癲癲像代寶（代寶是著名的瘋漢），萬一一時頭腦發了迷，憑癲勁，一直向那自己亦莫名其妙的遼遠地方走去，是一件可能的事情！或者，到山上去睡，給野狗豹子拖了也說不定！或者，夜裡隨意走，不小心掉下一個地窟窿裡去，也是免不了的危險！癲子自從失心癲了後，悄悄出門是常有的事。為了看桃花，走一整天路；為了看木人頭戲，到別的村子住過夜，這是過去的行為。但一天，或兩天，自然就又平安無事歸了家，是有一定規律的。因有了先例，毛弟的媽對於癲子的行動，是並不怎樣不放心。不過，四天呢？五天呢？——若是今天還不得消息，以後呢？在所能想到的意外禍事，至少有一件已落在癲子頭上了。倘若是命運菩薩當真是要那麼辦，捉弄人，毛弟的媽心上那塊積痞就只有變成眼淚慢慢流盡的一個方法了。

在峒裡，老虎峒，離此不過四里路，就像在眼前，遠也只像在對門山上，毛弟

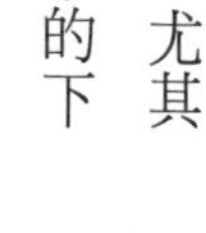

的媽釋然了。毛弟爬上草積去追雞，毛弟的媽便用手摩挲那個水罐子。

毛弟擒著了雞了，雞懂事，知道故意大聲咖呵咖呵拖長喉嚨喊救命。

「毛毛，放了它吧。」

媽是昂頭視，見到毛弟得意揚揚的，一隻手抓雞翅膊，一隻手捏雞喉嚨，雞在毛弟刑罰下，叫也叫不出聲了。

「不要捏死它，可以放得了！」

聽媽的話開釋了那惡霸，但是用力向地上一攢，這花雞，多靈便，在落地以前，還懂得怎樣可以免得回頭骨頭疼，就展開翅子，半跌半飛落到毛弟的媽身背後。其他的雞見到這惡霸已受過苦了，怕報仇，見到它來就又躲到一邊瞧去了。

毛弟想跳下草積，娘見了，不准。

「慢慢下，慢慢下，你又不會飛，莫讓那雞見你跌傷腳來笑你吧。」

毛弟變方法，就勢溜下來。

「你是不是見到你哥？」

「我告你不的。萬萬可是真見到。」

「怕莫是你哥見你來才躲藏！」

「不一定。我明天一早再去看，若是還在那裡，想來就可找到了。」

毛弟的媽想到什麼事，不再做聲。毛弟見娘不說話，就又過去追那一隻惡霸雞。雞怕毛第已到極點，若是會說話，可以斷定它願意喊毛弟做祖宗。雞這時又見毛弟追過來，儘力舉翅飛，飛上大門樓屋了。毛弟無法對付了，就進身到灶房去。

毛弟的媽跟到後面來，笑笑的，走向燒火處。

這是毛弟家中一個頂有趣味的地方。一切按照習慣的鋪排，都完全。這間屋，有灶，有桶，有大小缸子，及一切竹木器皿，為毛弟的媽將這些動用東西處理得井井有條，真有說不出的風味在。一個三眼灶位置在當中略偏左一點，一面靠著牆，牆邊一個很大磚煙囪。灶旁邊，放有兩個大水缸，三個空木桶，一個碗櫃，一個竹子作的懸櫥。牆壁上，就是那為歷年燒柴燒草從灶口逸出的煙子熏得漆黑的牆上，還懸掛有各式各樣的鐵鏟，以及木棒槌、木杈子。屋頂樑柱上，椽皮上，垂著十來條煙塵帶子像死蛇。還有些木鉤子——從樑上用葛藤捆好垂下的粗大木鉤子，都上了年紀，已不露木紋，色全黑，已經分不出是茶樹是柚子木了（這些鉤子是專為冬天掛臘肉同乾野豬肉山羊肉一類東西的，到如今，卻只用來掛辣子籃了）。還有豬食桶，是在門外邊，雖然不算灶房以內的陳設，可是常常總從那桶內發揮一些糟味

兒到灶房來。還有天窗，在房屋頂上，大小同一個量穀斛一樣，一到下午就有一方塊太陽從那裡進到灶房來，慢慢的移動，先是伏在一個木桶上，接著就過水缸上，接著就下地，一到冬天，還可以到灶口那燒火凳上停留一會兒。這地方，是毛弟的遊藝室，又是各樣的收藏庫，一些權利，一些家產（毛弟個人的家產，如象蛐蛐罐、釣竿、陀螺之類）全都在此。又可以說這裡原是毛弟一個工作室，凡是應得背了媽做的東西，拿到這來做，就不會挨罵。並且刀鑿全在這裡，要用燒紅的火箸在玩具上燙一個眼也以此處為方便。到冬天，坐在灶邊燒火烤腳另外吃燒栗子自然最便利，夏天則到那張老的大的矮腳燒火凳上睡覺又怎樣涼快！還有，到灶上去捕灶馬，或者看灶馬散步——總之，灶房對於毛弟是太重要了。毛弟到外面放牛，倘若說那算受自然教育，則灶房於毛弟，便可以算是一個設備完整家庭教育的課室了。

我且說這時的毛弟。鍋內原是蒸有一鍋紅薯，熟透了，毛弟進了灶房就到鍋邊去，甩起鍋蓋看看。毛弟的媽正在灶腹內塞進一把草，用火箸一攪，草燃了，一些煙，不即打煙囱出去，便從灶口冒出來。

「娘，不用火，全好了。」

娘不做聲。她知道鍋內的薯不用加火，便已熟了的。她想別一事。在癲子失蹤幾日來，這老娘子為了癲子的平安，曾在儺神面前許了一匹豬，約在年底了願心；又許土地夫婦一隻雞，如今是應當殺雞供土地的時候了。

「娘，不要再熱了，冷也成。」

毛弟還以為媽是恐怕薯冷要加火。

「毛毛你且把薯裝到缽裡去，讓我熱一鍋開水。我們今天不吃飯。剩下現飯全已餵雞了。我們就吃薯。吃了薯，水好了，我要殺一隻雞謝土地。」

「好，我先去捉雞。」那花雞，專橫的樣子，在毛弟眼前浮起來。毛弟聽到娘說要殺一隻雞，想到一個處置那惡霸的方法了。

「不，你慢點。先把薯鏟到缽裡，等熱水，水開了，再捉去，就殺那花雞。」

媽也贊成處置那花雞使毛弟高興。真所謂「強梁者不得其死」。又應了「眾人所指無病而死」那句話。花雞遭殃是一定了。這時的花雞，也許就在眼跳心驚吧。

媽吩咐，用鏟將薯鏟到缽裡去。就那麼辦，毛弟便動手。

薯這時，已不很熱了，一些汁已成糖，鍋子上已起了一層糖鍋巴。薯裝滿一缽，還有剩，剩下的，就把毛弟肚子裝。娘笑了，要慢裝一點，免吃急了不消化。

三

毛弟的媽就是我們常常誇獎那類可愛的鄉下伯媽樣子的，會用藠頭作酸菜，會做豆腐乳，會做江米酒，會揑粑粑——此外還會做許多吃貨，做得又乾淨，又好吃。天生著愛潔淨的好習慣，使人見了不討厭。身子不過高，瘦瘦的。臉是保有為乾淨空氣同不饒人的日光所炙成的健康紅色的。年四十五歲，照規矩，頭上的髮就有一些花的白的了。裝束呢，按照湖南西部鄉下小富農的主婦章法，頭上不拘何時都搭一塊花格子布帕。衣裳材料冬天是棉夏天是山葛同苧麻，顏色冬天用藍青，夏天則白的——這衣服，又全是家機織成，雖然粗，卻結實。袖子平時是十九捲到肘以上，那一雙能推磨的強健的手腕，便因了裸露在外同臉是一個顏色。是的，這老娘子生有一對能作工的手，手以外，還有一雙翻山越嶺的大腳，也是可貴的！人雖近中年，卻無城裡人的中年婦人的毛病，不病，不疼，身體縱有小小不適時，吃一點薑湯，內加上點胡椒末，加上點紅糖，乘熱吃下蒙頭睡半天，也就全好了。腰是硬朗的，這從每天必到井坎去擔水可以知道的。說話時，聲音略急促，但這無妨於一個家長的尊嚴。臉龐上，就是我說的那紅紅的瘦瘦的臉龐上，雖不像那類在梨林場上一帶開飯店的內掌櫃那麼永遠有笑渦存在，不過不拘一個大人一個小孩見了這婦人，總都很滿意。凡是天上的神給了中國南部接近苗鄉一帶鄉下婦人的美德，毛弟的媽照例也得了全份。譬如像強健，耐勞，儉省治家，對外復大方，在這個人身上全可以發現。她說話的天才，也並不缺少。我說的「全份」，真是得了全份，是帶有鄉評意味的。

自從毛弟的爹因了某年的時疫，死到田裡後（這婦人還只三十五歲），即便承擔了命運為派定一個寡婦應有的擔子。

好好的埋葬了丈夫，到廟中念了一些經，從眼裡流了一些淚，帶了三年孝，才把堂屋中丈夫的靈座用火焚化了。毛弟的爹死了後，做了一家之主的她，接手過來管理著一切：照料到田地，照料到兒子，照料到欄裡的牛，照料到菜豬和生卵的一群雞。許多事，比起她丈夫在生時節勤快得多了。對於自己幾畝田，這老娘子都不把他放空，督著長工好好的耕種，天旱雨打不在意。期先預備著了款，按時繳納衙門的糧賦。每月終，又照例到保董處去繳納地方團防捐。春夏秋冬各以其時承受一點小憂愁，同時承受一些小歡喜，又隨便在各樣憂喜事上流一些眼淚。一年將告結束時，就請一個苗巫師來到家裡，穿起繡花衣裳，打鑼打鼓還願為全家祝福。——

就這樣，到如今，快十年了，一切依然一樣，而自己，也並不曾老許多。

十年來，一切事情是一樣，這是說，毛弟的媽所有的工作，是一個樣子，一點都不變。然而一切物，一切人，已全異——縱不全，變得不同的終究是太多了。毛弟便是變得頂不相同的一個人。當時毛弟做孝子那年，毛弟還只是兩歲，戴紙冠就不知道戴的為哪一個人。到如今，加上是十年，已成半大孩子了。毛弟家癲子，當時亦只不過十二歲，並不痴，伶精的如同此時毛弟一模樣，終日快快活活的放牛，耕田插秧曬穀子時候還能幫點忙，割穗時候能給長工送午飯。會用細篾織雞罩；雞罩織就又可拿了去到溪裡捉鯽魚。會製簟席，會削木陀螺，會唱歌，有時還會對娘發一點脾氣，給娘一些不愉快（這最後一項本領，直到毛弟長大懂得同娘作鬧以後才變好，但是同時也就變痴變呆了）。其他呢，毛弟家中欄內耕牛共換了三次，豬圈內，養了八次小菜豬，雞下的蛋是簡直無從計算數目，屋前屋後的樹也都變大到一抱以外。倘若是毛弟的爹，是出遠門一共出十年，如今歸來看看家，一樣都會不認識，只除了毛弟的娘，其他當真都會茫然！

至於癲子怎樣忽然就癲了呢？

這事就很難說了。這是一樁大疑案，全大坳人不能知，伍娘也不知。伍娘就是毛弟媽在大坳村子裡得來的尊稱，全都這樣喊她，老的是，少的是，伍娘正像全村子人的姑母呀。癲子癲，據巫師說，他是非常清楚的（且有法術可禳解）。為了得罪了霄神（編按：應是道教的神霄派，法師可役鬼神、致雷雨，除害消災），當神撒過尿，罵過神的娘，神一發氣人就癲了。

但霄神在大坳地方，即以巫師平時的傳說，也只能生人死人給人以禍福，使人癲，又像似乎非神本領辦得到。且如巫師言，禳是禳解了，還是癲（以每年毛弟家中穀、米收成人畜安寧為證據，神有靈，又像早已同毛弟家議了和），這顯然知道癲子之所以癲，另有原因了。

在伍娘私自揣度下，則以為這只是命運，如同毛弟的爹必定死在田裡一個樣，原為命運注定的。使天要發氣，把一個正派人家兒女捉弄得成了癲子，過錯不是毛弟的哥哥，也不是父親，也不是祖先，全是命運。誠然的，命運這東西，有時捉弄一個人，更殘酷無情的把戲也會玩得出。平空使你家中無風興浪出一些怪事，這是可能的，常有的。一個忠厚老實人，一個純粹鄉下做田漢子，忽然碰官事，為官派人抓去，強說是與山上強盜有來往，要罰錢，要殺頭，這比霄神來得還威風，還無端，大坳人卻認這是命運。命運不太壞，出了錢，救了人，算罷了。否則更壞也只

是命運，沒辦法。命裡是癲子，神也難保佑，因此伍娘在積極方面，也不再設法，癲子要癲就任他去了。幸好癲子是文癲，他平白無故又不打過人。鄉下人不比城裡人聰明，也不會想方設法來捉弄癲子取樂，所以也見不出癲子是怎樣不幸。

關於癲子性格，我想也有來說幾句的必要。普通癲子是有文武之分的，如像做官一個樣，也有文有武。殺人放火高聲喝罵狂歌痛哭不顧一切者，這屬於武癲，很可怕。至於文癲呢，老老實實一個人寂寞活下來，與一切隔絕，似乎感情開了門，自己有自己一塊天地在，少同人說話。別人不欺凌他，他也很少理別人，既不使人畏，也不攪擾過雞犬。他又依然能夠做他自己的事情，砍柴割草不偷懶，看牛時節也不會故意放牛吃別人的青麥苗。他的手，並不因癲把推磨本事就忘去；他的腳，春碓時力氣也不弱於人。他比平常人要任性一點，要天真一點，（那是癲子的壞處？）他因了癲有一些乖僻，平空多了些無端而來的哀樂，笑不以時候，哭也很隨便。

他凡事很大膽，不怕鬼，不怕猛獸。愛也愛得很奇怪，他愛花，愛月，愛唱歌，愛孤獨向天。大約一個人，有了上面的幾項行為，就為世人目為癲子也是常有的事罷。實在說，一個人，就這樣癲了，於社會既無損，於家中，也就不見多少害處的。如果世界上，全是一些這類人存在，也許地方還更清靜點，是不一定的。有些癲，雖然屬於文，不打人，不使人害怕，但終免不了使人討嫌，「十個癲子九個痴」，這話很可靠。我們見到的癲子，頭髮照例是終年不剃，身上襤褸得不堪，蝨婆一把一把抓，真叫人作嘔。毛弟家癲子可異這兩樣。他是因了癲，反而一切更其講究起來了。衣衫我們若不說它是不合，便應當說它是漂亮。他懂得愛美。布衣葛衣洗得一嶄新。頭髮剃得光光同和尚一樣。身邊前襟上，掛了一個銅夾子（這是本鄉團總保董以及做牛場經紀人的才有的裝飾）。夾的用處是無事時對著一面小鏡拔髯鬚。癲子口袋中，就有那麼一面圓的小的背面有彩畫的玻璃鏡！癲子不吃煙，又沒同人賭過錢，本來這在大坳人看來，也是以為除了不是癲子以外不應有的事。

這癲子，在先前，還不為毛弟的媽注意時，呆性發了失了一天蹤。第二天歸來，娘問他：「昨天到什麼地方去了？」

他卻說，「聽人說棉寨桃花開得好，看了來！」

棉寨去大坳，是二十五里，來去要一天，為了看桃花，去看了，還宿了一晚才轉來！先是不能相信。到後另一次，又去兩整天，回頭說是趕過尖岩的場了，因為那場上賣牛的人多，有許多牛很好看，故去了兩天。大坳去尖岩，來去七十里，更

遠了。然而為了看牛就走那麼遠的路，呆氣真夠！娘不信，雖然看到癲子腳上的泥也還不肯信。到後來問到向尖岩趕場做生意的人，說是當真見到過癲子，娘才真信家中有了癲子了。從此以後因了走上二十里路去看別的鄉村為土地生日唱的木人戲，竟一天兩天的不歸，成常事。娘明白他脾氣後，禁是不能禁，只好和和氣氣同他說，若要出門想到什麼地方去玩時，總帶一點錢，有了錢，可買各樣的東西，想吃什麼有什麼，只要不受窘，就隨他意到各處去也不用擔心了。

大坳村子附近小村落，一共數去是在兩百煙火以上的。管理地方一切的，天王菩薩居第一，霄神居第二，保董鄉約以及土地菩薩居第三，場上經記居第四：只是這些神同人，對於癲子可還沒能行使其權威。癲子當到高的胖的保董面前時，亦同面對一株有刺的桐樹一樣，樹那麼高，或者一頭牛，牛是那麼大，只睜眼來欣賞，無惡意的笑，看夠後就走開了。癲子上廟裡去玩，奇怪大家拿了紙錢來當真的燒，又不是字紙。

還有煮熟了的雞，灑了鹽，熱熱的，正好吃，人不吃，倒擺到這土偶前面讓它冷，這又使癲子好笑。大坳的神大約也是因了在鄉下長大，很樸實，沒有城中的神那樣的小氣，因此才不見怪於癲子。不然，為了保持它尊嚴，也早應當顯一點威靈於這癲子身上了。

大坳村子的小孩子呢，人人歡喜這癲子，因為從癲子處可以得到一些快樂的緣故。癲子平常本不大同人說話，同小孩在一塊，馬上他就有說有笑了。遇到村裡唱戲時，癲子不厭其煩來為面前一些孩子解釋戲中的故事。小孩子跟隨癲子的，還可以學到許多俏皮的山歌，以及一些好手藝。癲子在村中，因此還有一個好名字，這名字為同村子大叔嬸嬸輩當到癲子來叫喊，就算大坳人的嘲謔了，名字乃是「代狗王」。代狗王，就是小孩子的王，這有什麼壞？

四

大坳村子裡的小孩子，從七歲到十二歲，數起來，總不止五十。這些猴兒小子在這一個時期內，是不是也有城市人所謂智慧教育不？有的。在場坪團防局內鄉長辦公地的體面下，就曾成立了一區初級小學。學校成立後學生也並不是無來源，如那村中執政的兒子，廟祝的兒子，以及中產階級家中父老希望本宗出個聖賢的兒子，由一個當前清在城中取過一次案首民國以來又入過師範講習所的老童生統率，

終日在團防局對面那天王廟戲樓上讀新國文課本，蠻熱鬧。但學生數目還不到兒童總數五分之一，並且有兩個還只是六歲。餘下的怎樣？難道就是都像毛弟一樣看牛以外就只蹲到灶旁用鐮刀砍削木陀螺？在大坳學校以外還有教育的，倘若我們拿學校來比譬僧侶貴族教育，則另外還有所謂平民的武士教育在。沒有固定的須鄉中供養的教師，也不見固定的掛名的學生，只是在每一天下午吃了晚飯後，在去場頭不遠一個叫作貓貓山的地方，這裡有那自然的學校，是這地方兒童施以特殊教育的地點。遇到天雨便是放學時。若天晴，大坳村裡小孩子，就是我所舉例說是從七到十二歲的小猴兒崽子，至少有三十個到來。還有更小的。還有更大的。又還有娘女們，抱了三歲以下的小東西來到這個地方的。那些持著用大羊奶子樹做的煙桿由他孫崽子領道牽來的老人，那些曾當過兵頸項上掛有銀鏈子還配著嶄新黃色麂皮抱肚的壯士，那些會唱山歌愛說笑話的孤身長年，那些懂得猜謎的精健老娘子，全都有。每一個人發言，每一個人動作，全場老少便都成了忠實的觀眾與熱心的欣賞者。老者言語行為給小孩子以人生的經驗，小孩子相打相撲給老年人以喜劇的趣味。這學校，究竟創始了許多年？沒有人知道。不過很明白的是，如今已得靠小孩牽引來到這坪裡的老頭兒，當年做小孩時卻曾在此玩大的，至少是，比天王廟小學生的年齡，總老過了十倍了。

每一天當太陽從寨西大土坡上落下後，這裡就有人陸續前來了。住在大坳村子裡的人，為了抱在手上的小孩嚷著要到貓貓山去看熱鬧，特意把一頓晚飯提早吃，也是常有的事情。保董有時宣佈他政見，也總選這個處所。要探聽本村消息，這裡是個頂方便地方。找巫師還願，尤其是除了到這裡來找他那兩個徒弟以外，讓你打鑼喊也白費神。另一個說法，這裡是民眾劇場，是地方參事廳，單說是學校，還不能把它的範圍括盡！

到了這裡有些什麼樣的玩意兒？多得很。感謝天，特為這村裡留下一些老年人，由這些老年人口中，可以知道若干年前打長毛的故事。同輩碩果僅存是老年人的悲哀，因了這些故事的複述，眼看到這些孫曾後輩小小心中為給注入本村光榮的夢以後的驚訝，以及因此而來的人格的擴張，老年人當到此時節，也像即刻又成了壯年奮勇握刀橫槊的英雄了。那些退伍的兵呢，他們能告給人以一些屬於鄉中人所知以外奇怪有趣的事蹟，如像草煙作興賣到一塊錢一枚，且未吃以前是用玻璃紙包好。又能很大方的拿出一些銀角子來作小孩子打架勝利的獎品。這小小白色圓東西，便是這本村壯士從湖北省或四川省歸來帶回的新聞。一個小孩子從這銀角子上

頭就可以在腦子中描寫一部英雄史。一個小孩子從這銀角子上頭也可以做著無涯境的夢。這小東西的休息處，是那偉大的人物胸前嶄新的黃色麂皮抱兜中。當到一個小孩把同等身材孩子撲倒三次以上時，就成那勝利武士的獎品了。

遇到唱山歌時節，這裡只有那少壯孤身長年的份。又要俏皮，又要逗小孩子笑，又同時能在無意中掠取當場老婆子的眼淚與青年少女的愛情的把戲，算是長年們最拿手的山歌。

得小孩們山莓紅薯一類供養最多的，是教山歌的師傅。把少女心中的愛情的火把燃起來，山歌是像引線燈芯一類東西（藝術的地位，在一個原始社會裡，無形中已得到較高安置了）。這些長年們，同一隻陽雀樣子自由唱他編成的四句齊頭歌，可以說是他在那裡施展表現「博取同情的藝術」，以及教小孩子以將來對女子的「愛的技術」。

猜謎呢，那大多數是為小女孩預備的遊戲。這是在訓練那些小小頭腦，以目中所習見的一切的對象用些韻語說出來，男小子是不大相宜於這事情的。

男小孩子是來此纏腰，打筋斗，做蛤蟆吃水，栽天樹，做老虎伸腰，同到各對各的打平和架。選出了對子，在大坪壩內，當到公證人來比武，那是這裡男小子的唯一的事業，從這訓練中，養成了強悍的精神以外，還給了老年人以愉快。

如今是初夏，這晚會，自然比天氣還冷雨又很多的春天要熱鬧許多！

這裡毛弟家的癲子大哥是一個重要人物，那是不問可知的。癲子到這種場上，會用他的一串山歌制伏許多年輕人，博得大家的歡喜。他又在男孩比武上面立了許多條規則。當他為一個公證人時總能按到規則辦，這尤顯出他那首領的本事。

他常常花費三天四天功夫用泥去摶一個張飛武松之類的英雄像，拿來給那以小敵大竟能出奇制勝的孩子。這一來，癲子在這一群人中間，「代狗王」是不做也不成了。把老人除開，看誰是這裡孩子們的真真信服愛戴的領袖，只有癲子配！只要間上一天癲子不到貓貓山，大家便忽然會覺得冷淡起來了。

癲子自己對於這地方，所感到的趣味當然也極深。

自從癲子失蹤一連達五天以上，到最近，又明知道附近一二十里村集並無一處在唱木頭傀儡戲，大家到此時，上年紀一點的人物便把這事長期來討論，據公意，危險真是不可免的事了。倘若是，那一個人能從別一地方證實癲子是已經死亡，則此後貓貓山的晚上集會真要不知怎樣的寂寞！大家為了懷想這「代狗王」的下落，便把到普通集會程序全給混亂了。唱歌的缺少了聲音，打架的失去了勁幫，癲子這

樣的一去無蹤真是給了大坳兒童以莫大損失。

上兩天，許多兒童因了癲子無消息，就不再去貓貓山，其中那個住在寨西小萬萬，就有份。昨天晚上卻是萬萬同到毛弟兩人都不曾在場，癲子消息就不曾露出，如今可為萬萬到貓貓山把這新聞傳遍了。大家高興是自然的事。大家斷定不出一兩天，癲子總就又會現身出來了。

當毛弟為他娘扯著雞腳把那花雞殺死後，一口氣就跑到貓貓山去告眾人喜信。

「毛弟哎，毛弟哎，你家癲子有人見到了！」

毛弟沒有到，別人見到毛弟就是那麼大聲高興嚷，萬萬卻先毛弟到了場，眾人不待毛弟告，已先得到信息了。

毛弟走到坪中去，一眾小孩子是就像一群蜂子圍攏來。毛弟又把今天到峒中去的情形，告給大眾聽。大眾手拉著手圍到毛弟跳團團，互相縱聲笑，慶祝大王的生存無恙。孩子們中有些歡喜得到坪裡隨意亂打滾，如同一匹才到郊野見了青草的小馬。毛弟恐怕癲子會正當此時轉家，就不貪玩先走了。

場裡其他大小老少眾人討論了癲子一陣過後，大眾便開始來玩著各樣舊有的遊戲，萬萬便把昨天上老虎峒聽癲子躲在峒中所唱的歌唱給大眾聽。照例是用拍掌報答這唱歌的人。

一眾全鼓掌，萬萬今天可就得到一些例外光榮了。

「萬萬我妹子，你是生得白又白。」

萬萬聽到有人在謔他，忙回頭，回頭卻不明話語的來源，又不好單提某人出面來算賬，只作不曾聽到這醜話，仍然唱他那新歌。

「萬萬，你看誰個生得黑點誰就是你哥！」

萬萬不再回頭也就聽出這是頂憋賴的儺巴聲音了。故作還不注意的萬萬，並不停止他歌喉，一面唱，一面斜斜走過去，剛剛走到儺巴身邊時，猛伸手來扳著儺巴的肩只一摜，閃不知腳還是那麼一拐，儺巴就拉斜跌倒，大眾哄然笑了起來。

儺巴爬起便撲到萬萬身上，想打個猛不知，但精伶便捷的萬萬隻一讓，加上是一掌，儺巴便又給人放倒到土坪上了。

儺巴可不爬起了，只在地下蓄力想乘勢驟抱萬萬的腳桿。

「起來吧，起來吧，看這個！」一個退伍副爺大叔從他皮兜子內夾取一個銀角子，高高舉起給儺巴助威。儺巴像一匹獅子，一起身就纏著萬萬的腰身。

「黑小鬼，你跟老子遠去罷，」萬萬身一擺，儺巴登不住，彈出了幾步又躺下

來了。

「爬起再來呀！看這裡，是袁世凱呀！」袁世凱也罷，魯智深也罷，今天的儺巴，成了被孫大聖痛毆的豬八戒，坐在地上只是哼，說是承認輸。真是三百斤野豬，只是一張嘴，儺巴在萬萬面前除了嘴毒以外沒有法寶可亮了。

大叔把那角子丟到半空去，又用手接住，「好兄弟，這應歸萬萬——誰來同我們武士再比拚一番吧。」

「慢一點，我也有份的！」不知是誰在土堆上故意來搗亂，始終又不見人下。

「來就來，不然我可要去吃夜飯去了。」因此才知萬萬原是空肚子來專門告眾人的癲子消息的。

「慢一點，不忙！」但是仍然不見下。

不久，一個經紀家的長年唱起櫓歌來，天已全黑了。在一些星子擁護業已打斜的上弦月的夜景中，大家儼然如同坐在一隻大麻陽烏篷船上順水下流的歡樂，小孩子們幫同吆喝打號子，櫓歌唱到洞庭湖時，鉤子樣的月已下沉了。

五

雖然說，癲子本身有了下落，證明了他是還好好的活在這世界上面。但是不是在明天後天就便可以如所預料的歸來？

這無從估定。因此這癲子，依舊遠遠的走去，是不是可能的？

在這事上毛弟的娘也是依然全無把握的，土地得了一隻雞，也正如同供奉母雞一隻於本地鄉約一個樣：上年紀的神，並不與那上年紀的人能幹多少，就是有力量，凡事也都不大肯負責來做的。天若欲把這癲子趕到另一個地方去，未必就能由這老頭子行使權勢為把這癲子趕回！

但是，癲子當真可就在這時節轉到家中了。

癲子睡處是在大門樓上頭，因為這裡比起全家都清靜，他歡喜。又不借用梯，又不借用凳，癲子上下全是倚賴門柱旁邊那木釘。當他歸來時，村子裡沒一人見，到了家以後，也不上灶房，也不到娘房裡去望望，他只悄悄的，鬼靈精似的，不驚動一切，便就爬上自己門樓上頭睡下了。

當到癲子爬那門柱時，毛弟同到他娘正在灶房煮那雞。毛弟家那隻橫強惡霸花公雞，如今已在鍋子中央為那柴火煮出油來了。雞是白水煮，鍋上有個蓋，水沸了，就只見從鍋蓋邊，不斷絕的出白氣，一些香，在那熱氣蒸騰中，就隨便發揮鑽進毛弟鼻子孔。

毛弟的娘是坐在那燒火矮凳上，支頤思索一件事，打量到癲子躲藏峒中數日的緣故，面部同上身為那灶口火光映得通紅。毛弟滿灶房打轉，灶頭一盞清油燈，便把毛弟影子變成忽短忽長移到四面牆上去。

「娘，七順帶了我們的狗去到新場找癲子，要幾時才回？」

娘不答理。

「我想那東西，莫又到他丈人老那裡去喝酒，醉倒了。」

娘仍不作聲。

「娘，我想我們應當帶一個信到新場去，不然癲子回來了以後，恐怕七順還不知道，盡在新場到處託人白打聽！」

娘屈指算各處趕場期，新場是初八，後天本村子裡當有人過新場去賣麻，就說明天托萬萬家爹報七順一個信也成。

毛弟沒話可說了，就只守到鍋邊聞雞的香味。毛弟對於鍋中的雞隻放心不下，從落鍋到此時掀開鍋蓋瞧看總不止五次。毛弟意思是非到雞肉上桌他用手去攫取膊腿那時不算完成他的敵愾心！

「娘，掀開鍋蓋看看吧，恐怕湯會快已乾了哩。」

是第七次的提議。明知道湯是剛加過不久，但毛弟願意眼睛不眨望到那仇敵受白水的熬煮。若是雞這時還懂得痛苦，他會更滿意！

娘說，不會的，水鬻多。但娘明白毛弟的心思，順水劃，就又在結尾說，「你就揭開鍋蓋看看罷。」

這沒毛雞浸在鍋內湯中受煎受熬的模樣，毛弟看不厭。凡是惡人作惡多端以後會到地獄去，毛弟以為這雞也正是下地獄的。

當到毛弟用兩隻手把那木鍋蓋舉起時節，一股大氣往上衝，鍋蓋邊旁蒸起水汽像出汗的七順的臉部一樣，鍋中雞是好久好久才能見到的。浸了雞身一半的白湯，還是沸騰著。那白花雞平平趴伏到鍋中，腳桿直杪杪的真像在泅水！

「娘，你瞧，這光棍直到身子煮爛還昂起個頭！」毛弟隨即借了鐵鏟作武器，去用力按那雞的頭。

「莫把它頸項摘斷，要昂就讓它昂罷。」

「我看不慣那樣子。」

「看不慣，就蓋上吧。」

聽娘的吩咐，兩手又把鍋蓋蓋上了。但未蓋以前，毛弟可先把雞身弄成翻天睡，讓火熬它的背同那驕傲的腦袋。

這邊雞煮熟時，那邊癲子已經打鼾了。

毛弟為娘提酒壺，打一個火把照路，娘一手拿裝雞的木盤，一手拿香紙，跟到火把走。當這娘兒兩人到門外小山神土地廟去燒香紙，將出大門時，毛弟耳朵尖，聽出門樓上頭鼾聲了。

「娘，癲子回來了！」

娘便把手中東西放去，走到門樓口去喊。

「癲子，癲子，是你不是？」

「是的。」等了一會又說，「娘，是我。」

聲音略略有點啞，但這是癲子聲音，一點不會錯。

癲子聽到娘叫喚以後，於是把一個頭從樓口伸出。毛弟高高舉起火把照癲子，癩子眼睛閉了又睜開，顯然是初醒，給火炫耀著了。癩子見了娘還笑。

「娘，出門去有什麼事。」

「有什麼事？你瞧你這人，一去家就四五天，我哪裡不託人找尋！你急壞我了……」這婦人，一面絮絮叨叨用高興口吻抱怨著癩子，一面望到癩子笑。

癩子是全變了。頭髮很亂，瘦了些。但此時的毛弟的娘可不注意到這些上面。

「你下來吃一點東西吧，我們先去為你謝土地，感謝這老伯伯為了尋你不知走了多少路！你不來，還得讓我抱怨他不濟事啦。」

毛弟同他娘在土地廟前燒完紙，作了三個揖，把酒奠了後，不問老年缺齒的土地公公嚼完不嚼完，拿了雞就轉家了。

娘聽到樓上還有聲息知道癩子尚留在上面，「癩子，下來一會兒吧，我同你說話。這裡有雞同雞湯，餓了可以泡一碗陰米。」

那個亂髮蓬蓬的頭又從樓上出現了，他說他並不曾餓。到這次，娘可注意到癩子那憔悴的臉了。

「你瞧你樣子全都變了。我晌晚還才聽到毛說你是在老虎峒住的。他又聽到西寨那萬萬告把他，還到峒裡把你留下的水罐拿回。你要到那裡去住，又不早告我一

聲，害得我著急，你瞧娘不也是瘦了許多麼？」

娘用手摩自己的臉時，娘眼中的淚，有兩點，沿到鼻溝流到手背了。

癲子見到娘樣子，總是不做聲。

「你要睡覺麼？那就讓你睡。你要不要一點水？要毛為你取兩個地蘿蔔（又叫涼薯、地薯）好嗎？」

「都不要。」

「那就好好睡，不要盡胡思亂想。毛，我們進去吧。」

娘去了，癲子的蓬亂著髮的頭還在樓口邊，娘囑咐，莫要盡胡思亂想，這時的癲子，誰知道他想的是些什麼事？但在癲子心中常常就是像他這時頭髮那麼雜亂無章次，要好好的睡，辦得到？然而像一匹各處逃奔長久失眠的狼樣的毛弟家癲子大哥，終於不久就為疲倦攻擊，仍然倒在自己舖上了。

第二天，天還剛亮不久娘就起來跑到樓下去探看癲子，聽到上面鼾聲還很大，就不驚動他，且不即放塒內的雞，怕雞在院子中打架，吵了這正做好夢的癲子。

這做娘的老早到各處去做她主婦的事務，一面想著癲子昨夜的臉相，為了一些憂喜情緒牽來扯去做事也不成，到最後，就不得不跑到酒罈子邊喝一杯酒了。

六

顯然是，癲子比起先前半月以來憔悴許多了。本來就是略帶蒼白癆病樣的癲子的臉，如今毛弟的娘覺來是已更瘦更長了。

毛弟出去放早牛未回。毛弟的娘為把昨夜敬過土地菩薩煮熟的雞切碎了，蒸在飯上給癲子作早飯菜。

到吃早飯時，娘看癲子不言不語的樣子，心總是不安。飯吃了一碗。娘順手方便，為癲子裝第二碗，癲子把娘裝就的飯趕了一半到飯籮裡去。

娘奇詫了。在往日，這種現像是不會有的。

「怎麼？是菜不好還是有病？」

「不。菜好吃。我多吃點菜。」

雖說是多吃一點菜，吃了兩個雞翅膊，同一個雞肚，仍然不吃了。把箸放下後，癲子皺了眉，把視線聚集到娘所不明白的某一點上面。娘疑惑是癲子多少身上總有一點小毛病，不舒服，才為此異樣沉悶。

「多吃一點呀，」娘像逼毛弟吃出汗藥一樣，又在碗中檢出一片雞胸脯肉擲到癲子的面前。

勸也不能吃，終於把那雞肉又擲回。

「你瞧你去了這幾天，人可瘦多了。」

聽娘說人瘦許多了，癲子才記起他那衣釦上面懸垂的銅夾，覺悟似的開始摸出那面小圓鏡子夾扯嘴邊的髫鬚，且對著鏡子作慘笑。

娘見這樣子，眼淚含到眶子裡去吃那未下嚥的半碗飯。娘竟不敢再細看癲子一眼，她知道，再看癲子或再說出一句話，自己就會忍不住要大哭了。

飯吃完了時，娘把碗筷收拾到灶房去洗，癲子跟到進灶房，看娘洗碗盞，旋就坐到那張燒火凳上去。

一旁用絲瓜瓤擦碗一旁眼淚汪汪的毛弟的娘，半天還沒洗完一個碗。癲子只是對著他那一面小小鏡子反復看，從鏡子裡似乎還能看見一些別的東西的樣子。

「癲子，我問你——」娘的眼淚這時已經不能夠再忍，終於扯了挽在肘上的寬大袖子在揩了。

癲子先是口中還在噓噓打著哨，見娘問他就把嘴閉上，鼓氣讓嘴成圓球。

「你這幾天究竟到些什麼地方去？告給你娘吧。」

「我到老虎峒。」

「老虎峒，我知道。難道只在峒內住這幾天嗎？」

「是的。」

「怎麼你就這樣瘦了？」

癲子可不再做聲。

娘又說，「是不是都不曾睡覺？」

「睡了的。」

睡了的，還這樣消瘦，那隻有病了。但當娘問他是不是身上有不舒服的地方時，這癲子又總說並不曾生什麼，毛弟的娘自覺自從毛弟的爹死以後，十年來，頂傷心的要算這個時候了。眼看到這癲子害相思病似的精神頹喪到不成樣子，問他卻又說不出怎樣，最明顯的是在這癲子的心中，此時又正洶湧著莫名其妙的波濤，世界上各樣的神都無從求助。怎麼辦？這老娘子心想十年勞苦的擔子，壓到脊樑上頭並不會把脊樑壓彎，但關於癲子最近給她的憂愁，可真有點無從招架了。

一向癲子雖然癲，但在那渾沌心中包含著的像是只有獨得的快活，沒有一點人

世秋天模樣的憂鬱，毛弟的娘為這癲子的不幸，也就覺得很少。到這時，她不但看出她過去的許多的委屈，而且那未來，可怕的，絕望的，老來的生活，在這婦人腦中不斷的開拓延展了。她似乎見到在她死去以後別人對癲子的虐待，逼癲子去吃死老鼠的情形。又似乎見癲子為人把他趕出這家中。又似乎見毛弟也因了癲子被人打。又似乎鄉約因了知事老爺下鄉的緣故，到貓貓山宣告，要把癲子關到一個地方去，免嚇了親兵。又似乎……天氣略變了，先是動了一陣風，屋前屋後的竹子，被風吹得像是一個人在用力遙接到不久就落了小雨。冒雨走到門外土坳上去，喊了一陣毛弟回家的毛弟的娘，回身到了堂屋中，望著才從癲子身上脫下洗浣過的白小褂，悲慼的搖著頭——就是那用花格子布包著的花白頭髮的頭，嘆著從不曾如此深沉嘆過的氣。

毛毛雨，陪到毛弟的娘而落的，娘是直到燒夜火時見到癲子有了笑容以後淚才止，雨因此也落了大半天。

一九二七年六月作

19・更夫阿韓

我們縣城裡，一般做買賣的，幫閒的，伕子們，夠得上在他那姓下加上一個「伯」字的，這證明他是有了什麼德行，一般人對他已起了尊敬心了。就如道門口那賣紅薯的韓伯，做轎行生意的那宋伯等是。

這伯字固然與頭髮的顏色與鬍子的長短很有關係，但若你是平素為人不端，或有點痞，或脾氣古板，像賣水的那老楊，做包工的老趙，不怕你頭髮已全白，鬍子起了紐紐，他們那娘女家，小孩子，還不是只趕著你背後「爛腳老楊唉！送我一擔水」，「趙麻子師傅，我這衣三天就要的啦，」那末不客氣地叫喊！你既然沒有法子強人來叫一聲某伯，自然也只好盡他那些人，帶著不尊敬的鼻音叫那不好聽的綽號了。

這可見鎮筸人對於「名器不可濫假於人」這句話，是如何的重視。

在南門土地堂那不須出佃錢底房子住身的阿韓，打更是他的職業。五十來歲的人了，然這並不算頂老。並且，頭髮不白，下巴也是光禿禿的。但也奇怪！凡是他梆子夜裡所響到的幾條街，白天他走到那些地方時，卻只聽見「韓伯，韓伯」那麼極親熱的喊叫。他的受人尊視的德行，要說是在打更的職務方面，這話很覺靠不住他老愛走到城門洞下那賣包穀子酒的小攤前去喝一杯。喝了歸來，便顛三倒四的睡倒在那土地座下。哪時醒來，哪時就將做枕頭的那個梆取出來，比敲木魚唸經那大和尚還不經心，到街上去亂敲一趟。有時二更左右，他便糊裡糊塗「乓，乓，乓乓，」一連打四下；有時剛著敲三下走到道台衙門前時，砰的聽到醒炮響聲，而學吹喇叭的那些號兵便已在轅門前「噠——噠——」的鼓脹著嘴唇練音了。

這種不知早晚的人，若是別個，誰家還再要他來打更？但大家卻知道韓伯的脾氣，從不教訓過他一次。要不有個把刻薄點的人，也不過只笑笑的罵一句「老忘暈了的韓伯」罷了。

那時，他必昂起頭來，看看屋簷角上的陰白色天空「哦！亮了！不放醒炮時倒看不出……」接著只好垂頭喪氣的扛著他那傳家寶慢慢地踱轉去睡覺。走過楊喜喜攤子前，若是楊喜喜兩口子已開了門，在那裡揉麵炸油條了？見了他，定會又要挪揄他一句「韓伯，怎麼啦？才聽到你打三更就放醒炮！晚上又同誰個喝了一杯吧？」

「噢，人老了。不中用了。一睡倒就像死——」他總笑笑的用自責的語氣同喜喜倆口子說話。

有時候，喜喜屋裡人很隨意的叫一聲「韓伯，喝碗熱巴巴的豬血去！」他便不客氣的在那髒方桌邊一屁股坐了下去。

客氣，是虛偽。客氣的所得是精神受苦與物質犧牲；何況喜喜屋裡人又是那麼慷慨大方。

然而，他的好處究竟在什麼地方呢？就是因他和氣。

他的確太和氣了。

他沒有像守城的單二哥那樣，每月月終可到中營衙門去領什麼餉銀：二兩八錢三的銀子，一張三斗六升的穀票。他的吃喝的來源，就是靠到他打更走過的各戶人家——也可說聽過他胡亂打更的人家去捐討。南街這一段雖說不有很多戶口，但捐討來的卻已夠他每夜喝四兩包穀燒的白酒了。因為求便利的緣故，他不和收戶捐的那樣每月月終去取；但他今天這家取點明天那家取點來度日。估計到月底便打了一

個圈子。當他來時，你送他兩個銅元，他接過手來，口上是「道謝，道謝」，一拐一瘸的走出大門。遇到我對門張公館那末大方，一進屋就是幾升白米，他口上也還只會說「道謝，道謝」。

要錢不論多少，而表示感謝則一例用「道謝」兩字，單是這樁事，本來就很值得街坊上老老小小尊敬滿意了。

我們這一段街上大概是過於接近了衙門的緣故吧，他既是這麼不顧早晚的打更，別的地方大嚷捉賊的當兒，我們這一街卻不聽到誰家被盜過一次。雖說也常常有南門坨的婦人滿街來罵雞，但這明明是本街幾個人吃了。有時，我們家裡晚上忘了關門，他便乒乒的一直敲進到我院子中來，把我們全家從夢中驚醒。

「呵呵！太太，少爺，張嫂，你們今夜又忘記門門了！」

他的這種喊聲起時，把我們一家人都弄得在被單中發笑了。這時媽必叫幫我的張嫂趕緊起來閂大門，或者要我起來做這事。

「照一下吧！」

「不消照，不消照，這裡有什麼賊？他有這種不要命的膽子來偷公館？」

「謝謝你！難得你屢次來照看。」

「哪裡，哪裡，——老爺不在屋，你們少爺們又䠙（編按．身長的意思），我不幫到照管一下，誰還來？」

「這時會有四更了？」

「嗯，嗯，大概差不多。我耳朵不大好，已聽不到觀景山傳下來的柝聲了。」

我那麼同他說著掩上了門，他的梆聲便又乓乓的響到街尾去。

直到第二天，早飯桌上，九妹同六弟他們，還記到夜來情形，用筷子敲著桌邊，摹擬著韓伯那嘶啞聲音「呵呵！太太，少爺，張嫂，你們今夜又忘記門門了！」

這個「又」字，可想而知我大院子不知他敲著梆進來過幾多次！

「韓伯，來做什麼？前幾天不是才到這要錢！」頑皮的六弟，老愛同他開玩笑，見他一進門，就攔著他。

「不是，不是，不是來討更錢。太太，今天不知道是哪裡跑來一個瘦骨伶精的䠙叫化子，倒在聶同仁鋪子前那屠桌下壞掉了。可憐見，肚皮凹下去好深，不知有幾天不曾得飯吃了！一腦殼癩子，身上一根紗不有，翻天睡到那裡——這少不然也是我們街坊上的事，不得不理……我才來化點錢，好買副匣子殮他抬上山去。可

憐，這也是人家兒女！……」韓伯的仁慈心，是街坊上無論哪個都深深相信的。他每遇到所打更的這一段街上發生了這麼一類事情時，便立即把這責任放到自己肩上來，認真一把鼻涕一把眼淚灑著走到幾家大戶人家來化棺木錢；而結實老靠，又從不想在這事上叨一點光，真虧他！但不懂事的弟妹們，見到媽拿二十多個銅子同一件舊衣衫遞過去，他把擦著眼睛那雙背背上已潤濕了的黑瘦手伸過來接錢時，都一齊哈哈子大笑。

「你看韓伯那副怪樣子！」

「他流老貓尿，做慈悲相。」

「又不是他小韓，怎麼也傷心？」

弟妹們是這麼油皮怪臉的各人用那兩個小眼睛搜索著他的全身。他耳朵沒有聽這些小孩子說笑的閒工夫，又走到我隔壁蔡邋巴家去募捐去了。

過年來了。

小孩子們誰個不願意過年呢。有人說中國許多美麗佳節，都是為小孩的，這話一點不錯。但我想有許多佳節小孩子還不會領會，而過年則任何小孩都會承認是真有趣的事！端午可以吃雄黃酒，看龍船；中秋可以有月餅吃；清明可以到坡上去玩；接親的可以見到許多紅紅綠綠的嫁妝，可以看那個吹嗩吶的吹鼓手脹成一個小球的嘴巴，可以吃大四喜圓子；死人的可以包白帕子，可以在跪經當兒偷偷的去敲一下大師傅那個油光水滑的木魚，可以做夢也夢到吃黃花耳子；請客的可以逃一天學；還願的可以看到光興老師傅穿起紅緞子大法衣大打其筋斗，可以偷小爆仗放——但畢竟過年的趣味要來的濃一點且久一點。

眼看到大哥把那菜刀磨得亮晃晃的，二十四殺雞敬神燒年紙時，大家爭著為大哥扯雞腳。霍的血一流到鋪在地上的錢紙上面，那雞用勁一抖，腳便脫了手。這時九妹也不怕雞腳骯髒，只顧死勁捏著。不一會，剛剛還伸起頸子大喊大叫的雞公，便老老實實的臥到地下了。它像伸懶腰似的，把那帶有又長又尖同小牛角一般的懸蹄的腳，用勁的抖著，直杪杪的一直到煮熟後還不彎曲。

這一個月，一直到元宵，學校不消說是不用進了。就是大年初一，媽必會勒到要去為先生拜年。但那時的為生，已異常和氣，不像是坐在方桌前面，雄糾糾氣呼呼拍著界方，要我們自己搬板凳挨屁股的樣子了。並且師母會又要拉到衣角，塞一串紅絨繩穿就的白光制錢，只要你莫太跑快讓她趕不上，這錢是一定到手的。

……

這時的韓伯？他不像別一個大人那麼愁眉苦眼擺佈不開的樣子；也不必為怕討債人上門，終日躲來躲去。他的愉快程度，簡直同一個享福的小孩子一樣了。

走到這家去，幾個粑粑；走到那家去，一尾紅魚——而錢呀，米呀，肥的臘肉呀，竟無所不有。他的所費就是進人家大門時提高嗓子喊一聲「賀喜」！

家家把大門都洗刷得干乾淨淨，如今還不到二十七夜，許多舖板上方塊塊的紅紙金字吉祥話就貼出來了。大街上跑著些賣喜錢門神的寶慶老，各家討賬的都背上掛一個毛藍布褡褳……阿韓看到這些一年一次的新鮮東西，覺得都極有意思。又想到所住的土地堂，過幾日便也要鎮日鎮夜燈燭輝煌起來，那莊嚴熱鬧樣子，不覺又高興起來，拿了塊肥臘肉到單二哥處去打平和喝酒去了。

土地堂前照例有陳鄉約來貼一副大紅對聯。那對聯左邊是「燒酒水酒我不論」，右邊便對「公雞母雞隻要肥」。這對子雖然舊，但還俏皮；加之陳鄉約那一筆好顏字；紙又極大，因此過路的無有不注意一下。阿韓雖不認到什麼字，但聽到別人念那對子多了，也能「燒酒水酒，汾酒蘇酒，……」的讀著。他眉花眼笑的念，總覺得這對子有一半是為他而發的。

至於鄉約伯伯的意思，大概敬神的虔誠外，還希望時時有從他面前過身的陌生人「哦，土地堂門前那一筆好顏字！」那麼話跑進他耳朵。

這幾天的韓伯連他自己都不曉得是一個什麼人了。每日裡提著一個罐子，放些魚肉，一拐一瘸的顛到城頭上去找單二哥對喝。喝得個暈暈沉沉，又踉蹌的顛簸著歸來。遇到過於高興，不忍遏止自己興頭時，也會用指頭輕輕地敲著又可當枕頭又是家業的竹梆，唱兩句「沙陀國老英雄……」

「韓伯，過年了，好呀！」

「好，好，好，天天喝怎麼不好。」

「你酒也喝不完吧？也應得請我們喝一杯！」

「好吧——咦！你們這幾天難道不喝嗎？老闆家裡，大塊大塊的肉，大缸大缸的酒，正好不顧命的朝嘴裡送……」每早上，一些住在附近的舖子上遣學徒們來敬神時，這些小傢伙總是一面插香燃燭，把籃子裡熱氣蒸騰的三牲取出來，一面同韓伯鬧著玩笑。學徒們口裡是沒事不慣休息的，為練習做買賣，似乎這當子非舖櫃上的應酬也不妨多學一點。其實他們這幾日不正像韓伯所說的為酒肉已脹暈了！

這半月來韓伯也不要什麼人準可，便正式停了十多天工。

一九二六年五月四日作於窄而黴小齋

20・老實人

一

「老實者，無用之別名！」

然而，這年頭兒人老實一點也好，因了老實可少遭許多天災人禍。

人是不是應當凡事規規矩矩？這卻很難說。

有人說，凡事容讓過，這人便是缺少那人生頂重要的「生命力」，缺少這力，人可就完了。

又有人說不。他說面子上老實點，凡事與人無爭，不算是無用。話是全像很有道理，分不清得失是非。

所謂生命力者充塞乎天地，此時在大學生中，倒像並不缺少挨看看住會館或公寓的各省各地大學生，因點點小事，就隨便可以抓到聽差罵三五句從各人家鄉帶來的土製具專利性惡罵，「媽拉巴」與「媽的」，「忘八」與「狗雜種」，各極方言文化之妙用，有機會時還可以幾人圍到一個可憐的鄉下人飽揍一頓，試試文事以外的武備，這類人都是並不缺少生命力的人！

在一個公寓中有一個「有用」的學生，則其他的人就有的是熱鬧可看。有些地方則這種有用學生總不止一個。或竟是一雙，或三位，或兩雙，或更一大夥。遇到這類地方時，一個無用的人除了趕即搬家就只有怨自己的命運，這是感謝那生命力太強的人的厚賜！

公寓中，為那些生命力太強的天才青年唱戲罵人吆喝喧天吵得書也讀不成，原是平常事。有時的睡眠，還應叨這類天才（因為疲倦也有休息時）的光。

以我想，在大學生中，大家似乎全有一點兒懶病，就好多了。因了懶，也好讓缺少生命力的平常人作一點應分的工作。所要的是口懶同手懶：因為口懶則省卻半夜清晨無憑無故的大聲喊唱「可憐我，好一似」一類的戲，且可以使夥計少挨一點冤枉罵。手懶則別人可以免去那聽彈大正琴同聽拉二胡的義務，能如己意安安靜靜

讀點書。

這樣來提倡或鼓吹「懶」字，總不算一種大的罪過罷。不要他們怎樣老實，只是懶一點，也是辦不到的事！

還有那類人，見到你終日不聲不息，擔心你害病似的，知道你在做事看書時，就有意無意來不給你清靜。那大約是明知道自己精神太好，行推己及人之恕道，來如此騷擾一番。

其實從這類小小事上也就可以看看目下國運了。

二

在寓中，正一面聽著一個同寓鄉親彈得兵崩有致的《一枝花》小調，一面寫著自己對那類不老實的人物找一些適當贊語。聽到電話鈴子響，旋即我們的夥計就照老例到院中大聲招呼。

「王先生，電話！」

「什麼地方來的？」我也大聲問。他不理。

那傢伙，大約叫了我一聲後已跑到廚房又吃完一個饅頭了。

我就走到電話地方去。

「怎麼啦！」

「怎麼啦！」

「聽得出是誰的聲音麼？」

互相來一個「怎麼」，是同老友自寬君的暗號，還問我聽得出是誰聲音，真在同我開玩笑啊！

「說！」我說，「聽得出，別鬧了，多久不見，近來可怎麼啦！」

「有事不有事？」

我說：「我在作一點文章。關乎天才同常人的解釋。分析得相當有趣！」

「那我來，我正有的是好材料！」

「那就快！」

「很快的。」

把耳機掛上，走回到院中，忽然有一個人從一間房中大喊了一聲夥計，嚇了我一跳。這不知名的朋友，以為我就是夥計，向我乾喝了一聲，見我不應卻又寂然下

去了。

我心想：這多麼威武！拿去當將軍，在兩邊擺開隊伍的陣上，來這麼一聲叱吒，不是足以嚇破敵人的膽麼！？

如今則只我當到鋒頭上，嚇了一下，但我聽慣了這吆喝，雖然在無意中仍然免不了一驚，也不使心跳多久，又覺得為這猛壯沉鷙的喝聲可惜了。

自寬君既說就來，我回到房中時就呆著老等。

然而為他算著從東城地內到夾道，是早應到了。應到又不到，我就悔忘了問他是在什麼地方打的電話。

我且故意為他設想，譬如這時是正為一個汽車撞倒到地上，汽車早已開了去，老友卻頭臉流著血在地上苦笑。又為他想是在板橋東碰見那姓馬的女人，使他甘為八曼君感到酸楚。

朋友自寬君，同我有許多地方原是一個脾氣，我料得到當真不拘我們中誰個見到那女人時節，都會像見著如同曾和自己相好過那樣心不受用。我們又都是不中用的人，在一起談著那不中用的事實經驗時，兩人也似乎都差不多，總像是話說不完。

因為是等候著朋友的來，我就無聊無賴的去聽隔壁人說話。
「那瘋子！你不見他整天不出房門嗎？」
「頂有趣，媽媽的昨天叫夥計：勞駕，打一盆水來！」
兩人就互相交換著雅謔而大笑。我明白這是在討論到我那對夥計「勞駕」的兩字。因了這樣兩個字，就能引這兩位白臉少年作一度狂笑，是我初料不到的奇事。同時我又想起「生命力」這一件東西來了。
……唉，只要莫拚命用大嗓子唱「我好比南來雁」，就把別人來取笑一下，也就很可以消磨這非用不可的「生命力」了。
呆一會，又聽到有人在房中吆喝叫夥計，在院中響著腳步的卻不聞答應，只低聲半笑的說著「不是」，我知道是自寬君來了。
一進房門，他就笑笑的說著：「哈，嚇了我一跳，你們這位同院子大學生嗓子真大呀。」
「可不是，我聽到你還答應他說不是呢。」
「不答應又像是對不住這一聲響亮喉嚨似的。」
「你這人，我才就想著有好多地方我們心情實差不多！我在接你電話回到院中

也就給他吆喝了一聲，我很為這一聲抱歉咧。」

「哈哈。」

「哈哈。」

自寬君是依然老規矩，臉上含著笑就倒在我的一張舊藤靠椅上面了。

我有點脾氣，也是自寬所有的，就是我最愛在朋友言語以外，思索朋友這一天未來我處以前的情形。從朋友身上我每每可以料到他是已作了些什麼事。我有時且可以在心裡猜出朋友近日生活是高興還是失意。

在朋友說話以前所以我總不先即說話。誰說他也不是正在那裡猜我呢。

「不要再發迷做福爾摩斯了，我這幾日的生活，你猜一年也不會猜到！」朋友先說話。

從朋友話中，我猜出了一件事。這件事就是我猜出我朋友的話真大有意義，這意義總不離乎……不離乎窮也可以，不離乎病也可以，不離乎女人也可以，但是，他說猜一年也猜不到，我真不敢猜想了。

「我看你額上氣色很好。我近來學會看相咧。」

「別小孩子了。你瞧我額上真有好氣色麼？」

其實我能看什麼氣色？朋友也知道我是說笑，就故意同我打哈哈，說可以仔細看看。

細看後我可看出朋友給我驚詫的情形來了。

在平常，自寬君的袖口頸部不會這樣髒，如今則鼻孔內部全是黑色，且那耳邊輪廓全是煙，呈黑色眉，也像粗濃了許多，一種憔悴落泊的神氣，使我嚇然了。

朋友見我眼中呈驚詫模樣，就微笑，捏著指節骨，發脆聲。

他說：「怎麼，看出了什麼了嗎？」

我慘然的搖頭了。我明白朋友必在最近真有一種極意外的苦惱了。「唉，」我說，「怎麼這樣子？是又病了麼？」

「你瞧我這是病？你不才還說我氣色蠻好嗎？」朋友接著就又笑。

我看得出朋友這笑中有淚。我心覺得酸。

到這世界上，像我們這一類人，真算得一個人嗎？把所有精力，投到一種毫無希望的生活中去，一面讓人去檢選，一面讓人去消遣，還有得準備那無數的輕蔑冷淡承受，以及無終期的給人利用。呼市儈作恩人，喊假名文化運動的人作同志，不得已自己工作安置到一種職業中去，他方面便成了一類家中有著良好生活的人辱罵

為「文丐」的憑證。影響所及，復使一般無知識者亦以為賣錢的不算好文章。自己越努力則越容易得來輕視同妒忌，每想到這些事情，總使人異樣傷心。

見一個稍微標緻點女人，就每每不自覺有「若別人算人自己便應算豬狗」之感，為什麼自視覺如此卑鄙？靈魂上偉大。這偉大，能搖動這一個時代的一個不拘男或女的心？這一個時代，誰要這美的或大的靈魂？有能因這工作的無助無望，稍稍加以無條件的同情麼？

因此，使人想起夢葦君的死，為什麼就死得如此容易。果若是當時有一百塊錢，能早入稍好的醫院半月，也未必即不可救。果能籌兩百塊錢，早離開北京，也未必即把這病轉凶。

比一百再少一半是五十，當時有五十塊錢，就決不會半個月內死於那三等病院中！這數目，在一個稍稍寬綽的人家，又是怎樣不值！把「十」字，與「萬」字相連綴，以此數揮霍於一優娼身上者，又何嘗乏人。死去的夢葦，又哪裡能比稍好的人家一匹狗的命！

努著力，作著口喊什麼運動的名士大家所不屑真為的工作，血枯乾到最後一滴，手木強，人僵硬，我們是完了。

從我們自己身上我們才相信，天下人也有就從做夢一件事上活著下來的。但在同類中，就有著那類連做夢也加以嘲誚的攻擊的人，這種人在我們身旁左右就真不少！

朋友見我呆呆的在低頭想事情，就岔我說是要一點東西吃。

為他取現成的梨子，因無刀，他就自己用口咬著梨的皮。

「你不是說你有材料嗎？」

「你不是說你在作天才與常人的解釋嗎？先拿來我看，再談它。」

把寫就的題目給自寬君看，使他忍不住好笑。

「別發牢騷了，咱們真是不中用，不能怪人呀。」

「那你認為吵鬧是必須的了。」

實則朋友比我更怕鬧！然而，他今天說是「若果他有那種天才，就少吃不少苦楚了。」

關於這苦楚，朋友有了下面的話作解釋。

三

「你以為我這幾天上西山去了麼？你這樣想便是你的錯。

「我要你猜我這幾日來究竟到了些什麼地方去。這你猜是永久猜不到。一個人，正是自己也莫名其妙，會有驟然而來的機會，使人陷身到另一種情形中去的。天的巧妙安排真使人佩服，不是一種兒戲事！

「我為人捉到牢裡去，坐了四天的牢。

「不要訝。訝什麼？坐牢是怪事嗎？像我這樣的人又不接近什麼政治的人，坐牢當然是令人驚詫，尤其是你。但當到這個時代也不算一回什麼事。不過這一次坐牢，使我自己也很奇怪起來了。

「這與『老實』太有關。說到這裡我要笑。你瞧我眼眶子濕了麼？然而我是真在笑。我一點沒有悲憤。我從這事上看出一個人不能的方面永遠是不能，即或天意安排得好好的一種幸福，但一到我們的頭上結果卻反而壞了。

「這話說來很長！說不完。你哪裡會想到我因了哪一種事坐四天牢呢！

「不過，這真應說是我反正兩面一個好經驗。

「我傷心，不是為坐牢受苦傷心，那不算什麼。其中全是大學生，還有許多大學教授，我恨我不是因同他們作一起案件入獄，卻全出於一種誤會。

「要我坐牢的人還不知我是個什麼人。若是知道我的姓名，那不知又是什麼一種情形了。」

「說半天，我還是莫名其妙！到底是怎麼回事？」

朋友說這急不得。有一天可說。說不完還有明天。

本來愛充偵探的我，這一來可偵不出線索來了。我著急要想知道他為什麼去到警察廳的拘留所住那四天，又想知他在拘留所時的情形。

韓秉謙變戲法兒，一點鐘的時間倒有五十分鐘說白，十分鐘動手。我想朋友這時有許多地方也同韓秉謙差不多。

「我瞧你那急相。」朋友還在那裡若無其事瞄覷我臉色。

我說：「請老哥爽快一點。」

「那話很長的，說不荊不是一氣說得盡的！」

「先說大體，像公文前面的摘由。」

「摘由就是我坐了四天班房，正是這適於坐牢的秋天！」

使我又好笑，又急。我要知道為什麼事坐牢的，朋友偏不說。我說：「把那『為什麼坐牢』，一句話告了我吧。」

「為一個女人。」朋友說時又淒然的笑。

我又在這話上疑惑起來了。朋友為女人坐牢，這是什麼話？難道是到街上見到一個標緻女人就冒冒失失走攏去同人搭話，結果就……？不相信。我想去想來，總不相信。朋友的話我相信，我可不相信朋友有為女人事情入獄的。還是請朋友急把原委告我。

這真像是一種傳奇、一種夢！

自寬君是那樣的告我入獄坐牢的情形：為一個不相識的女人，這女人是他的一個……

四

天氣今年算是很熱了。在寓處，房中放一大塊冰，這冰就像為熱水澆著的融解，不到正午就全變成了一盆涼水，這水到下午，並且就溫了。

在這樣天氣下頭，人是除了終日流著汗以外一事不作。要作也不能。不拘走到什麼地方也一樣。這樣天氣就是多數人的流汗少數人的享福天氣！

但一交七月，陽曆是八月，可好了。

天氣已轉秋以後，自寬君無所事，像一隻無家可歸的狗一樣，每日到北海去溜。到北海去溜，原是一些公子小姐的事！自寬君是去看這些公子小姐，也就忘了到那地方的勤。還有一件事，自寬君，看人還不是理由，他是去看書。

北海的圖書館閱覽室中，每天照例有一個座位上有近乎革命家式的平常人物，便是自寬君。衣服雖為絲織物，但又小又舊，已很容易使人疑心這是天橋的貨色了。足下穿一雙舊白布靴子，為泥為水漬成一種天然的不美觀黃色。臉龐兒清瘦，雖乾淨，卻憔悴如三十歲的人。

把書看一陣，隨意翻，從龜甲文字到一種最近出版的俗俚畫報，全都看。看到閱覽室中只剩自己一人時，自寬君，想起坐在室的中央的看守人，似乎不忍讓他在那裡為一個讀者絆著不動，就含笑的把所取的書繳還，無善無惡的點著一個照例的頭，出了圖書館大門。

出了圖書館，時間約五時，這時正是北海熱鬧的下午。人人打扮的如有喜事似

的到這園中來互相展覽給另外一人看。

漪瀾堂，充滿了人聲，充滿了嘻笑，充滿了團頭胖臉，充滿了脂艷粉香，此外還充滿了人的心中稱嘆輕視以及青年男女的詭計！

自寬君，無所謂的就到這些人的隊裡陣裡來了。

看看這個又看看那個，微笑著，有著別人意想不到的趣味。

沒一個熟人可以招呼一次，這在白寬君則尤其滿意。有時無意中，卻碰到那類到什麼地方見過一面兩面的人，拖拖拉拉反而把自寬君窘住感到寂寞出來了。

有時他卻一個人坐到眾人來去的大土路旁木凳上，就看著這來去的男女為樂。每一個男女全能給他以一種幻想，從裝飾同年齡貌上，感出這人回到家中時節的情形，且胡猜測日常命運所給這人的工作是一些什麼。到這地方來的每一個遊人，有一種不同的心情，不怕一對情侶也如此。一個大兵到北海來玩，具的是怎樣一種興趣？這從自寬君細細觀察所得，就有一種極有趣味的報告。在這類情形下頭，自寬君來此的意義，簡直是在這裡作一統計分類工作了！

又有時，他卻獨自到幽僻無人的水邊去看水，另是種心情。

然而，來到北海的自寬君整個就是無聊！

自己不能玩，看人怎樣的玩也是一件好事情。抱著單來看別人玩的心情的自寬君，一看下來是一個多月，天氣更佳了。

天氣好，真適宜於玩，人反而日見稀少，各式茶座生意也日益蕭條下來，原來到這裡玩的人就無一個會玩的人，到這來，看人以外就是讓人看！自寬君，在先時，笑那些大兵，一到園裡就到「天王廟」「小西天」一類地方去，如今卻以為這些兵來此的見解倒比那些紳士老爺小姐少爺高明得多了。

人少了，在他是覺到一種寂寞，原無可諱的。不過人多也許寂寞還覺得深。人少一點則公園中所有的佳處全現出。在一些地方，譬如塔下頭白石欄杆，獨自靠著望望天邊的云，可以看不厭。又見到三三兩兩的人從另一處緩緩的腳步走過，又見到一兩個人對著故宮若有深喟的瞧，又見到灑水的水夫，兩人用膀子扛了水桶在寂靜無人的寬土路中橫行，又見到……全是詩！

在往日，湖中的船舶追逐來去，坐八人，或十人，吆喝喧天無休息，真損失了不少湖景的幽美。如今則一二白色小船，船上各有兩個人，慢慢的在淡淡的略有餘夏味兒的銀色陽光中搖動，船上縱不一定是一男一女，那趣味也不會就不及一對情人的打槳。

到船塢附近去玩，看著那些泊著成一隊，老老實實不動的小船，各樣顏色自然的雜錯，湖水作小波嚙著船板，聲音細碎像在說夢話，那又如何美麗！

說是人日益稀少下來，也並不是全無。不過人比大六月熱天少了一點，北海從類乎遊藝園的騷擾中脫出，在各處可以喝茶歇憩的地方，再見不到那些一群一黨的怪模怪樣人物罷了。

以前不敢在五龍亭吃東西的自寬君，卻已大膽獨自據了一張桌子用他的中飯晚飯了。因所吃的並不比普通館子為貴，自寬君便把上午十二點鐘那一次返寓的午餐全改作在這地方來吃。

圖書館的例規是在正午又得休息兩小時，這一種規矩當然極對，一面讓館員全體在一個桌子上一同來吃飯，一面也免得讀書人太方便。因此自寬君，在吃午飯後，總是慢慢的在一條冷清的路上走，省得到了圖書館時還不開門，又得站在外面像等換不兌現的鈔票一樣著急。

誰料得到在三十天內，哪一天有什麼意外？

每天照著規矩去吃飯，每天情形差不多，只一天一天人越少下來。在自寬君意思中，北海是越美，就因為人少！

五

上星期六朋友又到那裡去。一切全有例。不消說，鐘到打十二下時，朋友已在那繞瓊島的夾道上走著了。因是禮拜六，人像多了點，兵也多。天氣既是特別好，又有人可看，自寬君，心中有種說不出的痛快。

到了五龍亭，所有老地方已為別人占去。一個認識的夥計，就來到面前解釋了兩句，把他安置在另一張桌邊坐下了。

隨意各處的流盼。這地方已恢復了一月以前的興旺。幾個夥計臉色也不像前幾日晦氣。亭中各個桌子上，茶盅的灰也都拭去了。亭中此時人雖不多，可以斷定，到下午三時就會非常熱鬧了。

一旁吃炒麵，一旁望那在自己每天吃飯的桌子邊的人，自寬君就似乎心中很受用。其實這兩個人在自寬君一進門時也就望到了他。

這是兩個學生模樣的女人，髮剪了以後就隨意讓它在頭上蓬起似的聳得多高。自寬君，先是望到女人中一個的側面，女人一回頭，他把這女人的正面又看清楚了。不久另一個女人的臉也為自寬君看準了，他就在這女人身上加以各樣的幸福估

價。

女人的美不是臉，不是身，不是眼，不是眉。某一部的美總不能給人以頂深印象。看這人的美不美，當去看這人的靈魂。但還不容易。這既非容易，那就只好看她的態度與行動去了。

一個二十四五的光身男子，對於女人的批評，容易持偏心，那是免不了的。若說是「見到一匹水牛娘也覺得細眉細眼可愛」，則自寬君倒不會到這個地步。自寬君，把這兩個女人看來看去，總之，已在心裡覺得這女人實不壞了。

女人之中一個略胖略高，這更給朋友走向到佩服傾倒方面。

不拘到何等地方，看遊藝會或看電影，在正文以外，去身前後左右發現那些喁喁說話，總是比台上戲文還更真實有趣。人人會覺得這類事的演述為更藝術得多。（這當然除了那些一心一意來看赤足跳舞的人在外。）只稍稍注意到那一方，於是就聽到：「誰不說這幾天這裡獨好咧。」

「我實怕人多，象中央公園那樣我真不敢去。」

…………

顯然是同調，更使自寬君覺得這話動聽了。

於是又聽到了一些關於兩人學校中的平常趣話。

過了一陣中，一個似乎是要去到什麼地方有事，聽到同夥計要一點紙片，兩人卻一同起身。女人從自寬君身旁走過。

為朋友設想，還是早早離開為妙了。候著別人的歸來，也沒有所謂益處。且早早離開，也省得給人發現自己是在注意她。

看人雖不算罪過，但一面愣著雙眼碌碌的對人全身攻擊，一面且在心中造著非凡大罪孽，究不是一個老實人所應作的事！

且看人家到使人察覺，這不藝術的行為，再糟也就沒有了。他終於起身。

在女人那邊桌上，原是遺下了傘同手帕以外還有兩本書。

來到北海圖書館看書，在自寬君看來，那是算頂合式的地方。

但見人拿書到北海來或是坐到大路旁板凳上去看，則總覺有點裝腔作勢的嫌疑。縱自己是如何歡喜看這書，從別人看這情形，多少會疑到是故意賣弄的！

如今這女人就有著書兩本。自寬君見人還未來，就作為起身去望湖中景緻模樣，把眼溜到女人桌上去。這一來，使朋友心跳不已。情形的湊巧真無比這事更巧的了。這書不是別的，就是自寬君作的小說——《山楂》。

再看，也一點不錯，是《山楂》那一本書！恐怕書有同名罷？不。封面也不差，自己的書自己不會瞎眼吧。其他一本也是一個樣，看那頭上的綠字可以知道。這又是一種說不出的痛快心情。

照例在平時，把麵吃完是白水嗽口，嗽完口就走。此時自寬君，卻泡一壺茶來，人依然坐下了。

天知道，這是一種什麼因緣啊？！

把書印出來賣，拿書舖版稅，無論如何一版總有兩千個讀者，這兩千未相識的朋友於自己總算是同情者了罷。然而這類讀者雖從書的銷數上可以斷定是並不少，可是主顧儼然同自寬君本人無關。是些什麼人來看這書，他就常常想到也是一些空想。既無一個人從他手上寄錢來買這書，也不曾在書攤子邊見到誰出錢買這書看，因此書出版以後，除了用著各樣柔軟言語請求書舖老闆早為結賬外，讀者卻全不問了。如今卻見到這樣兩個青年女人拿著這書，且這人又是那麼樣清雅秀麗，不能不使人在心中生一種感激，以及由感激中生出一點無害於事的分外樂觀！

重新坐下來的自寬君，就是要等這女人回來。他願意用一種方法使這女人明白在對面隔一張桌子坐的就是所看新書的作者，可是找不出這自己表現的方法。自己既不能像唱戲那麼先報上名來，從別的事上又總覺不很合適。在中國此時，男子除了涎了臉皮跟著蕩婦身後追逐外，男女間根本上就缺少那合宜的認識習慣。想認識一個陌生女人，除了照樣極無禮貌外，就沒有法子可設。

在自寬君也並非定要這女人知道自己不可，因為一個讀者，也沒有必須認識一書作者的義務。不過他以為若果是這書曾給予了這女人小小歡喜，那讓她知道這給她歡喜的人，就坐在五尺內外，究竟是一件兩有裨益的事！

又想起，到這世界上來，得著許多非你所能擔受的罵名誤解，為人當著活奴隸，一副機械樣子的生活下來，不圖還有這樣的人來看這書，又未免傷心眼紅。就是這樣的人拿著這本書一天，就不必去看內容，也就算是有了懂過自己的人，自己是在作著有意義的工作的人了。看到這女人把這書中的不拘某一篇從頭閱覽到結果，那所得的愉快將比這書能為書局印行還更值得欣慶。唉，女人，女人這名詞，同一個無用的在為生活作文章的窮人，隔得有多遠！女人為甚生來要「高貴」這類名詞作裝飾？就是為得女人以外有我們這類人在！

決心等著的自寬君，想到一切只差要哭出聲來。心中只酸酸的如剛吃過一肚子楊梅一樣。當然不到五分鐘這兩個女人回到座位上來了，自寬君又忍痛想索性走了

到別處去好。但是走不動。一種不可解釋的吸力，從那邊過來，吸住了他動彈不得。這吸力，也可以說是在這邊，吸著了對面的人，不然別人動身他就不應當跟到又走！

「瞧呵，這下流。」誰不以為在一個青年女人身後有意無意的跟隨為可笑可恥呢！但誰又能否認這是這個時代同女人認識唯一的一種好方法。

別人走到九龍壁，九龍壁左右有自寬君在。別人走到北海董事會裡去，那裡又可以見到自寬君的寒磣臉子。久而久之，像是這也給女人中那個略稚小的覺到了。這兩人不在董事會久呆，就又轉入濠濮澗。

自寬君，怎麼樣？自己為自己算計。是轉身到圖書館去陪那位閱覽室管理人坐冷板凳極宜於自己。且到了那裡就可以大白日下睜著眼睛作著好夢，用眼前的事實作夢的影子，在這事實表格空處填上那自己所希望的一切好處，不失一個穩健可靠無用畏怯臉紅的法子。上策不取取中策，是全放下不去想，少胡思亂想則也少煩惱。放下自然是放下，難道不放下到耽一會兒別人出了園門還跟人到學校不成？不過眼前要放也不能，真為這受罪！還有下策者，是仍然跟著下來，這地方是人人可以自由走動的地方，高興到什麼地方玩就來玩，別人可以走的我照例也可以走，實在要分手，就在莫可奈何情形下，看著她走去。下策亦不算頂壞！

獨採取這下策，這就是坐牢的因！

先是怕別人察覺，以為在察覺了略露著不和氣的臉色以後，就即刻避開，那結果也成「挨而不傷」。誰知到人察覺後，顏色不如他所預想的難看，「軟泥巴插棍，越插便越進」，膽子更大，心情也就更樂觀，就又繼續跟著下來了。

女人匆匆的從濠濮澗東邊南門走向船塢去，自寬君，小竊一樣在後面二十步左右送著，露著又靦腆又可憐的神氣。女人一回頭，就十二分忸怩，擔心別人在疑他笑他。在女人方面，也許以為在身後為一習見之窮學生，雖有意跟在後面，總不會用比跟在身後行走更可憐的方法擾鬧，也無妨於遊玩興味罷。

到了船塢碼頭邊，見有兩個人在撐一隻船離開碼頭，把水攪得起小浪。

女人似乎有意避開自寬君。兩人悄悄商量了一陣，到近水處石頭上，坐下了。

又有三個人來到碼頭邊取船。一個較年青的太太，望望這女人，又望望痴痴愣愣站在太陽下的自寬君，就同她的同伴一個小官僚樣子的中年漢子，低聲半羨半怪似的議論，不消說是這婦人已把自寬君並成同另外兩個女人是一塊同行的人了。本來在躊躇著是「走」與「坐下」之間不能一定的是自寬君，見有人對他下了議論，

就決定揀一塊石頭休息，決定要在今天作一點足以給他日自己內慚的事了。

坐船的人把船撐出塢就上船去了，碼頭上大柳樹下縱橫剩了些新作的或待修理的船隻，和幾個管船人。此外就是自寬君與那兩位了。

……望不得那邊，再望別人就會走去了。

打量雖是打量著，但仍免不了偷偷瞧她們是在作些什麼。

在那一邊也似乎明白這邊人眼睛是不忠厚，然而卻並不想走，且在那石頭上把書翻開各人一本的看著。

設若自寬君身上穿得華麗不相稱，是白臉，是頂光致的頭髮，又是極時髦的態度，則女人怯於這新時代青年，怕麻煩走去，也是意中事。如今在女人眼中的他，就像從模樣上也看得出不像是那些專以追逐女子為樂的浪子——說「不像」還不切實，簡直還可說不配。自寬君又何嘗不是了然自己是在體態上有著不配追女人的樣子才敢坐下來的？

因為別人是在看自己作的書，自寬君的心中有一些幸福小泡沫在湧。在十步以內，就是那極忠實的讀者，且這讀者的模樣又如何動人！

這裡我們不能禁止自寬君在心中幻想些什麼，假若在這情形下，聯想到他將來自己有一個妻也能如此的專心一志看他所作的小說，是算可以原諒的奢侈遐想！假若就把這在現時低了頭，誠心在讀他小說的人，幻想作他將來的妻，或將來的友，也是事實所許可的！再，假若他所想的是眼前就有這麼兩個的友人，怎麼樣？假若有，自寬君將不知到要怎樣了。這切於實際的夢，就不是一個落拓光身漢子自寬君所敢作的夢！

然而，這可以想些什麼？他想聽聽這兩個讀者的天真坦白持中的批評。自寬君想把女人作一面鏡子，看看這鏡子所反映出來的他小說內容合不合於女子心理分析成功失敗的影子。

六

就只消遣的看看，看完了，把書便丟開，合意則按照脾氣習慣笑笑，這類女讀者，自寬君不是不見過。又或者，連看也不曾看，為應酬起見，遇於廣眾中，也順便惠而不費誇讚兩句扒搔不著癢處的話語，如那個去拜訪法朗士的基太太一樣，這樣女讀者也見過。

如今不是這人了。他相信，正因為對方不知在十步以外坐的便是同這書有關係的人，則只要她們談話談到這書上去，總有極可貴的見解！一種無機心的褒貶只在眼前即可以聽到，自寬君衷心感謝今天命運所能給他的機會。

他算到這女人每一句話每一個字都可以作一種教訓。凡是從這樣人口裡出來的話語，決無有那空泛的意思。假若這無心的批評卻偏向於同情這邊，那自寬君會高興得發瘋。

乾急是無用的事。女人就決料不到身旁有個人在等候處置。然而呆著話來了。

「聽四姐說及，我不信，嘻，當真的。——你瞧第幾篇？」

「是說什麼地方請他去講演，又為這些人在無意中把他趕去。」

「第幾？」

「四十八頁。」

聽到兩個人說到自己頭上來，又所說的獨獨是《山楂》上一篇全是牢騷的頂短的小說，自寬君幾幾乎不能自持到這邊答起話來。他想說「還有那九十一頁上的可以看看！」

這又歸到他的舊日主張上來了。朋友曾說過一個十全的地道呆子，容易處置一切眼前事情。一個平常人，卻反而有時發迷，不知如何應付為好了。

自寬君將怎樣來攙入這討論？他先以為聽聽別人的批評，是頂幸福事。這時又想不單是聽讀者的意見為重要，且自以為在一個讀者面前還有指示她省卻選擇精神專讀某篇的義務。這義務缺少那認為較好的機會來盡，就非常使自寬君痛苦。

頂幼稚到頂高明的自介給這女人的方法，他想出一串，可是一個全不能實用。設若是會場，是戲院，是學校，就容易多了。可是這樣的地方，頂容易使人誤會，一開口，一舉足，就不是自寬君敢大膽無畏試試的！

接著在女人方面，其中一個又格格的笑，說：「不知是誰說：妙極了。這比許多翻譯還要好。一種樸素的憂鬱，同一種文字組織的美麗，可以看得出這人並不會像自己說得那樣不可愛。」

「先聽密司張說她的一個同學和他是同鄉，且曾見到過，是長身瘦個兒的人。……週二先生你是會過？」

「怎麼不？我聽他講希臘古詩，十分有趣。……」「還有一個姓馮的，文字也非常美，據說學週二先生。」

「在文字上面講求美，是創造社人罵的。不過我主張重視美。兩種都重要。不

是有了內容就不必修詞。」
「是嗎！那這本書真合了你兩個條件了。」
「……我又不是什麼批評家，說話不算數！」
「但你看得多。說，哪幾個好？」
「我歡喜魯迅。歡喜週二先生。歡喜……在年輕人中那作《竹林故事》的文字就很美。還有這本書，我看也非常之好。」
「……真是批評家了。哈……」
……偷聽別人談話以後又去偷看，才知道說歡喜的就是那大一點兒的女人。
女人的說話，每一個字都有一對翅膀同一根尖針，都像對準了他胸口扎過來。心為這些話語在心腔子裡跳著。血是只在身上湧。自寬君又疑心這不過是自己一種幻覺，其實別人或許並不曾說過一句話。
天下事正難說，在這種情形下頭，自寬君若並不缺少那見機的聰明，急急走開這地方，故事也就結束了。若有另一種把握，人不走，就站起來採取一個戲劇中小醜行徑，到女人面前站定，用手指到自己的鼻子，說，對不起得很，鄙人就是某某呀。那誰能知道此後會成什麼局面？

在一種動的情勢下雖一瞬間亦可成為禍福哀樂的分野，但不動，保持到原狀，則時間在足下偷偷溜著跑著於一切仍無關係！

船塢邊，時間是正無所拘束的一分一分過去，看書的人仍然一旁看著一旁來談論，無可如何的自寬君也仍然是無可如何的呆！

那邊無意之間把自寬君的名字掛在嘴角拋來拋去，自寬君的身子也像在為這女人拋來拋去。毒的東西能使人醉癱，也沒有比這事更使自寬君感覺到中毒一樣的苦惱了，難道自己就不明白怎樣設法避開這苦楚？不是不想到。就是苦，也是非常不容易得受的苦。拿一面為人「忘卻不理」一面為人「唸著憎恨」比較，自寬君所取的就毫不遲疑說是要後面一種。如今則不僅世界上人並不把他忘卻，且口角上掛著自己的名字的又是這樣年青好女人，這苦且願無終期的忍受下去了。

遠遠陪到別人坐下行其所謂「盡人事而聽天命」的主義，是自寬君能採取的唯一主義！

在心中，對於情形變更後，也想著那「靠天吃飯」的計劃了。女人走，就是跟著下來。女人出了門，就唸著那句「由他去吧」的詩，再返到圖書館去消磨這消磨不完的下午。

這一種精神算真難得，許多無用的人就用了這種精神把自己永遠陷到一種極糟糕的地位上！可是日子卻過得平安自在。

倘若這時一個熟人從南邊路上過來，他便得了救。不幸是在自寬君也盼著是有個熟人來救他以前女人起了身，這一行人仍是三個！

七

走到船塢盡處將轉過大道，他與一個李逵一點不差，竟趕上前去攔阻到那路。要說什麼似的不即說，吹著大的氣。

「先生——？」那大一點的女子，似早已料到這一著，有把握的問究竟是怎麼回事，那笑著微帶怒容的神色，使自寬君將所預想的一貫美妙辭令全忘去。為這半若譏諷半若可憐的問話，路劫的人倒把臉弄得緋紅了。

呆著不知說什麼的自寬君，見女人想從坡上翻過去，就忙結結巴巴的說出想要同她說兩句話的意思。

「有什麼說的？請說罷。」女人受窘不過似的輕輕的說著，就又停頓腳步下來，兩個女人且互相交換那憎著的微笑。

「我想知道你們的姓名，不是壞意思。」

這種話，在自寬君自以為是對一個上流陌生女子最誠實得體的話了。這書呆子在他作的文章上，卻並不缺少那雋妙言詞，實際上，所有同面生的女人可說的話，真沒有說得比這再失體的了。

小一點的女人聽到這話就臉紅。大一點的卻仍然不改常度的笑著說：「先生，為什麼定要知道我姓名？我們沒有認識的必要，禮貌在新的年輕人中也不是可少的東西。」

「我知道，但我……」

說但我什麼？就沒有說的！別人問他為什麼定要知道姓名，就說不出口。又聽到女人說禮貌在新的年輕人中也不是可少的東西，就臨時發覺自己莽莽撞撞攔阻別人的行動的過失，自寬君真不知要怎樣跳下這虎背了。

於是他又說：「我明白這不應當，不過並無其他惡意。」

女人見盡在「惡意」上解釋，又明明見到這與其說是「惡意」不如說是「傻意」的情形！就忍不住笑。

「我們今天真對不住你，不能同你先生多談。但若是要錢，說要多少，這裡可以拿一點去。」

那小的見到同伴說送錢，就去掏手袋子中的角子。

「不是，不是，你莫在我衣衫上誤會了我！我想你們一定願意抽出你們空暇時間咱們來談幾分鐘的，我想你們對於認識我總不會不感到高興。我們可以到那舊地方去坐一下。我不是流氓，你手中的東西就可以作我的保證。」他指到女人手上的書。

兩個女人看自己手上只是一個錢袋子，一把傘，兩本書（書，就是書！），可是聽到這不倫不類的話，凜然若有所悟認定站在對面的人是個瘋子，怕起來，把先前的客氣禮貌以及和藹顏色全消滅於一瞬間，驟然回頭跑去了。

人像真瘋了。他趕去，又追出前面攔著兩人。

「你不要裝成瘋瘋癲癲，這地方有人會來，先生，這樣的行為於你很不利，一個人應當知道自重，同時還應當記到尊重別人。」

自寬君在心裡算計，「這樣行為於自己是自重？這樣行為是尊重別人？是我故意裝成瘋子？這樣為人見到把我又怎樣？……」

他見到那大一點的女人，在生氣中復保存那驕傲尊嚴的自信，因而還露出那鄙夷笑容在嘴角，就非常傷心。

「你們把我誤會了。」他現著可憐的自卑的神氣說，「我要求你們談一談話，也許可以從兩分鐘的談話上面互相會成好朋友。請兩位不要那樣生氣。也不要那樣的鄙視人，一個人相貌拙魯一點，衣服破舊一點，也不是他的願意。我們常常可以從醜樣子的人中找出好心腸以及美麗靈魂來，在一本小說上面不是有人說過麼？」

說了這一篇話的自寬君，就定目去望那女人的臉上顏色。

自以為這一篇文章可非常巧妙的把自己內心表示給這女人了。

女人意似稍稍恢復第一次鎮定了。但自寬君苦心孤詣在剛才所說的話上引出自己的書上的名句來，可是這時女人卻無論如何也料不到其中意思！

自寬君，為什麼又不爽快的說出自己的姓名？此中在他還有別一種計劃。他以為，照此一來或許反而弄僵，縱不僵，女人若是稍多經驗的人，也會瞧不起自己！世界上，有急於自介大聲說自己為某某的麼？若是有，這人縱算是名人，其呆子脾氣，也就不次於他的世譽！自寬君實想在談話以後再說出自己便是某某，因此一來則所給予女人欣悅的分量，必能將因冒失魯莽攔人的嫌惡冒失乖除還有餘。誰知女

人就因不放心面前人的言語，仍然想極極離開這個地方。

女人在一種討厭的攪擾中，總不失去那蘊藉微矖的神態，就因此使自寬君益發以為自己姓名不應在未安定坐著以前說出來。

自寬君見女人已不即於要從自己包圍中逃出，想怎樣來一說就更使女人認出自己是與浪子全異的人物，就繞圈子說是這裡圖書館曾到過不？

說「到過。」是小一點的女人勉強應付似的說。

既到過，那又有話了。「是常到不是？」

說「並不常到。」是大的女人勉強應付似的說。

「那我可常到。」自寬君，以為「遇到秀才講書，遇到屠戶講豬」是講話妙訣，就又接著說這圖書館中的利弊。

三人是兩人朝西一人朝東對面站在那斜坡上談。有過路的人，不知道也許以為原是在一塊的熟人，誰都不去注意了。

「你們是在什麼地方上課？我願意知道，如同願意知道我頂熟頂尊敬的朋友一樣。」

「先生，又來了！先生要談的話就是這些麼？我們實在對不起，少陪了，改日有機會再來請教。」大的攜著小的那女人的手，朝對面直衝過去，自寬君稍讓，女人翻越過那斜小坡走到大路上去了。

誰教他還隨到翻過這土堆去？是坐牢的命！

剛一到大路的白寬君，還想追上女人去，不顧旁邊是什麼，一舉步便為一黃色物擋祝頭抬起的結果，把面前的東西認清楚了。自寬君只差驚詫得大喊，一個警察官模樣的高個兒漢子，就立在身邊。悄悄的又若無其事的看警察的臉。看到警察的臉的難看樣子，自寬就明白，自己的事全給這傢伙所知道了。

然而，以為一走也許就自然走去，就重新若無其事的提步向側面小路上走。

「走到哪兒去？」一隻有力的手擒著了自寬君膀子，「我看您這人真有點兒歪勁。幹嗎到這裡來搗亂？」

「是搗亂嗎，警官先生？」

「不搗亂，幹嗎跟著別人走還不夠，再又來攔人行動？那兩位是你什麼人？」

自寬君心想：「那幹嗎你又跟我身後走，阻攔我行動？」想是想，可不說。因這官家人對自己似乎也不會怎麼下不去，他就引咎似的笑一笑，且臨時記起女人才說的青年人也需要禮貌的話來，便向後斜退，對警察官把帽甩起揚一揚，點頭溜走

了。

回頭望那警官還露著一個不高興的臉相站在路旁邊不走，自寬君深怕遲了情形又會變卦，就大步往前。

女人已經不知到什麼地方去了。

他把「搗亂」兩個字，細細在路上咀嚼，又不禁啞然失笑。他無可不可的原諒了警察對他的誤會。他不能在警察耳邊一五一十把這女人於自己是如何關係相告，警察執行他的職務，亦為所應為！

命運戲弄人的地方總不會適可而止。這時大約圖書館早已開門，要去也是時候了，他就過橋從東邊塔下山路走去。他又不即到圖書館，一直上，上到大白塔腳還翻過亭了上去望全京城煙樹。全是綠蔭的北京城真太偉大了，而這美又正是一種蕭條的沉靜的美，合乎自寬君認為美的條件。為留戀這光景，以及在這光景下來玩味眼前所遭逢的奇遇，自寬君待在那亭子上就不動了。

愛人，或者友人，或者女人……各式各樣的名詞，在他心上合成一堆雜無章次的東西。為什麼定要想這些無關於自己的事？在自寬君心上，根本就無所謂自己的事在。把每一類人每一個人的生活，收縮到心頭，在這觀察所及的生活上加以同情與注意，便是自寬君的日常工作！

有種人，善於抽象作一切冒險行為，在自己腦中，常常摹擬那另一時代的戰士勇邁情形，亦以為這是自己所不難的事。且勇於自信。但一到敵人在眼前時，就全完了，自寬君就類乎這種人物。在通常日子，為了一種慾望驅使，作著各式各樣大膽的戀愛的夢，以為凡在過去所失敗的是缺於機遇，非必因怯弱不前而塌台。然而瞧，如今怎樣？一個長於在自己腦中摹演戲劇的，一上台，就手忙腳亂了。一切的戲原就是為那類單止口上有戲的人所演！

他想這次可得了一個證明：證明了事實同理想完全兩樣。

事實縱能按到理想的環境顯現於眼前，可是在理想中所擬的英雄裝扮到事實裡便成了傻東西。

自己傻憨的成分，不必對鏡子去看，適間那一個大一點的女人臉上就為明白告他了。

天的東南角上，一些淡灰色的雲鑲著銀色的窄邊，在緩緩移動。天頂藍得像海，海又似乎不及它的深和明。偏東的近於天腳下的地方，藍色又漸淺，象洗過下水太多的舊藍竹布色。這樣的天覆蓋著的是一個深綠色的北京城，在綠色中時時露

出些淺灰色屋脊，從這些建築物的頂脊上就可以分出街道，有時還可以從聲音上辨識那街道上汽車電車的行動。新秋的北京，正是一年四季頂美的北京！

在自寬君左右，比他站的地位似乎還略較低的，是柏樹榆樹的枝。這枝子上葉底綴著不知數目的蟬類，比鄉下塾館中村童溫書還吵鬧得凶。這是蟬的「生命力」！再過一個月，這地方會忽然就寂寞了。想起以後不久的寂寞，蟬的嘈雜又像並不很討人厭惡，反而覺得拚命的叫嚷為可憐憫。

壞的陰鬱寒磣冬月天氣，容易使人對生活抱不可治療的悲觀。但佳景良辰能使一個落寞孤身中年人更感到人生無意義。

望望那雲，雲是正在那裡變化著。雲之所以美，就在善於變幻那一端。人的生活何嘗不如是？自寬君自視是正有著那極好的機會可變，卻為一種笨拙行為把這機會讓過，如今則又儼然度著那無所依傍的生活來了。從適間的無所措手足的行為上自己又穎然悟到了這世界真已不是自己所合棲身的世界，希望乃下沉向一個無底的黑谷墜去。

這並不是今日事情的結束，還只是起頭。

轉身從塔西下去的自寬君，還未曾下完亭子石磴，聽到一種極熟習的笑語。把身子略向後靠，則下面走過的人不會知道亭上有人在。

是誰？聽她們說話自然知道。

「我早就料到，這人必是一心一意要跟著下來的。我估量他縱是有意同我們打麻煩，也不敢有什麼凶狠舉動。」

另一個，就更說的聲音促，說，「我只怕是個瘋子，遇到瘋子人真少辦法。」

「神經病總是有，不然為什麼說我們同他談話就會認他為朋友？如今的男子也怪不得，我們學校什麼鬼男生作不出？我早看熟了。」

「……我記不起是誰還寫過一篇小說談到這事，莫非這就是那說為女人瞧不起的——」來的人，原不想到亭子上先有人在，正想繞著上亭子來望故宮，一面說，一面走，轉了一個彎，陡然見著自寬君顏色灰敗倚立在六尺內外牆下，嚇得一倒退。說話的是那小一點女人，見了自寬君就怔愕紅臉，忙另向那大的同伴說，「這裡有人，不必上去，」回身就向西邊山路過去。

心中為一股酸楚逼迫，失了自己的清明意志，自寬君忽然發痫似的向女人所走的山路追去。

八

怎麼樣就入獄，這要知道麼？

追上了女人，正如以前一次一樣的彆扭著時，頭一次那警官也追到自寬君了。他趕上了他時就站在他同那女人中間空處，心裡總以為正是在盡一種莊嚴的職務，樣子忿忿的說：「你這人真不是朋友！又在這兒胡鬧啦，咱們倆到那邊談談去。」說不去，那變臉過來，用著那鐵打的手來擒著膀子，是在憤怒下的警官辦得到的事。

無用的自寬君可茫然了。低了頭，在說不出口的悲憤中設計。

聽到警官說：「請兩個先生不要再在這兒呆，恐怕還有其他的瘋子。」自寬君就抬頭去望這兩個女人。

在女人也正望著這邊的人，女人眼中露著一種又是惋惜又是驚詫又是快活的神氣。兩人似在商量一種計劃，細細碎碎談著話，像是想代為自寬君向警官說句情，那大的就走向警官。正說著。然而從大西邊來了一群遊人，那小點的女人卻拖著大點女人的手趕忙走去了。

官司是在這樣情形下，就不得不打了。

他讓這警官把他帶到園中派出所，一個小三間瓦房，房中兩個土炕，就坐到四盆夾竹桃間一句話不說，濾憤的眼淚在眼眶子裡釀成一個小湖。

這還說什麼？現眼的人證俱全，在眾人遊憩的公園中，麻煩不相識的青年女人，法律就是為這類不可補救的誤解而設的！

感謝這警官辦事認真，尊重國家的法令，知所以盡職，立時就打電話到區裡請署長的示。

在沒有到這派出所時，自寬君就決心一句話不答，坐牢認罰。為了同一切弱者分途領受這法律尊嚴，每一個青年人就似乎都應找尋一點小小機會，去嘗嘗我們國家為平常人民設置的合理待遇。若人人都以坐牢為不相宜，則國家特為制止青年人的思想進步而苦心設置的一切法律以及偵緝機關就算白費一番心了。牢獄若果單為真應坐牢的國家罪人設的，那牢獄中設備就得比普通衙門講究些才合道理，同時衙門的設立倒是無須乎再有了。

為什麼人應糊糊塗塗在法律下送命？這在神聖法典上就有明白透徹的解釋。其不具於各式各樣法規者，那隻應說為什麼人就那麼無用，殺一次就死。法律不負殺

人的責任，也就像這責任不應該使槍刀擔負一個樣。刀槍的快利，在精緻雅觀一事上也未嘗無意義，但讓一個強梁的人拿著刀把，則就只能怪人生有長的細的頸項了。

因了法律使人怎樣的來在生活下學會作偽，也像因了公寓中的夥計專偷煤，使住客學會許多小心眼一樣。

某種中國人的聰明伶俐，善於抓搔琢磨，何嘗不是在一種法律教訓下養成的？自寬君聽到那小警官在電話間述說著今日執行職務的話語，婉約而又極詳細，心想著，這塊材料，一世也只好在這職位上面終老了。

在上燈時分，用兩個法警作伴，自寬君已從區裡轉到警廳拘留所外了。在管獄員的監視下他給兩個便衣人全身搜索，除了把袋中所有七塊紙幣以及一些零錢掏去代為保存外，互相無一話可說，隨即就如所吩咐暫留在待質所候辦。

把人從待質所又移到優待室來，大約因了學生模樣罷。

將怎樣發落？不得而知。就是那麼坐下來，一年或一月，執行法律的人就可以隨早晚興趣不同而隨便定下。

在同一屋子內的人無一個臉熟，然而全是年青的學生。這之間，就有著那可以把頭割下來示眾的青年人吧。這之間，就沒有比自己更抱屈的漢子麼？

來到此間以後的自寬君，卻把以前所有的入獄悲憤消盡，默想到這意外遭逢黯然微笑了。

進到屋中時，不少的眼睛，就都飛過來。眼睛有大小，可是初無善惡分別。心想到，得了這坐牢經驗，也許在將來作文章讚美這國家制度有所著手罷。

屋頂一盞燈，高高的懸起。三個大土炕，炕各睡十二個人，人各一床薄被，房中另外兩張大桌子，似乎是吃飯所用，初初所得的印象，如斯而已。

既不能說話，又無話可說，就也去細看別的同難中人。

自己居然也有資格坐起牢來，自然是自寬君在早上所料不到的事！然而，為什麼定要來麻煩這官家人？明明知道這幾月來為了擔心年輕人在外面作惡夢，維持地方的人就已抓了不少年輕人來到牢裡管束，忙得不開交……於是又覺得自己來趁熱鬧不很應該了。

設若法官在堂上，訊問起來又將如何分辯？

不說話也許更好。牢中不會比外面容易招感冒。又可以省去每月伙食。且……

然而為這糊塗坐一年拘留所，會為那女人所知道麼？就是這個時節，在這裡的情形，朋友中又有誰知道麼？

莫名其妙在就寢時自寬君卻笑了。他覺得一切並不比公寓難堪。到第四天時，他從管獄員手中，和一大群各大學生一樣，領回所有的存款，大搖大擺出了警察廳。

為什麼在四天以後連審訊也不曾正式審訊過一次，又即鬆鬆快快為人趕出牢外？只有天知道。原來詢問時知道是學生，不是什麼過激黨，就全部釋放了。

九

在自寬君的經過上，使我想每日也到北海去。有機會坐幾天牢，沖沖晦氣，也許比在寓中可以清靜許多。

當自寬君說到出了獄時，隔壁有人正在唱《馬前潑水》和《打嚴嵩》。

一九二七年冬於北京某夾道

21・有學問的人

這裡，把時間說明，是夜間上燈時分。黃昏的景色，各人可以想像得出。到了夜裡，天黑緊，紳士們不是就得了許多方便說謊話時不會為人從臉色上看出麼？有燈，燈光下總不比日光下清楚了，並且何妨把燈捻熄。

是的，燈雖然已明，天福先生隨手就把它捻熄了，房子中只遠遠的路燈光從窗間進來，稀稀的看得清楚同房人的身體輪廓。他把燈捻熄以後，又坐到沙發上來。與他並排坐的是一個女人，一個年青的。已經不能看出相貌，但從聲音上分辨得出這應屬於標緻有身分的女人。女人見到天福先生把燈捻熄了，心稍稍緊了點，然而仍坐在那裡不動。

天福先生把自己的肥身鑲到女人身邊來，女人讓；再進，女人再讓，又再進。局面成了新樣子，女人是被擠在沙發的一角上去，而天福先生儼然作了太師模樣

了，於是暫時維持這局面，先是不說話。

天福先生在自己行為上找到發笑的機會，他笑著。

笑是神祕的，同時卻又給了女人方面曖昧的搖動。女人不說話，心想起所見到男人的各樣醜行為。她料得當前的男子是什麼樣的一個人，所採取的是什麼樣的行動，她待著這事實的變化，也不頂害怕，也不想走。

一個經過男子的女人，是對於一些行為感到對付容易，用不著忙迫無所措手足的。在一些手續不完備的地方男子的鹵莽成為女人匿笑的方便，因了這個她更不會對男子的壓迫生出大的驚訝了。她能看男子的呆處，雖不動心，以為這呆，因而終於盡一個男子在她身體上生一些想頭，作一些呆事，她似乎也將盡他了。

「黃昏真美呵！」男子說，彷彿經過一些計算，才有這樣精彩合題的話。

「是的，很美。」女人說了女人笑，就是笑男子呆，故意在找方便。

「你笑什麼呢？」

「我笑一些可笑的事、同可笑的人。」

男子覺得女人的話有刺，忙退了一點，彷彿因為女人的話才覺到自己是失禮，如今是在覺悟中仍然恢復了一個紳士應有的態度了。

他想著，對女人的心情加以估計，找方法，在言語與行為上選擇，覺得言語是先鋒，行為是後援，所以說：「雖然人是有年紀了，見了黃昏總是有點惆悵，說不出這原由……哈哈，是可笑呵！」

「是吧……」女人想接下去的是「並不可笑」，但這樣一說，把已接近的心就離遠了。這是女人的損失，所以她不這樣說。她想起在身邊的人，野心已在這體面衣服體面儀容下躍躍不定了，她預備進一步看。

女人不是怎樣憎著天福先生的。不過自己是經過男子的人，而天福先生的妻又是自己同學，她在分下有制止這危險的必須。她的話，像做詩，推敲了才出口。她說：「只有黃昏是使人恢復年青心情的。」

「可是你如今仍然年青，並不為老。」

「二十五六歲的女人還說年青嗎？」

「那我是三十五六了。」

「不過……」

女人不說完，笑了，這笑也同樣是神祕，搖動著一點曖昧味道。

他不承認這個。說不承認這個，是他從女人的笑中看出女人對於他這樣年齡還

不失去胡思亂想的少年勇敢的嘲弄。

他以為若說是勇敢，那他已不必支吾，早鹵莽的將女人身體抱持不放了。

女人繼續說：「人是應當忘記自己年紀來作他所要作的事情的——不過也應把他所有的知識幫到來認清楚生活。」

「這是哲學上的教訓話。」

「是嗎？事實是……」

「我有時……」他又坐攏一點了，「我有時還想作呆子的事。」

女人在心上想，「你才真不呆呀！」不過，說不呆，那是呆氣已充分早為女人所看清了。女人說，「呆也並不壞。不過看地方來。」

天福先生聽這話，又有兩種力量在爭持了，一是女人許他呆，一是女人警他呆到此為止。偏前面，則他將再進一點，或即勇敢的露大呆子像達到這玩笑的終點。偏後面，那他是應當知趣，不知趣，再呆下去，不管將自己行為盡人在心上增長鄙視，太不合算了。

他遲疑。他不作聲。

女人見到他徘徊，女人心想男子真無用，上了年紀膽子真小了，她看出天福君的遲疑緣故了，也不作聲。

在言語上顯然是慘敗，即不算失敗，說向前，依賴這言語，大致是無望吧。本來一個教物理學的人，是早應當自知用言語作矛，攻打一個深的高的城堡原是不行的。他想用手去，找那接觸的方便。他這時記起毛裡哀的話來了，「口是可以攻進女人的心的，但不是靠說話。」

不是靠說話，那麼，把這口，放到女人……這敢麼？這行麼？

女人方面這時也在想到不說話的口的用處了，她想這呆子，話不說，若是另外發明了口的用處，真不是容易對付的事。若是他有這呆氣概，猛如豹子擒羊，把手抱了自己，自己除了盡這呆子使足呆性以外，無其他方法免避這衝突。

若果天福先生這樣作，用天福先生本行的術語說，物理的公例是……但是他不作，也就不必引用這話了。

他不是愛她，也不是不愛她；若果愛是不必在時間上生影響，責任只在此一刻，他將說他愛她，而且用這說愛她的口吻她的嘴，作為證據，吻以外，要作一點再費氣力的事，他也不吝惜這氣力。若果愛是較親洽的友誼，他也願說他愛她。

可是愛了，就得……到養孩子。他的孩子卻已經五歲了。

他當然不能再愛妻的女友。

那就不愛好了。然而這時妻卻帶了孩子出了門，保障離了身，一個新的誘惑儼若有意湊巧而來。且他能看出，面前的女人不是蠢人。

他知道她已看出的年青的頑皮心情，他以為與其說這是可笑，似乎比已經讓她看出自己心事而仍怯著的可笑為少。一個男子是常常因為怕人笑他呆而作著更大的呆事的，這事情是有過很多的例了，天福先生也想到了。想到這樣，更呆也呆不去，就不免笑起來了。

他笑他自己不濟。這之間，不無「人真上了年紀」的自愧，又不無「非呆不可」的自動。

她呢，知道自己一句話可以使全局面變卦，但不說。

並不是故意，卻是很自然，她找出一句全不相干的言語，說，「近來密司王怎麼樣？」

「我們那位太太嗎？她有了孩子就丟了我，……作母親的照例是同兒子一幫，作父親的卻理應成天編講義上實驗室了。」

話中有感慨，是仍然要在話上找出與本題發生關係的。

女人心想這話比一隻手放到肩上來的效力差遠了，她真願意他勇敢一點。

她於是又說，「不過你們仍然是好得很！」

「是的，好得很，不像前幾年一個月吵一回了。不過我總想，若同她仍然像以前的情形，吵是吵，親熱也就真……唉，人老了，真是什麼都完了。」

「人並不老！」

「人不老，這愛情已經老了。趣味早完了。我是很多時候想我同她的關係，是應維持在戀愛上，不是維持在家庭上的，可是——」說到這裡的天福先生，感慨真引上心了，他嘆氣。不過同時他在話上是期待著當成引藥，預備點這引藥，終於燃到目下兩人身上來的。

女人笑。一面覺得這應是當真的事，因為自己生活的變故，離婚的苦也想起來了，笑是開始，結束卻是同樣嘆息的。

那麼，一面盡那家庭是家庭，一面來補足這缺陷，重新來戀愛罷。這樣一來在女人也是有好處的，天福先生則自然是好。

女人是正願意這樣，所以盡天福先生在此時作呆樣子的。

她要戀愛。她照到女人通常的性格，雖要攻擊是不能，她願意在征服下投降。

雖然心上投了降，表面還總是處處表示反抗，這也是這女人與其他女人並不兩樣的。

在女人的嘆息上，天福先生又找出了一句話，「密司周，你是有福氣的，因為失戀或者要好中發生變故，這人生味道是領略得多一點。」

「是吧，我就在成天領略咀嚼這味道，也咀嚼別的。」

「是，有別的可咀嚼的就更好。我是……」

「也總有罷。一個人生活，我以為是一些小小的，淡淡的，說不出的，更值得玩味。」

「然而也就是小的地方更加見出寂寞，因為其所以小，都是軟弱的。」

「也幸好是軟弱，才處處有味道。」

女人說到這裡就笑了，笑得放肆。彷彿是，你若膽子大，就把事實變大罷。這笑是可以使天福先生精神振作來幹一點有作有為的大事，可他的頭腦塞填了的物理定律起了作用，不准他撒野。這有學問的人，反應定律之類，真害了他一生，看的事是倒的，把結果數起才到開始，他看出結果難於對付，就不呆下去了。

他也笑了，他笑他自己，也像是捨不得這恰到好處的印象，所以停頓不前。

他停頓不前，以為應當的，是這人也並不缺少女人此時的心情，他也要看她的呆處了。

她不放鬆，見到他停頓，必定就又要向前，向前的人是不知道自己的好笑處糊塗處，卻給了「勒馬不前」的人以趣味的。

天福先生對女人，這時像是無話可說了，他若是非說話不可，就應當對他自己說，「誰先說話誰就是呆子！」他是自己覺得自己也很呆，但只是對女人無決斷處置而生出嘲弄自己的理由的。在等候別人開口或行為中，他心中癢著，有一種不能用他物理學的名詞來解釋的意境的。

女人想，同天福先生所想相差不遠，雖然冒險心比天福先生來得還比較大，只要天福先生一有動作，就準備接受這行為上應有的力的重量。然而要自己把自己挪近天福先生，是合乎諺語上的「碼頭就船」，是辦不到的。

我們以為這局面便永遠如此啞場下去，等候這家的女主人回來收場麼？這不會，到底是男子的天福先生，男子的耐心終是有限，他要說話！並且他是主人，一個主人待客的方法，這不算一個頂好的頂客氣的方法！

且看這個人吧。

他的手，居然下決心取了包圍形勢，放到女人的背後了。

然而，還是虛張聲勢，這隻手只到沙發的靠背而止，不能向前。

再向前，兩人的心會變化，他不怕別的，單是怯於這變化，也不能再前進了。

女人是明白的。雖明白，卻不加以驚訝的表示，不心跳，不慌張，一半是年齡與經驗，一半自然還是有學問，我們是明白有學問的人能穩重處置一切大事的。這事我們不能不承認是可以變為大事的一個手段啊！

天福先生想不出新計策，就說道：

「密司周，我剛適間說的話真是有真理。」

「是的。難道不是麼？我是相信生活上的含蓄的。」

「譬如，吃東西——吃酒，吃一杯真好，多了則簡直無味，至於不吃，嗅一嗅，那麼……」

「那就看人來了，也可以說是好，也可以說不好。」

「我是以為總之是好的，只怕沒有酒！」

天福先生打著哈哈，然而並不放肆，他是仍然有紳士的禮貌。

他們是在這裡嗅酒的味道的。同樣喝過了別的一種酒，嗅的一種卻是新鮮的，不曾嗜過的，只有這樣覺得是很好。

他們談著酒，象徵著生活，兩人都彷彿承認只有嗅嗅酒是頂健全一個方法，所以天福先生那一隻準備進攻的手，不久也偃旗息鼓收兵回營了。

黃昏的確是很美麗的，想著黃昏而惆悵，是人人應當有的吧。過一時，這兩人，會又從黃昏上想到可惆悵的過去，像失了什麼心覺到很空呵！

黃昏是只一時，夜來了，黑了，天一黑，人的心也會因此失去光明理智的吧。

女人說，「我要走了，大概密司王不會即刻回來的。我明天來。」

說過這話，就站起。站起並不走，是等候天福先生的言語或行為。她即或要走，在出門以前，女人的誘惑決不會失去作用！

天福先生想，乘此一抱什麼問題都解決了，他還想像抱了這女人以後，她會即刻坐沙發上來，兩人在一塊親嘴，還可以聽到女人說「我也愛你，但不敢」的話。

他所想像是不會錯的，如其他事情一樣，決不會錯。這有學問的上等人，是太能看人類的心了。只是他不做。女人所盼望的言語同行為，他並不照女人希望去作，卻呆想。

呆想也只是一分鐘以內的事，他即刻走到電燈旁去，把燈明了。

兩人因了燈一明，儼然是覺得燈用它的光救了這危難了，互相望到一笑。

燈明不久，門前有人笑著同一個小孩喊著的聲音，這家中的女主人回來了。

女主人進了客廳，他們誠懇親愛的握手，問安，還很誠懇親愛的坐在一塊兒。

小孩子走到爹爹邊親嘴，又走到姨這一旁來親嘴，女人抱了孩子不放，只在這小嘴上不住溫柔偎熨。

「福，你同密司周在我來時說些什麼話？」

「哈，才說到吃酒。」他笑了，並不失他的尊嚴。

「是嗎，密司周能喝酒吧？」女主人彷彿不相信。

「不，我若是有人勸，恐怕也免不了喝一口。」

「我也是這樣——式芬，（他向妻問）我不是這個脾氣嗎？」

女人把小主人抱得更緊，只憨笑。

22·第一次作男人的那個人

這是早晨了。

雖然人正是極其糊塗，且把糊塗的眼看看自己以外的一切，這是作得到的一件事。

他就這樣辦了。

大致這看覷一切的才能，在他事業上有了互相幫助，所以他能按了一種藝術上顯隱的原則，把觀察支配得勻稱之至。

他看見的是——

一個舊木床（不消說床上是自己同女人），包裹了自己同女人的是一幅綠花綢面的薄被。被是舊了的。頭上的頂棚是白色，白的顏色還帶灰，也舊了。壁上是用小圖釘釘固了四張小畫片（這又是上了年紀的古董）……牆的東邊角上，另外有掛衣家具。他的素色長衫是掛在三件有顏色的花紗女人長袍子中間，顯出非常狼狽樣子……窗前一幅大窗紗，原本似乎是白色，是用過很高價錢換來的東西，這時模樣卻如故家命婦，風姿的剩餘，反而使人看來更覺蕭條可憐了。在紗簾下窗檯前是一個粉盒，是一把剪……一縷紅線繫在床頭牆壁小釘上……小小的梳妝台上放得是茶壺，杯，女人的帽，一個小皮錢袋，一些不知用處的小瓶小盒……最後於是見到地下了，一些鞋，白色高跟的、黃皮的、黑皮空花的、薄底青緞的……鞋子有五雙六雙吧。

莫名其妙的，他微笑了。

一個女人，就等於這些眼所見的東西，這些東西也等於一個女人。單單說要一個女人，不要鞋子，香水，剪，以及……那恐怕是不行罷。

這發現，超乎常識以上了，他便玩味著，彷彿還考慮著，是永久作一個女人的男子下去好，還是仍然依舊作光身漢子好。

當然是找不出什麼結果！

「還是對付眼前吧，」這樣想，就把心收回了。他讓觸覺來支配自己，這時節，身是光身，為一個溫暖的肉體所偎依，手是恰恰如旅行者停頓到山水幽僻處模樣停頓在女人的腹下。

陌生的身體，每一處，在一夜來已成熟地方了，他為這樣便驚異起來。只一夜，就是這樣的熟習，那些把身體給了一個男子，一年半載的在一塊，這狎玩，這習慣，真不堪設想了！在平時，還奇怪別人在人面前放肆親嘴為不可恕的示威，但想想，假使身前並無他人，這應當是怎樣情形呢？

他能從自己的放肆上想出別人的一切。這才真是不可恕的荒唐，假使讓這樣行為給了一個光身漢子有知道的機會！

年輕人，為了一種憧憬的追求，成天苦惱著，心上掀著大的波濤，但所知道真是可憐的少。為一度家常便飯的接吻，便用著戰士的犧牲與勇敢向前。為一次不下於家常便飯的摟抱，這想望，也就能毀了自己一切生活上的秩序。但在另外任何一處，這樣事真是怎樣不足道的平常事啊！一個女人在這事上或在沒有發現男子可憐以前只看出男子是可笑東西。

是的，男子永遠是可笑東西。為了好奇，他追求，不顧一切，但是，發現了這事以後，那看得平常的心情，便把過去的損失從輕視這行為上找到利息與本錢了。這本利是非拿回不可的。

沒有一個男子不是這樣的，他也是。

此後，沒有那所謂驚訝了，也沒有神祕，沒有醉。放蕩一點，或者在情慾上找到一種沉醉罷。但這樣，去第一次的幻的美麗更遠了。

一個男子在不曾接近女人以前，他的無知識愚蠢是可憐可笑的。不過，作了一個女人的夫或情人以後，對人生較淵博的這人，再也不能想到當初的美的夢了。他所發現的仍然是很多使他驚奇，但全不是所預料的一切一切。

從這方面說來，所有的損失，是不能在何等支票下兌取本利的。

他想到這些，並沒有結論。因為所謂支票者，是在自己身邊，數目是在自己填寫。他在一晚來已填過一些了，似乎還可以再開一個數目。

他把手移動，這樣事，找不到怎樣恰當名詞。他對於這手的旅行是感到愉快的。他不願意她醒，因為只有這樣可以得到一些反省機會，機會是極難得於平時找到的東西。

這荒唐不經的行為，在將來，將怎樣影響到他的生活上來？他並不計到。他同時所覺到的，是在昨夜以前的自己，所作的女人的夢，太膽小，太窄，太泛了，這時的所得只給了一個機會，是從此更能憐憫一切未曾作男子的男子。

讀十遍遊記，敵不過身親其地旅行一回。任何詳細的遊記，說到這地方的轉彎抹角，說到溪流同小岡，是常常疏忽到可笑的。到這時，他才覺得作一個女人身上的遊記，是無從動筆的。天才或者是例外。但旅行的天才盡有，記述這樣旅行的遊記是從沒有一本像樣的東西。因此想到自己的事業。

不過自己能作得好麼？這是問題。

女人的味，用眼睛看的所得，是完全與用手或別的什麼去接近有兩樣感覺的吧。眼睛的適宜不一定同樣適宜於別的東西。用眼睛來選擇愛情是很危險的。眼睛看女人是一首有韻的詩，其實則用手來讀這詩時才知道女人是散文，是彷彿來不及校對而排印的散文，其中還有錯字，雖然錯字多數是夾在頂精彩的一句中。

女人的味道是雄辯，到佳處時作者與讀者兩不知還有自己存在。

情慾是鴉片，單是想像的抽吸，不能醉人。嗅，也不能醉。要大醉只有盡量，到真醉時才能發現鴉片本質的。鴉片能將人身體毀壞靈魂超生，情慾是相反的。說是鴉片能怎樣把人的靈魂超度，那是沒有的事吧。不過一種適當分量下的情慾滿足，是能使人得著那神清氣爽機會的。

它是帶著極和悅的催眠歌在一塊的，那是應當被人承認的一種事實。

至少他是承認了，他在今年來算是第一次得到安眠，比藥劑的飲服還多效驗。他盡了量的用了這女人過後，便為睡眠帶進另一個夢裡去了。醒來雖比女人還早，一種舒暢是在平時所不曾有的。

這合了鴉片能治病的一個故事，沒有上癮，間或一次的接近，他的失眠症，是從此居然可以獲救了。

覺悟到這些的他，同時手上得的學問是一種文字以上的詩句，是夢中精巧的音樂的節奏，是甜的——但不是蜜棗或玫瑰龍眼。他屏心靜氣，讓手來讀完這一幅天生就的傑作。

她是和平的、安靜的側身與他併頭睡下的。氣息的勻稱，如同小羊的睡眠。臉色的安詳，抵除了過去的無恥，還證明了這人生的罪惡，並沒有將這人的心也染了污點。

到這時，還有什麼理由說這是為錢不是為愛麼？就是為錢，在一種習慣的慷慨下，行著一面感到陌生一面感到熟套的事，男子卻從此獲到生命的歡喜，把這樣事當成慈悲模樣的舉動來評價，女人：不是正作著佛所作的事麼？無論如何一個這樣女人是比之於賣身於唯一男子的女人是偉大的。用著貞節或別的來裝飾男子的體面，是只能證明女人的依傍男子為活，才犧牲熱情眷戀名教的。

女人把羞恥完全擲到作娼的頭上，於是自己便是完人了。

其實這完人，心的罪孽是造得無可計量的。熱情殺死在自私手中，這樣人還有驕傲，這驕傲其實便是男子給她們的。她們要名教作什麼用。不過為活著方便罷了。娼也是活。但因為無節制的公開增加了男子的憤怒，反占有的反抗，使專私的男子失了自專心，因此行著同樣為活的本分，卻有兩樣名稱而且各賦予權利與義務了。男子是這樣在一種自私心情中把女子名分給佈置下來的，卻要作娼的獨感到侮辱，這是名教在中國的勢力。據說有思想的女人是這樣多，已多到一部分純然自動的去從軍，作軍閥戰士之一員，另一部分又極力去作姨太太，娼妓的廢除也日益喊得有勁，是辦得到的事麼？

所謂女子思想正確者，在各樣意義上說話，不過是更方便在男人生活中討生活而已。用貞節，或智慧，保護了自己地位，女人在某些情形下，仍不免是為男人所有的東西。

使女人活著方便，女人是不妨隨了時代作著哄自己的各樣事業的。雄辯能掩飾事實，然而事實上的女人永遠是男子所有物。

說到娼，那卻正因為職業的人格的失墜，在另外一意義上，是保有了自己，比之於平常女人保有的分量彷彿還較多了。

其一，固然是為了一點兒錢，放蕩了，但此外其一，放蕩豈不是同樣放蕩過了麼？把娼的罪惡，維持在放蕩一事上，是無理由的。

這時的他，便找不出何等理由來責備面前的女子。女人是救了他，使他證實了生活的真與情慾的美。倘若這交易，是應當在德行上負責，那男子的責任是應比女人為重的。可是在過去，我們還從沒有聽到過男子責任的。於此也就可見男子把責任來給女子，是在怎樣一種自私自利不良心情上看重名分了。

女人的身，這時在他手上發現的，倒似乎不是詩，不是美的散文，卻變成一種透明的理智了。

過去的任何一時節，想到了女人，想到了女人於這世界的關係，他是不會找到如此若乾結論的。

她醒了。

先是茫然。凝目望空中。繼把眉略皺，昨夜的回憶返照到心上了。且把眸子移身旁，便發現了他。

她似乎在追想過去，讓它全部分明，便從這中找出那方法，作目下的對付。

他不作聲，不動，臉部的表情是略略帶愧。這時原是日光下！

她也彷彿因為在光明下的難為情了，但她說了話。

「是先醒了麼？」

「是醒過一點鐘了。」

她微笑著，用手摟了他的腰，這樣便成一個人了，她的行為是在習慣與自然兩者間，把習慣與自然混合，他是只察覺得熱情的滋補的。

「為什麼不能再睡一會兒？」

「也夠了，」他又想想，把手各處滑去，「你是太美了。」

「真使你歡喜麼？我不相信。」

「我哪裡有權使你相信我？不過，你至少相信我對女人是陌生的，幾幾乎可以說是——」

「我不懂你，你說話簡直是做文章。」

「你不懂麼，我愛你，這話懂了麼？」

「懂是懂了，可不信。男子是頂會隨口說假話的。」

「你說愛我我倒非常相信，我是從不曾聽女人在我耳邊說愛我的。」

女人就笑。她倒以為從她們這類人口上說出的話，比男人還不能認真看待。她是愛他的。奇怪的愛，比其他情形下似乎全不相同。

因為想起他，在此作來一些非常不相稱的失了體裁的行為，成為另外一種風格，女人咀嚼這幾乎可以說是天真爛漫的愛嬌，她不免微笑。她簡直是把他當成一個新娘子度過一夜。一種純無所私的衷情，從他方面出發，她是在這些不合規矩的動作上，完全領受了的。

在他的來此以前，她是在一種純然無力的工具下被人用，被人吃。這樣的陳列在俎上席上，固然有時從其他男子的刀上也可以生出一點炫耀，一點傾心，一點陶醉，但她還從來不知道用情慾以外的心靈去愛一個男子的事。

她先不明白另外一種合一的意義，在情慾的恣肆下以外可以找到。

在往常，義務情緒比權利氣質為多，如今是相反的。雖然仍免不了所謂「指導」的義務，可是，「指導別人」與「相公請便」真是怎樣不同的兩件事呀！

她開始明白男子了。她明白男子也有在領略行為味道以外的嗜好，（一種刻骨的不良的嗜好呵！）她明白男子自私以外還可以作一些事，她明白男子想從此中得救者，並不比世界上沉淪苦海想在另一事上獲救的女人為少。

至於她自己，她明白了是與以前的自己截然相反。愛的憧憬的自覺，是正像什麼神特意派他來啟發她的。

因此，她把生意中人不應有的靦腆也拿回了，她害羞他的手撒野。

「不要這樣了，你身體壞。」

「……」他並不聽這忠告。

「太撒野了是不行的，我的人。」

「我以後真不知道要找出許多機會讚美我這隻手了，它在平常是只知拿筆的。」

「恐怕以後拿筆手也要打顫，若是太撒野。」

「不，這只有更其靈敏更其活潑，因為這手在你身上鍍了金。」

「你只是說瞎話，我也不信。我信你的是你另外一些事，你是誠實人。」

「我以為我是痞子滑頭呢。」

「是的，一個想學壞時時只從這生疏中見到可笑可憐的年輕人。一個見習的痞子吧。」

「如今是已經壞了。」

「差得多！」

他們倆想起昨天的情形來了。他是竭力在學壞的努力中，一語不發，追隨了她的身後，在月下，在燈下，默默的走，終於就到了這人家，進了門，進了房，默默的終無一語。

坐下了。先是茫然的，痴立在房的中央，女人也無言語，用眼梢。所謂梢，是固定的，雖暫時固定而又飄動的，媚的，天真而又深情的，同時含著一點兒蕩意。於是他就坐下了。坐下了以後，他們第一次交換的是會心的一笑。

我們在平常，是太相信只有口能說話的事實了。其實口所能表白的不過是最笨的一些言詞而已。用手、眼、眉說出的言語，實就全不是口可以來說盡的。所謂頂精彩的文字，究竟能抵得過用眉一聚表白得自己的心情的？真是很可以懷疑的。

他們倆全知口舌只是能作一些平常的嘮叨廢話，所以友誼的建立，自始至終是不著一文一字的。

不說話，拋棄了笨重的口舌（它的用處自然是另外一事），心卻全然融合為一了。

在他不能相信是生活中會來的事，在女人心上何嘗不是同樣感想：命運的突變，奇巧的遇合，人是不能預約的。

他玩味到這荒唐的一劇，他追想自己當時的心情，他不能不笑。

不說話，是可以達到兩心合而為一的。但把話來引逗自己的情緒，接觸對方的心，也是可能吧。口是拿來親嘴的東西，同時也可以用口說那使心與心接吻的話。嘮叨不能裝飾愛情，卻能洗刷愛情，使愛情光輝，照徹幽隱。

女人說她是「舊貨」，這樣說著聽的人比說的人還覺傷心。

用舊的家具是不值價了，人也應當一樣吧。用舊的人能值多少呢？五塊錢，論夜計算，也似乎稍多了吧。行市是這樣定下，縱他是怎樣外行，也不會在一倍以上吧。

他的行為使她吃驚。

說是這有規矩，就是不說用舊的人吧，五塊六塊也夠了。

他不行。

他送她的是四張五元交通銀行鈔票，是家產一半。昨天從一個書店匯來的稿費四十。他把來兩人平分了。

她遲疑了，不知怎麼說是好。

告他不要這樣多，那不行，從他顏色上她不能再說一句話。至於他呢，覺得平分這僅有的錢，是很公允的一件事。她既然因為錢來陪一個陌生男子，作她所不願作的事，是除了那單是做生意而來的男子，當不應說照規矩給價的話的。儘自己的力，給人的錢，少也行，多則總不是罪惡。若一定說照規矩給價，那這男子所得於女人的趣味，在離開女人以後，會即刻就全消失了。這樣辦當然不是他所能作的。

「請你收下好了，這不是買賣。說到買賣是使我為你同我自己傷心的。」

「但沒有這樣規矩，別人聽到是不許的。」

「這事也要別人管嗎？別人是這樣清閒麼？」

「不過，話總是要說的，將說我騙了你。」

「騙我麼？」他再說，「說你騙我麼？」

他不作聲了，把錢拿回。他嘆了一口氣，眼中有了淚。

在過去，就是騙，也沒有女子顧及的他，聽到這樣誠實話，心忽然酸楚起來了。

他是當真願意給人用痴情假意騙騙，讓自己跌在一件愛的糾紛中受著那磨難的。彷彿被人騙也缺少資格的他，是怎樣在寂寞中過著每一個日子呀！

如今，就把這錢全數給了女子，這樣的盡人說是受了騙，自己是無悔無怨的。別人是別人，說著怎樣不動聽的話，任他們嘴舌的方便好了。說被騙的是呆子，也無妨。若一個人的生活憑了謠言世譽找那所謂基礎，真是罔誕極了。

不過這之間，謠言是可怕東西。可怕的是這好管閒事的人的數量之多。社會上，有了這樣多把別人的事馳騁於齒牙間的人，甚至於作娼妓的人還畏懼彼等，其餘事可想而知。

他哭了。

她更為難了。也不能說「我如今把錢收下」，也不能說「錢不收是有為難處」。她瞭解他的哭的意義，但不能奉陪。一個作娼的眼淚是流在一些別的折磨上去了，到二十歲左右也流完了。沒有悲觀也沒有樂觀，生活在可怕懵懂中，但為一些惡習慣所操縱，成為無恥與放蕩，是娼妓的通常人格。天真的保留是生活所不許的一種過失，少滑巧便多磨難。他把她僅有的女性的忠實用熱情培養滋長，這就是這時為難的因緣了。若所遇到的是另外一個男人，她是不會以為不應當收下的。她是在一種良好教訓下學會了敲詐以及其他取錢方法的一個人，如今卻顯得又忠實

又笨，真真窘著了。

他哭著，思量這連被騙也無從的過去而痛心。加以眼前的人是顯得如此體貼，如此富於人的善性，非常傷心。

「我求你，不要這樣了，這又是我的過錯。」女人說了女人也心中慘。一切的過失，似乎全應當由女人擔負，這是作娼者義務，責任的承當卻比如命運所加於其他災難一樣，推擺不脫也似從不推擺。喔，無怪乎平常作小姐太太的女人覺得自己是高出娼妓多遠，原來這委屈是只有她們說的婊子之類所有。婊子是卑賤而且骯髒的，我們都得承認。作婊子的也就知道自己算不得人，處處容忍。在這裡我們卻把婊子的偉大疏忽了，都因為大家以為她是婊子。

他聽到女人的自認過錯，和順可憐，更不能制止自己的悲苦。世界上，一些無用男子是這樣被生活壓擠，作著可憐的事業，一些無用的女子，卻也如此為生活壓力變成另一形式，同樣在血中淚中活下。要哭真是無窮盡啊！

他想起另外一個方法了，他決心明天來，後天來，大後天又來，錢仍然要女人先收，轉給了那彷彿假母的婦人。

「當真來麼？」

「當真。」

「我願意我——」她說不下去了，笑，是苦笑。

「怎麼樣呢？你不願意我來麼？」

「是這樣說也好吧。」

「不這樣說又怎樣？」

「我願意嫁你，倘若你要我這舊貨的話，」她哭了，「我是婊子，我知道我不配作人的妻，婊子不算是人，他們全這樣說！即或婊子也有一顆心，但誰要這心？在一個骯髒身上是不許有一顆乾淨的心吧。……可是我愛你，我願意作你的牛馬，只要你答應一句話！」

似乎作夢，他能聽她說這樣話。而且說過這些話的她，也覺得今天的事近於做夢了，她說的話真近於瘋話了。

他們都為這話愣著了。她等他說一句話，他沒有作聲。她到後，就又覺得是不成，仍然哭下來了。

他不知道說什麼為好？

他能照她所說，讓她隨了自己在一塊住，過那窮日子的可憐生活麼？這樣說過的她，是真能一無牽掛，將生活一變麼？

是不行吧。

他細想，想到自己是很可憐的無用的人，還時時擔心到餓死，這豈能是得一個女人作伴的生活。生活的教訓，養成了他的自卑自小，說配不配的話，在他一考慮，倒似乎他不配為一個女人作夫了。即使女人是被人認為婊子的人，把她從骯髒生活中拖出，自己也不是使人得到新生的那類男子。

他心想，「我才真不配！」

靜靜的來想一切，是回到自己住處以後的事。

總之，這樣想，那樣想，全是覺得可慘。

把自己關在自己的小房中，把心當成一座橋，讓一切過去事慢慢爬過這橋，飯也不吃了。

他想先看清楚自己，再找第二次機會看清楚別人。他想在過去生活上找一結論，有了結論則以後對這婊子就有把握了。

……………

在上燈出門以前，他在那一本每日非寫一頁字不可的日記冊上，終於寫道：

「我是第一次作個一個女子的男人了。」

他的出門，是預備第二天可以再寫這樣一行，把第一次的「一」字改成「二」字。

一九二八年八月十日

23・丈夫

落了春雨，一共有七天，河水漲大了。

河中漲了水，平常時節泊在河灘的煙船妓船，離岸極近，船皆繫在吊腳樓下的支柱上。

在四海春茶館樓上喝茶的閒漢子，伏身在臨河一面窗口，可以望到對河的寶塔「煙雨紅桃」好景緻，也可以知道船上婦人陪客燒煙的情形。因為那麼近，上下都方便，有喊熟人的聲音，從上面或從下面喊叫，到後是互相見到了，談話了，取了親暱樣子，罵著野話粗話，於是樓上人會了茶錢，從濕而發臭的甬道走去，從那些骯髒地方走到船上了。

上了船，花錢半元到五塊，隨心所欲吃煙睡覺，同婦人毫無拘束的放肆取樂，這些在船上生活的大臀肥身年青女人，就用一個婦人的好處，服侍男子過夜。

船上人，她們把這件事也像其餘地方一樣稱呼，這叫做「生意」。她們都是做生意而來的。在名分上，那名稱與別的工作同樣，既不與道德相衝突，也並不違反健康。她們從鄉下來，從那些種田挖園的人家，離了鄉村，離了石磨同小牛，離了那年青而強健的丈夫，跟隨到一個熟人，就來到這船上做生意了。做了生意，慢慢的變成為城市裡人，慢慢的與鄉村離遠，慢慢的學會了一些只有城市裡才需要的惡德，於是這婦人就毀了。但那毀，是慢慢的，因為需要一些日子，所以誰也不去注意了。而且也仍然不缺少在任何情形下還依然會好好的保留著那鄉村純樸氣質的婦人，所以在市的小河妓船上，決不會缺少年青女子的來路。

事情非常簡單，一個不極極於生養孩子的婦人，到了城市，能夠每月把從城市裡兩個晚上所得的錢，送給那留在鄉下誠實耐勞種田為生的丈夫處去，在那方面就可以過了好日子，名分不失，利益存在，所以許多年青的丈夫，在娶妻以後，把妻送出來，自己留在家中耕田種地安分過日子，也竟是極其平常的事。

這種丈夫，到什麼時候，想及那在船上做生意的年青的媳婦，或逢年過節，照規矩要見見媳婦的面了，自己便換了一身漿洗乾淨的衣服，腰帶上掛了那個工作時常不離口的短煙袋，背了整籮整簍的紅薯滋粑之類，趕到市上來，像訪遠親一樣，

從碼頭第一號船上問起，一直到認出自己女人所在的船上為止。問明白了，到了船上，小心小心的把一雙布鞋放到艙外護板上，把帶來的東西交給了女人，一面便用著吃驚的眼睛，搜索女人的全身。這時節，女人在丈夫眼下自然已完全不同了。

大而油光的髮髻，用小鑷子扯成的細細眉毛，臉上的白粉同緋紅胭脂，以及那城市裡人神氣派頭，城市裡人的衣裳，都一定使從鄉下來的丈夫感到極大的驚訝，有點手足無措。那呆像是女人很容易清楚的。女人到後開了口，或者問：「那次五塊錢得了麼？」或者問：「我們那對豬養兒子了沒有？」女人說話時口音自然也完全不同了，變成像城市裡做太太的大方自由，完全不是在鄉下做媳婦的神氣了。

聽女人問到錢，問到家鄉豢養的豬，這作丈夫的看出自己做主人的身分，並不在這船上失去，看出這城裡奶奶還不完全忘記鄉下，膽子大了一點，慢慢的摸出煙管同火鐮。第二次驚訝，是煙管忽然被女人奪去，即刻在那粗而厚大的掌握裡，塞了一枝哈德門香菸的緣故。吃驚也仍然是暫時的事，於是這做丈夫的，一面吸菸一面談話……

到了晚上，吃過晚飯，仍然在吸那有新鮮趣味的香菸。來了客，一個船主或一個商人，穿生牛皮長統靴子，抱兜一角露出粗而發亮的銀鏈，喝過一肚子燒酒，搖搖盪蕩的上了船。

一上船就大聲的嚷要親嘴要睡，那洪大而含糊的聲音，那勢派，都使這作丈夫的想起了村長同鄉紳那些大人物的威風，於是這丈夫不必指點，也就知道怯生生的往後艙鑽去，躲到那後梢艙上去低低的喘氣，一面把含在口上那枝卷煙摘下來，毫無目的的眺望河中暮景。夜把河上改變了，岸上河上已經全是燈火，這丈夫到這時節一定要想起家裡的雞同小豬，彷彿那些小小東西才是自己的朋友，彷彿那些才是親人，如今與妻接近，與家庭卻離得很遠，淡淡的寂寞襲上了身，他願意轉去了。

當真轉去沒有？不。三十里路路上有豺狗，有野貓，有查夜的放哨的團丁，全是不好惹的東西，轉去自然做不到。船上的大娘自然還得留他上三元宮看夜戲，到四海春去喝清茶，並且既然到了市上，大街上的燈同城市中的人更不可不去看看。於是留下了，坐到後艙看河中景緻，等候大娘的空暇。到後要上岸了，就由小陽橋上扳篷架到船頭；玩過後，仍然由那舊地方轉到船上，小心小心使聲音放輕，省得留在艙裡躺到床上燒煙的人發怒。

到要睡覺的時候，城裡起了更，西梁山上的更鼓冬冬響了一會，悄悄的從板縫裡看看客人還不走，丈夫沒有什麼話可說，就在梢艙上新棉絮裡一個人睡了。半夜

裡，或者已睡著，或者還在胡思亂想，那媳婦抽空爬過了後艙，問是不是想吃一點糖。本來非常歡喜口含冰糖的脾氣，是做媳婦的記得清楚明白，所以即或說已經睡覺，已經吃過，也仍然還是塞了一小片冰糖在口裡。媳婦用著略略抱怨自己那種神氣走去了，丈夫把冰糖含在口裡，正像僅僅為了這一點理由，就得原諒媳婦的行為，盡她在前艙陪客，自己也仍然很和平的睡覺了。

這樣的丈夫在黃莊多著，那裡出強健女子同忠厚男人。地方實在太窮了，一點點收成照例要被上面的人拿去一大半，手足貼地的鄉下人，任你如何勤省耐勞的幹做，一年中四分之一時間，即或用紅薯葉子拌和糠灰充饑，總還不容易對付下去。地方雖在山中，離大河碼頭只三十里，由於習慣，女子出鄉討生活，男人通明白這做生意的一切利益。他懂事，女子名分上仍然歸他，養得兒子歸他，有了錢，也總有一部分歸他。

那些船排列在河下，一個陌生人，數來數去是永遠無法數清的。明白這數目，而且明白那秩序，記憶得出每一個船與搖船人樣子，是五區一個老水保。

水保是個獨眼睛的人。這獨眼就據說在年青時節因毆鬥殺過一個水上惡人，因為殺人，同時也就被人把眼睛摳瞎了。

但兩隻眼睛不能分明的，他一隻眼睛卻辨到了。一個河裡都由他管事。他的權力在這些小船上，比一個中國的皇帝、總統在地面上的權力還統一集中。

漲了河水，水保比平時似乎忙多了。由於責任，他得各處去看看。是不是有些船上做父母的上了岸，小孩子在哭奶了。是不是有些船上在吵架，需要排難解紛。是不是有些船因照料無人，有溜去的危險。在今天，這位大爺，並且要到各處去調查一些從岸上發生影響到了水面的事情。岸上這幾天來發生三次小搶案，據公安局那方面人說，是凡地上小縫小罅都找尋到了，還是毫無痕跡。地上小縫小罅都虧那些體面的在職人員找過，於是水保的責任便到了。他得了通知，就是那些說謊話的公安局辦事處通知，要他到半夜會同水面武裝警察上船去搜索「歹人」。

水保得到這個消息時是上半天。一個整白天他要做許多事。他要先盡一些從平日受人款待好酒好肉而來的義務了，於是沿了河岸，從第一號船起始，每個船上去談談話。他得先調查一下，問問這船上是不是留容得有不端正的外鄉人。

做水保的人照例是水上一霸，凡是屬於水面上的事他無有不知。這人本來就是一個吃水上飯的人，是立於法律同官府對面，按照習慣被官吏來利用，處治這水上一切的。但人一上了年紀，世界成天變，變去變來這人有了錢，成過家，喝點酒，生兒育女，生活安舒，這人慢慢的轉成一個和平正直的人了。在職務上幫助了官府，在感情上卻親近了船家。在這些情形上面他建設了一個道德的模範。他受人尊敬不下於官，卻不讓人害怕討厭。他做了河船上許多妓女的乾爹。由於這些社會習慣的聯繫，他的行為處事是靠在水上人一邊的。

他這時正從一個木跳板上躍到一隻新油漆過的「花船」頭，那船位置在較清靜的一家蓮子舖吊腳樓下。他認得這只船歸誰管，一上船就喊「七丫頭」。

沒有聲音。年青的女人不見出來，年老的掌班也不見出來。老年人很懂事情，以為或者是大白天有年青男子上船做呆事，就站在船頭眺望，等了一會。

過一陣他又喊了兩聲，又喊伯媽，喊五多；五多是船上的小毛頭，年紀十二歲，人很瘦，聲音尖銳，平時大人上了岸就守船，買東西煮飯，常常挨打，愛哭，過一會兒又唱起小調來。但是喊過五多後，也仍然得不到結果。因為聽到艙裡又似乎實在有聲音，像人出氣，不像全上了岸，也不像全在做夢。水保就鉤身窺覷艙口，向暗處詢問是誰在裡面。

裡面還是不作答。

水保有點生氣了，大聲的問，「你是哪一個？」

裡面一個很生疏的男子聲音，又虛又怯回答說，「是我。」

接著又說，「都上岸去了。」

「都上岸了麼？」

「上岸了。她們……」

好像單單是這樣答應，還深恐開罪了來人，這時覺得有一點義務要盡了，這男子於是從暗處爬出來，在艙口，小心小心扳到篷架，非常拘束的望到來人。先是望到那一對峨然巍然似乎是為柿油塗過的豬皮靴子，上去一點是一個赭色柔軟麂皮抱兜，再上去是一雙迴環抱著的毛手，滿是青筋黃毛，手上有顆其大無比的黃金戒指，再上去才是一塊正四方形像是無數橘子皮拚合而成的臉膛。

這男子，明白這是有身分的主顧了，就學到城市裡人說話，說，「大爺，您請裡面坐坐，她們就回來。」

從那說話的聲音，以及乾漿衣服的風味上，這水保一望就明白這個人是才從鄉下來的種田人。本來女人不在就想走，但年輕人忽然使他發生了興味，他留著了。

「你從什麼地方來的？」他問他，為了不使人拘束，水保取得是做父親的和平樣子，望到這年輕人。「我認不得你。」

他想了一下，好像也並不認得客人，就回答，「我昨天來的。」

「鄉下麥子抽穗了沒有？」

「麥子嗎？水碾子前我們那麥子，哈，我們那豬，哈，我們那……」

這個人，像是忽然明白了答非所問，記起了自己是同一個有身分的城裡人說話，不應當說「我們」，不應當說我們「水碾子」同「豬」，把字眼用錯，所以再也接不下去了。

因為不說話，他就怯怯的望到水保笑，他要人瞭解他，原諒他——他是個正派人，並不敢有意張三拿四。

水保是懂這個意思的。且在這對話中，明白這是船上人的親戚了，他問年輕人，「老七到什麼地方去了，什麼時候可以回來？」

這時節，這年輕人答語小心了。他仍然說，「是昨天來的。」

他又告水保，他「昨天晚上來的。」末了才說，老七同掌班、五多上岸燒香去了，要他守船。因為守船必得把守船身分說出，他還告給了水保，他是老七的「漢子」。

因為老七平常喊水保都喊乾爹，這乾爹第一次認識了女婿，不必挽留，再說了幾句，不到一會兒，兩人皆爬進艙中了。

艙中有個小小床鋪，床上有錦綢同紅色印花洋布鋪蓋，摺疊得整整齊齊。來客照規矩應當坐在床沿。光線從艙口來，所以在外面以為艙中極黑，在裡面卻一切分明。

年輕人為客找煙卷，找自來火，毛腳毛手打翻了身邊一個貯栗子的小罈子，圓而發烏金光澤的板栗在薄明的船艙裡各處滾去，年輕人各處用手去捕捉，仍然放到小壇中去，也不知道應當請客人吃點東西。但客人卻毫不客氣，從艙板上把栗拾起咬破了吃，且說這風乾的栗子真好。

「這個很好，你不歡喜麼？」因為水保見到主人並不剝栗子吃。

「我歡喜。這是我屋後栗樹上長的。去年結了好多，乖乖的從刺球裡爆出來，我歡喜。」他笑了，近於提到自己兒子模樣，很高興說這個話。

「這樣大栗子不容易得到。」

「我一個一個選出來的。」

「你選？」

「是的，因為老七歡喜吃這個，我才留下來。」

「你們那裡可有猴栗？」

「什麼猴栗？」

水保就把故事所說的「猴子在大山上住，被人辱罵時，拋下拳大栗子打人。人想這栗子，就故意去山下罵醜話，預備撿栗子。」一一說給鄉下人聽。

因為栗子，正苦無話可說的年輕人，得到同情他的人了。

他就告水保另外屬於栗子的種種事情。他知道的鄉下問題可多咧。於是他說到地名「栗坳」的新聞。又說到一種栗木作成的犁具如何結實合用。這人是太需要說到這些了。昨天來一晚上都有客人吃酒燒酒，把自己關閉在小船後梢，同五多說話，五多睡得成死豬。今天一早上，本來應當有機會同媳婦談到鄉下事情了，女人又說要上岸過七里橋燒香，派他一個人守船。坐到船上等了半天，還不見人回，到後梢去看河上景緻，一切新奇不同，全只給自己發悶。先一時，正睡在艙裡，就想這滿江大水若到鄉下漲，魚梁上不知道應當有多少鯉魚上梁！把魚捉來時，用柳條穿鰓到太陽下去曬，正計算到那數目，總算不清楚。忽然客人來到船上，似乎一切魚都爭著跳進水中去了。

來了客人，且在神氣上看出來人是並不拒絕這些談話的，所以這年輕人，凡是預備到同自己媳婦在枕邊訴說的各樣事情，這時得到了一個好機會，都拿來同水保談了。

他告給水保許多鄉下情形，說到小豬搗亂的脾氣，叫小豬名字是「乖乖」，又說到新由石匠整治過的那副石磨，順便告給了一個石匠的笑話。又說到一把失去了多久的鐮刀，一把水保夢想不到的小鐮刀，他說，「你瞧，奇怪不奇怪？我賭咒我各處都找到了。我們的床下，門枋上，倉角裡，什麼不找到？它躲了。躲貓貓一樣，不見了。我為這件事罵過老七。老七哭過。可還是不見。鬼打岩，濛濛眼，原來它躲在屋樑上飯籮裡！半年躲在飯籮裡！它吃飯！一身銹得像生瘡。這東西多狡猾！我說這個你明白我沒有？怎麼會到飯籮裡半年？那是一隻做樣子的東西，掛到斗窗上。我記起那事了，是我削楔子，手上刮了皮，流了血，生了大氣，賭氣把刀一丟。……到水上磨了半天，還不錯，仍然能吃肉，你一不小心，就得流血。我還不曾同老七說到這個，她不會忘記那哭得傷心的一回事。找到了，哈哈，真找到了。」

「找到它就好了。」

「是的，得到了它那是好的。因為我總疑心這東西是老七掉到溪裡，不好意思說明。我知道她不騙我了。我明白了。我知道她受了冤屈，因為我說過：『找不出麼？那我就要打人！』我並不曾動過手。可是生氣時也真嚇人。她哭了半夜！」

「你不是用得著它割草麼？」

「嗨，哪裡，用處多咧。是小鐮刀，那麼精巧，你怎麼說是割草？那是削一點薯皮，刮刮簫：這些這些用的。小得很，值三百錢，鋼火妙極了。我們都應當有這樣一把刀放到身邊，不明白麼？」

水保說，「明白明白：都應當有一把，我懂你這個話。」

他以為水保當真是懂的，什麼也說到了，甚至於希望明年來一個小寶寶，這樣只合宜於同自己的媳婦睡到一個枕頭上商量的話也說到了。年輕人毫無拘束的還加上許多粗話蠢話。說了半天，水保起身要走了，他才記起問客人貴姓。

「大爺，您貴姓？留一個片子到這裡，我好回話。」

「不用不用。你只告她有這麼一個大個兒到過船上，穿這樣大靴子。告她晚上不要接客，我要來。」

「不要接客，您要來？」

「就是這樣說，我一定要來的。我還要請你喝酒。我們是朋友。」

「我們是朋友，是朋友。」

水保用他那大而肥厚的手掌，拍了一下年輕人的肩膊，從船頭上岸，走到別一個船上去了。

在水保走後，年輕人就一面等候一面猜想這個大漢子是誰。他還是第一次同這樣尊貴的人物談話。他不會忘記這很好的印象的。人家今天不僅是同他談話，還喊他做朋友，答應請他喝酒！他猜想這人一定是老七的「熟客」。他猜想老七一定得了這人許多錢。他忽然覺得愉快，感到要唱一個歌了，就輕輕的唱了一首山歌。用四溪人體裁，他唱得是「水漲了，鯉魚上樑，大的有大草鞋那麼大，小的有小草鞋那麼小。」

但是等了一會還不見老七回來，一個鬼也不回來，他又想起那大漢子的丰采言談了。他記起那一雙靴子，閃閃發光，以為不是極好的山柿油塗到上面，是不會如此體面好看的。他記起那黃而發沉的戒子，說不分明那將值多少錢，一點不明白那寶貝為什麼如此可愛。他記起那偉人點頭同發言，一個督撫的派頭，一個軍長的身分——這是老七的財神！他於是又唱了一首歌。用楊村人不莊重口吻，唱得是「山坳的團總燒炭，山腳的地保爬灰；爬灰紅薯才肥，燒炭臉龐發黑。」

到午時，各處船上都已有人燒飯了。濕柴燒不燃，煙子各處竄，使人流淚打噎，柴煙平鋪到水面時如薄綢。聽到河街館子裡大師傅用鏟子敲打鍋邊的聲音，聽到鄰船上白菜落鍋的聲音，老七還不見回來。可是船上燒濕柴的本領年輕人還沒有學到，小鋼灶總是冷冷的不發吼。做了半天還是無結果，只有把它放下一個辦法了。

應當吃飯時候不得飯吃，人餓了，坐到小凳上敲打艙板，他仍然得想一點事情。一個不安分的估計在心上滋長了。正似乎為裝滿了錢鈔便極其驕傲模樣的抱兜，在他眼下再現時，把原有的和平已失去了。一個用酒糟同紅血所捏成的橘皮紅色四方臉，也是極其討厭的神氣，保留到印象上。並且，要記憶有什麼用？他記得到那囑咐，是當到一個丈夫面前說的！「今晚上不要接客，我要來。」該死的話，是那麼不客氣的從那吃紅薯的大口裡說出！為什麼要說這個？有什麼理由要說這個？……

胡想使他心上增加了憤怒，饑餓重復揪著了這憤怒的心，使有一些原始人就不缺少的情緒，在這個年青簡單的人情緒中長大不已。

他不能再唱一首歌了。喉嚨為妒忌所扼，唱不出什麼歌。

他不能再有什麼快樂。按照一個種田人的脾氣，他想到明天就要回家。有了脾氣再來燒火，自然更不行了，於是把所有的柴全丟到河裡去了。

「雷打你這柴！要你到洋裡海裡去！」

但那柴是在兩三丈以外，便被別個船上的人撈起了的。那船上人似乎一切都準備好了，正等待一點從河面漂流而來的濕柴，把柴撈上，即刻就見到用廢纜一段引火，且即刻滿船發煙，火就帶著小小爆裂聲音燃好了。看到這一切，新的憤怒使年輕人感到羞辱，他想不必等待人回船就要走路。

在街尾遇到女人同小毛頭五多兩個人，正牽了手說著笑著走來。五多手上拿得有一把胡琴，嶄新的樣子，這是做夢也不曾遇到的一件傢伙！

「你走哪裡去？」

「我——要回去」

「要你看船船也不看，要回去。什麼人得罪了你，這樣小氣？」

「我要回去，你讓我回去。」

「回到船上去！」

看看媳婦，樣子比說話還硬勁。並且看到那一張胡琴，明知道這是特別買來給

他的，所以再不能堅持，摸了摸自己發燒的額角，幽幽的說，「回去也好，回去也好」，就跟了媳婦的身後跑轉船上。

掌班大娘也趕來了，原來提了一副豬肺，好像東西只是乘便偷來的，深恐被人追上帶到衙門裡去。所以跑得顴骨發了紅，喘氣不止。

大娘一上船，女人在艙中就喊：

「大娘，你瞧，我家漢子想走！」

「誰說的，戲都不看就走！」

「我們到街口碰到他，他生氣樣子，一定是怪我們不早回來。」

「那是我的錯；是菩薩的錯；是屠戶的錯。我不該同屠戶為一個錢吵鬧半天，屠戶不該肺裡灌這樣多水。」

「是我的錯。」陪男子在艙裡的女人，這樣說了一句話，坐下了。對面是男子漢。她於是有意的在把衣服解換時，露出極風情的紅綾胸褡。胸褡上繡了「鴛鴦戲荷」。

男子覷著，不說話。有說不出的什麼東西，在血裡竄著湧著。

在後梢，聽到大娘同五多談著柴米。

「怎麼我們的柴都被誰偷去了！」

「米是誰淘好的？」

「一定是火燒不燃。……姐夫是鄉下人，只會燒松香。」

「我們不是昨天才解散一捆柴麼？」

「都完了。」

「去前面搬一捆，不要說了。」

「姐夫只知道淘米！」

聽到這些話的年青漢子，一句話不說，靜靜的坐在艙裡，望到那一把新買來的胡琴。

女人說，「弦都配好了，試拉拉看。」

先是不作聲，到後把琴擱在膝上，查看松香。調琴時，生疏的音從指間流出，拉琴人便快樂的微笑了。

不到一會，滿艙是煙，男子被女人喊出去，仍然把琴拿到外面去，站在船頭調弦。

到後吃中飯時，五多說：

「姐夫，你回頭拉『孟姜女哭長城』，我唱。」

「我不會拉。」

「我聽說你拉得很好，你騙我謊我。」

「我不騙你。」

大娘說，「我聽老七說你拉得好，所以到廟裡，一見這琴，我就想起你才說就為姐夫買回去吧。是運氣，爛賤就買來了。這到鄉裡一塊錢還恐怕買不到，不是麼？」

「是的。值多少錢？」

「一吊六。他們都說值得！」

五多說，「誰說值得？」

大娘很生氣的說，「毛丫頭，誰說不值得？你知道什麼！撕你的嘴！」

因為這琴是從一個賣琴熟人手上拿來，一個錢不花，聽到大娘的謊話，五多分辯，大娘就罵五多，老七卻笑了。男子以為這是笑大娘不懂事，所以也在一旁乾笑。

男子先把飯吃完，就動手拉琴，新琴聲音又清又亮，五多高興到得意忘形，放下碗筷唱將起來，被大娘結結實實打了一筷子頭，才忙著吃飯、收碗、洗鍋子。

到了晚上，前艙蓋了篷，男子拉琴，五多唱歌，老七也唱歌，美孚燈罩子有紅紙剪成的遮光帽，全艙燈光紅紅的如辦大喜事，年輕人在熱鬧中像過年，心上開了花。可是過不久，有兵士從河街過身，喝得爛醉，聽到這聲音了。

兩個醉鬼踉踉蹌蹌到了船邊，兩手全是污泥，用手扳船，口含胡桃那麼混混胡胡的嚷叫：

「什麼人唱，報上名來！唱得好，賞一個五百。不聽到麼？老子賞你五百！」

裡面琴聲戛然而止，沉靜了。

醉鬼用腳不住踢船，蓬蓬蓬髮出鈍而沉悶的聲音，且想推篷，搜索不到篷蓋接榫處，於是又叫嚷，「不要賞麼，婊子狗造的？裝聾，裝啞？什麼人敢在這裡作樂？我怕誰？皇帝我也不怕。大爺，我怕皇帝我不是人！我們軍長師長，都是混賬王八蛋！是皮蛋雞蛋，寡了的臭蛋！我才不怕。」

另一個喉嚨發沙的說道：

「騷婊子？出來拖老子上船！」

且即刻聽到用石頭打船篷，大聲的辱罵祖宗。一船人都嚇慌了。大娘忙把燈扭

小一點，走出去推篷，男子聽到那洶洶聲氣，夾了胡琴就往後艙鑽去。不一會，醉人已經進到前艙了。兩個人一面說著野話一面要爭到同老七親嘴，同大娘五多親嘴。且聽到問：「是什麼人在此唱歌作樂，把拉琴的抓來再給老子唱一個歌。」

大娘不敢作聲，老七也無主意了，兩個酒瘋子就大聲的罵人。

「臭貨，喊龜子出來，跟老子拉琴，賞一千！英雄蓋世的曹孟德也不會這樣大方！我賞一千，一千個紅薯，快來，不出來我燒掉你們這隻船！聽著沒有，老東西！趕快，莫讓老子們生了氣，燈籠子認不得人？」

「大爺，這是我們自己家幾個人玩玩，不是外人……」

「不！不！不！老婊子，你不中吃。你老了，皺皮柑！快叫拉琴的來！雜種！我要拉琴，我要自己唱！」一面說一面便站起身來，想向後艙去搜尋。大娘弄慌了，把口張大合不攏去。老七急中生智，拖著那醉鬼的手，安置到自己的大奶上。醉人懂到這意思，又坐下了。「好的，妙的，老子出得起錢，老子今天晚上要到這裡睡覺！孤王酒醉在桃花宮，韓素梅生來好貌容……」

這一個在老七左邊躺下去後，另一個不說什麼，也在右邊躺了下去。

年輕人聽到前艙彷彿安靜了一會，在隔壁輕輕的喊大娘。

正感到一種侮辱的大娘，悄悄爬過去，男子還不大分明是什麼事情，問大娘：

「什麼事情？」

「營上的副爺，醉了，象貓，等一會兒就得走。」

「要走才行。我忘記告你們了，今天有一個大方臉人來，好像大官，吩咐過我，他晚上要來，不許留客。」

「是腳上穿大皮靴子，說話象打鑼麼？」

「是的，是的。他手上還有一個大金戒子。」

「那是老七乾爹。他今早上來過了麼？」

「來過的。他說了半天話才走，吃過些乾栗子。」

「他說些什麼？」

「他說一定要來，一定莫留客，……還說一定要請我喝酒。」

大娘想想，來做什麼？難道是水保自己要來歇夜？難道是老對老，水保注意到……想不通，一個老鴇雖一切醜事做成習慣，什麼也不至於紅臉，但被人說到「不中吃」時，是多少感到一種羞辱的。她悄悄的回到前艙，看前艙新事情不成樣子，扁了扁癟嘴，罵了一聲豬狗，終歸又轉到後艙來了。

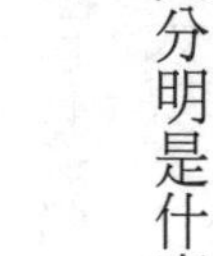

「怎麼？」

「不怎麼。」

「怎麼，他們走了？」

「不怎麼，他們睡了。」

「睡了？」

大娘雖不看清楚這時男子的臉色，但她很懂這語氣，就說：「姐夫，你難得上城來，我們可以上岸玩去。今夜三元宮夜戲，我請你坐高檯子，是『秋胡三戲結髮妻』。」

男子搖頭不語。

兵士胡鬧一陣走後，五多大娘老七都在前艙燈光下說笑，說那兵士的醉態。男子留在後艙不出來。大娘到門邊喊過了二次，不答應，不明白這脾氣從什麼地方發生。大娘回頭就來檢查那四張票子的花紋，因為她已經認得出票子的真假了。

票子倒是真的，她在燈光下指點給老七看那些記號，那些花，且放到鼻子上嗅嗅，說這個一定是清真館子裡找出來的，因為有牛油味道。

五多第二次又走過去，「姐夫，姐夫，他們走了，我們來把那個唱完，我們還得……」

女人老七像是想到了什麼心事，拉著了五多，不許她說話。

一切沉默了。男子在後艙先還是正用手指扣琴絃，作小小聲音，這時手也離開那絃索了。

三個女人都聽到從河街上飄來的鑼鼓嗩吶聲音，河街上一個做生意人辦喜事，客來賀喜，大唱堂戲，一定有一整夜熱鬧。

過了一會，老七一個人輕腳輕手爬到後艙去，但即刻又回來了。

大娘問：「怎麼了？」

老七搖搖頭，嘆了一口氣。

先以為水保恐怕不會來的，所以大家仍然睡了覺，大娘老七五多三個人在前艙，只把男子放到後面。

查船的在半夜時，由水保領來了，水面鴉雀無聲，四個全副武裝警察守在船頭，水保同巡官晃著手電筒進到前艙。這時大娘已把燈捻明了，她經驗多，懂得這不是大事情。老七披了衣坐在床上，喊乾爹，喊巡官老爺，要五多倒茶。五多還睡意迷濛，只想到夢裡在鄉下摘三月莓。

男子被大娘搖醒揪出來，看到水保，看到一個穿黑制服的大人物，嚇得不能說話，不曉得有什麼嚴重事情發生。

那巡官裝成很有威風的神氣開了口：「這是什麼人？」

水保代為答應，「老七的漢子，才從鄉下來走親戚。」

老七說道，「老爺，他昨天才來的。」

巡官看了一會兒男子，又看了一會兒女人，彷彿看出水保的話不是謊話，就不再說話了，隨意在前艙各處翻翻。待注意到那個貯風乾栗子的小罈子時，水保便抓了一大把栗子塞到巡官那件體面制服的大口袋裡去，巡官只是笑，也不說什麼。

一夥人一會兒就走到另一船上去了。大娘剛要蓋篷，一個警察回來傳話：

「大娘，大娘，你告老七，巡官要回來過細考察她一下，你懂不懂？」

大娘說，「就來麼？」

「查完夜就來。」

「當真嗎？」

「我什麼時候同你這老婊子說過謊？」

大娘很歡喜的樣子，使男子很奇怪，因為他不明白為什麼巡官還要回來考察老七。但這時節望到老七睡起的樣子，上半晚的氣已經沒有了，他願意講和，願意同她在床上說點家常私話，商量件事情，就傍床沿坐定不動。

大娘像是明白男子的心事，明白男子的慾望，也明白他不懂事，故只同老七打知會，「巡官就要來的！」

老七咬著嘴唇不作聲，半天發痴。

男子一早起來就要走路，沉默的一句話不說，端整了自己的草鞋，找到了自己的煙袋。一切歸一了，就坐到那矮床邊沿，像是有話說又說不出口。

老七問他，「你不是昨晚上答應過乾爹，今天到他家中吃中飯嗎？」

「人家特意為你辦了酒席，好意思不領情？」

「……」搖搖頭，不作答。

「……」

「戲也不看看麼？」

「……」

「滿天紅的暈油包子，到半日才上籠，那是你歡喜的包子。」

「……」

一定要走了，老七很為難，走出船頭呆了一會，回身從荷包裡掏出昨晚上那兵士給的票子來，點了一下數，一共四張，捏成一把塞到男子左手心裡去。男子無話說，老七似乎懂到那意思了，「大娘，你拿那三張也把我。」大娘將錢取出，老七又把這錢塞到男子右手心裡去。

男子搖搖頭，把票子撒到地下去，兩隻大而粗的手掌搗著臉孔，像小孩子那樣莫名其妙的哭了起來。

五多同大娘看情形不好，一齊逃到後艙去了。五多心想這真是怪事，那麼大的人會哭，好笑。可是她並不笑。她站在船後梢舵，看見掛在梢艙頂樑上的胡琴，很願意唱一個歌，可是不知為什麼也總唱不出聲音來。

水保來船上請遠客吃酒，只有大娘同五多在船上。問到時，才明白兩夫婦一早都回轉鄉下去了。

一九三〇年4月作於吳淞

〔附錄〕沈從文《丈夫》賞析

《丈夫》是沈從文發表於一九三〇年的短篇小說，寫了20世紀湘西某地花船上的妓女生活故事。來自於窮鄉僻壤的年輕女子「老七」，由於維持生計，不得不上城裡來賣身。向我們展示了種種違背人倫道德的陳規陋俗以及民眾尚未開化覺悟時的尊嚴喪失。

《丈夫》一文讓我們看到丈夫的多次情感曲折之後，值得注意的是產生這種悲劇的社會根源所在。這種只能在舊社會舊制度之下存在的社會怪胎，無疑是腐朽制度下孕育出來的產物。《丈夫》曾被改編並拍攝成電影《村妓》，從片名上我們可以知道，與小說比較，這部電影更著重於對女主人公人物形象的塑造。但是無論重點在哪裡，二者都共同地傳達了舊社會中國農民苦難的這一主題。

二十世紀的湘西，這個可以看做是沈從文故土情節之所在，是漢、苗、土家等多民族的聚居地區。小說《丈夫》是寫湘西某地花船上的妓女生活故事。為了鋪排故事的矛盾衝突，作者特意選擇了丈夫前來探望妻子幾個場景，作了繪聲繪色而又

淋漓盡致的描述。其間還穿插介紹了與之相關的鄉風民俗和社會背景，穿插刻畫了幾位主要人物性格以及他們相互間的微妙關係，讀來別有風致而又耐人尋味。

小說著重於男主人公的心境變化。丈夫初次出現在妻子面前，一面把帶來的東西交給女人，一面用吃驚的眼睛搜索女人的全身。這時節，女人在丈夫眼下自然已完全不同了，一副煙花女子招搖的打扮，以及城市裡人的派頭，說話口音完全不是做媳婦的神氣了。使鄉下來的丈夫感到極大的驚訝，有點手足無措。在女人面前，丈夫感到自己的卑微。

到了晚上，吃過晚飯，來了客，一個船主或商人，喝過一肚子燒酒，搖搖晃晃上了船，一上船就大聲嚷著要親嘴要睡覺，那勢派使丈夫想起了村長同鄉紳那些大人物的威風。於是，丈夫不必指點，也就知道怯生生的往後艙鑽去，躲到後梢船上去低低地喘氣。這樣的丈夫在黃莊多著，那裡出強健的女子和忠厚的男人。女子出鄉賣身，男人皆明白這做生意的一切利益，老七的丈夫也莫能例外。這是丈夫面對現實的第一次心理變化，那還只是淡淡的迷茫和失落。如果不是回家的三十里路上有豺狗、有野貓、有查夜放哨的團丁，全是不好惹的東西，他願意回去了。而次日水保的粗暴插入觸動了丈夫麻木的神經，使他敏感起來。

做水保的人照例是水上一霸，凡是水上的事他無有不知，他的權力集中在這些小船上。一方面他們站在官府的角度協助管理這些船家，被官府利用；另一方面，在感情上又親近船家，也負責查清到妓船上找碴的人，是船家得罪不起的人。因此水保受妓船老鴇的尊敬程度不下於官差，他做了許多妓女的乾爹，老七也認了他為乾爹。

水保來訪，因為船上老鴇（大娘）和老七、五多都去燒香去了，留著老七的丈夫守船。水保大聲吆喝，丈夫戰戰兢兢出來接待。這乾爹認識了女婿，兩人說了一會話，臨走時擱下一句話告老七：「晚上不要接客，我要來。」

丈夫越想越不對勁，為什麼要說這個，有什麼理由說這個。胡想使他心上增添了煩惱和憤怒。

老七和五多回來了，老七手上拿得有一把胡琴，因為她知道自己的丈夫喜歡胡琴，掌班的大娘也提了一副豬肺隨後趕到。晚上，男子拉琴五多唱歌，老七也唱歌。但是兩個醉醺醺的士兵攪了他們的歡愉，強迫老七接客，丈夫的憤恨在心裡不斷積聚膨脹，好不容易侍候完兩個兵爺，水保帶著巡官半夜查船，最終毀了丈夫的

迷夢。丈夫要求與老七獨處本無可厚非，而老鴇暗示：「巡官就要來的。」這一切又重重的給了丈夫一擊，老七咬著嘴唇不作聲，半天發痴。

窮人也有尊嚴，賣淫的人也有尊嚴，他們的忍受和不能忍受，寫得深隱而震撼。作為丈夫，他知道妻子的營生，當然他們都在這個世界苦熬。

丈夫目睹了妻子這營生的可悲之處，任何強勢者都可以欺侮他的妻子，甚至這種交易都不再需要提供他們生活必須的交易金。

或許丈夫來之前，這底線已被突破過，然而在愛的人面前，尚且有尊嚴，但當著自己所愛的人，失卻底線，那世界就摧毀了。作為丈夫本應堂堂正正地做人，為家庭撐起一片祥和的天空，卻彷彿自身難保，血性男兒，七尺硬漢，顏面丟盡，這已經超過了他心裡所能承受的極限。麻木的丈夫，在醜陋現實的衝擊下，他內在的人性在慢慢地甦醒了。

小說的最末幾節尤為精彩，老七出來賣身掙錢是丈夫本意，而當老七把賣身的錢交到丈夫手中時，他把票子撒到地下去，兩隻大而粗的手掌摀著自己的臉孔，像小孩子一樣莫名其妙的哭了。丈夫的撒錢、哭泣，也是心靈壓抑下感情的大爆發。

小說結尾，水保來船上請遠客吃酒時，只有大娘和五多在船上，問及時，才明白兩夫婦，一早回轉鄉下去了。

離開是兩夫婦最後的選擇，在複雜的思想鬥爭之後丈夫與妻子雙雙攜手拋棄了花船，回到了生養他們的土地去。這正是他們人性的回歸，也驗證了「從哪裡來，就到哪裡去」這句俗語。

國家圖書館出版品預行編目資料

沈從文名作選集／沈從文 著，初版 --
新北市：新視野 New Vision，2022.05
面；　公分
ISBN 978-626-95484-8-4（平裝）

848.6　　　111002447

沈從文名作選集
沈從文　著

主　　編　林郁
出　　版　新視野 New Vision
製　　作　新潮社文化事業有限公司
電話：(02) 8666-5711
傳真：(02) 8666-5833
E-mail：service@xcsbook.com.tw

印前作業　菩薩蠻電腦科技有限公司
印前作業　福霖印刷有限公司

總 經 銷　聯合發行股份有限公司
新北市新店區寶橋路 235 巷 6 弄 6 號 2 樓
電話：(02) 2917-8022
傳真：(02) 2915-6275

初　　版　2022 年 08 月